Journal de Los Angeles

Violet Fontaine

Journal de LOS ANGELES

Face à face

FLEURUS

Déjà paru :
Journal de Los Angeles
Journal de Los Angeles – Suspense à Hollywood
Journal de Los Angeles – Secrets et trahisons
Journal de Los Angeles – A star is born

FLEURUS

Illustration de couverture : Dorothée Jost
Coordination du texte : Anne-Sophie Jouhanneau

Direction : Guillaume Arnaud

Direction éditoriale : Sarah Malherbe
Édition : Anne-Claire Aubron, Anna Guével

Direction artistique : Élisabeth Hebert

Fabrication : Thierry Dubus, Florence Bellot

Site : www.fleuruseditions.com
ISBN : 978-2-2151-2523-5
N° d'édition : 14184
Code MDS : 652 088

« Loi n° 49-956 du 16 juillet 1949 sur les publications destinées à la jeunesse. »

Avertissement de l'éditeur :

Par respect pour la vie privée des protagonistes de ce livre, certains noms, adresses e-mail et appellations de lieux ont été modifiés.

Pour servir au mieux l'histoire et par souci de garder un rythme constant, nous avons choisi avec Violet – au prix de discussions acharnées – de couper certains passages de son journal.

Quelques mots sur l'auteur :

Violet Fontaine a 20 ans et *Journal de Los Angeles, Face à face*, basé sur des faits réels, est son cinquième roman. Elle est née et a grandi à Paris seule avec sa mère, jusqu'à l'âge de 16 ans où elle est partie étudier à Albany High School, un des lycées les plus réputés de la cité des anges. Elle est curieuse, gourmande et impulsive, adore écrire, et peut faire du shopping jusqu'à la nuit tombée. Elle tient un blog sur sa vie à Los Angeles depuis septembre 2011.

Retrouvez-le à l'adresse suivante : www.violetsdiary.com

À E. W.

Prête

Vendredi 25 mai

Je suis prête. Prête à me libérer de mon passé et prête à aller de l'avant. Prête à oublier les erreurs et les blessures, prête à me concentrer sur un avenir plus riche de mes expériences. Et surtout, je suis prête à laisser ma vie de lycéenne derrière moi. Adieu Albany High, mon cher lycée californien ! J'ai passé de très bons moments entre tes murs et tu as changé ma vie de mille et une façons, mais il est temps que je continue ma route. Toutes les belles choses ont une fin. Mais alors que j'ai déjà un pied au-dehors, pourquoi me retiens-tu de toutes tes forces ? Si j'avais su… Oh, mais j'aurais dû savoir que ce ne serait pas si facile. Je n'allais pas m'en tirer ainsi, surtout après mon petit coup de théâtre lors du bal de fin d'année. Après avoir été l'objet de toutes les rumeurs pendant des mois, il aurait été naïf de penser que j'allais passer inaperçue le jour le plus important de l'année.

Pourtant, j'étais loin de l'avoir cherché. Si j'avais vraiment voulu que les regards se posent sur moi et que chacun de mes gestes soit épié, je n'aurais sans doute pas choisi de renoncer au titre le plus prestigieux qu'une lycéenne puisse recevoir aux États-Unis. Certes, je n'avais pas toujours vu les choses de cette façon. C'était bien moi qui avais décidé de faire campagne pour être élue reine de la prom[1], consciente du fait que j'avais toutes les chances de gagner. Non mais rien que d'écrire ces lignes, je crois rêver ! Et pourtant, c'était bien vrai : j'étais soudainement devenue celle dont tout le monde parle. Un phénomène aussi récent qu'étourdissant et auquel j'avais encore du mal à m'habituer.

Quand j'étais arrivée à Albany High à la rentrée précédente, tout le monde se fichait bien de moi. Et ce n'était pas plus mal, car je m'étais appliquée à commettre toutes les bêtises possibles : tomber amoureuse du mauvais garçon, fourrer mon nez dans un mystère qui devait rester enterré, devenir l'ennemie de la fille la plus populaire du lycée et m'efforcer de ne pas voir que le grand amour était juste devant moi. Pas mal, non ? Eh oui, lorsque l'on s'appelle Violet Fontaine, que l'on a une curiosité débordante, une tendance à parler avant de réfléchir et que l'on se laisse facilement emporter par ses émotions, rien de tout cela n'est bien surprenant. Et puis il y a mon père. Sans aucune mauvaise foi – OK avec un tout petit peu de mauvaise foi –, je le tiens pour responsable de la majorité des malheurs qui me sont arrivés. S'il n'avait pas quitté ma mère alors qu'elle était enceinte de moi et s'il n'avait pas tout fait pour que je n'apprenne jamais son identité, je n'en serais pas là. Parce que c'est entièrement sa faute si je suis venue vivre à Los Angeles. Oui, je sais, je devrais dire que c'est grâce à lui, car j'y ai vécu les meilleures années de ma vie, mais je ne vais pas non plus le remercier. Il ne faudrait pas exagérer.

Si ma vie paraît compliquée, c'est parce qu'elle l'est. Et encore, je ne suis pas entrée dans les détails. Quand je suis

---

1. Prom : abréviation de « promenade », le bal de fin d'année dans les lycées américains.

arrivée ici, il y a moins de deux ans, j'étais une simple lycéenne de 16 ans. Comme beaucoup de filles de mon âge, je rêvais d'aventures et de voyages. Pendant des mois, j'avais supplié ma mère de me laisser partir en échange aux États-Unis. Nos rapports étaient tendus – elle m'avait élevée seule et avait toujours refusé de me dévoiler l'identité de mon père – et refusait catégoriquement que je parte. Et puis, un jour, sans crier gare, elle m'avait annoncé qu'elle avait fait toutes les démarches et que je partais deux semaines plus tard. Je n'ai compris la raison de ce brusque changement que bien plus tard mais, sur le moment, je n'ai pas demandé mon reste et suis montée dans l'avion sans me retourner. Et depuis, ma vie n'a plus été la même, ne sera plus jamais la même. Depuis mes premiers pas sur le sol californien, à Santa Monica, au sud de Los Angeles, j'ai découvert d'où je viens, rencontré une famille dont j'avais toujours ignoré l'existence et appris ce que ma vie allait désormais être : tout sauf un long fleuve tranquille.

Toute ma vie, j'avais rêvé de découvrir qui était mon père. À mes yeux, c'était un homme mystérieux, à la vie hors du commun, qui n'avait pas eu d'autre choix que d'abandonner ma mère et qui était aussi attristé que moi par le fait que nous ne nous soyons jamais rencontrés. Maintenant, je comprends à quel point la vérité ne pouvait que me décevoir. La vérité, c'est que mon père biologique est un homme égoïste qui ne s'est jamais soucié des conséquences de ses actes : comme d'avoir une liaison avec ma mère alors qu'il était déjà pris, de l'envoyer balader quand il a su qu'elle était enceinte de moi et d'avoir toujours refusé de me reconnaître et de faire ma connaissance. Peu importe la souffrance dans laquelle il nous a toutes les deux plongées, il a continué sa petite vie, comme si de rien n'était : il a épousé la fille de bonne famille que ses parents approuvaient, a eu deux fils, a pris les rênes de l'empire immobilier de sa famille et s'est enrichi un peu plus chaque jour. Et, bien que la vie de cet homme d'affaires issu d'une riche famille bourgeoise anglaise soit régulièrement exposée dans les tabloïds britanniques, personne n'a jamais rien su de son passé avec ma mère et de son enfant illégitime. La famille Walmsley a enterré le secret avant ma naissance et tout serait resté ainsi si je n'avais pas mis mon nez là où il ne fallait pas. Au terme de recherches fouillées, j'ai fini par découvrir toute la vérité et apprendre, par la même occasion, ce que ma mère mijotait derrière mon dos : elle était en cours de négociations musclées avec mon père afin qu'il m'inclue dans son héritage et me fasse ainsi bénéficier d'une minuscule partie de sa gigantesque fortune. Elle avait donc décidé de m'envoyer à l'autre bout du monde pour m'épargner toute l'agitation que cette histoire n'allait pas manquer d'engendrer. Apprendre la vérité sur mon père n'a été que le début de mes tracas : désormais, il était impératif que je fasse tout mon possible pour garder ce secret au risque de faire échouer les négociations de ma mère et de bouleverser la vie des personnes autour de moi. Malheureusement, rester muette comme une tombe et cacher qui je suis vraiment n'est pas exactement mon point fort.

Pourtant, si mon histoire et ma véritable identité ont été exposées au grand jour, ce n'est pas de ma faute. Comme je l'ai appris à mes dépens, avoir un lourd secret et une pire ennemie ne font pas bon ménage. Et si vous trouvez que « pire ennemie » est une appellation quelque peu dramatique, c'est que vous n'avez pas rencontré Olivia Steiner. Fille la plus populaire et, dit-on, la plus jolie du lycée,

Olivia est en plus une espèce de starlette à Los Angeles. Son père, Richard Steiner, possède un grand groupe de médias et sa famille connaît tout le gotha de la cité des anges. Olivia elle-même a déjà fait des apparitions dans des films et des publicités et a ses entrées dans tous les clubs de la ville. Peu importe qu'elle soit encore mineure pour quelques années[1], les règles ne s'appliquent pas à une fille comme elle ! Avec ses traits raffinés, ses longs cheveux bruns toujours impeccablement lissés, sa posture de ballerine et son carnet d'adresses bien rempli, Olivia obtient toujours ce qu'elle veut. Et elle sait tout aussi bien se débarrasser de ce qui entrave son chemin, moi, en l'occurrence. Si j'étais honnête, je concéderais que tout cela a commencé quand j'ai eu la très mauvaise idée de tomber amoureuse de son petit copain, l'affreux Nathan. Je ne savais pas qu'il était pris, et si, avant de tomber sous son charme, j'avais pu deviner qui il était vraiment – un garçon manipulateur, volage, malsain et à l'ambition tellement dévorante qu'il était prêt à se servir de n'importe qui pour réussir –, cela m'aurait bien arrangé. Et si je cherchais vraiment à dire la vérité et rien que la vérité, j'admettrais qu'il est possible que j'aie eu quelque chose à voir avec leur rupture. Forcément, une fois que le lycée entier a appris la face cachée de Nathan, Olivia n'a plus voulu de lui. Hmmm… Et comment cette histoire a-t-elle fait surface ? Cela reste un mystère pour tous, sauf pour Olivia. Mais elle n'a jamais cherché à comprendre que je ne l'avais pas fait pour lui nuire, mais plutôt pour protéger celles qui étaient tombées dans les filets de l'affreux Nathan, elle comprise. Mes intentions étaient nobles, mais ça, elle ne l'acceptera

1. Aux États-Unis, on atteint la majorité à 21 ans.

jamais. J'imagine que c'est à partir de ce moment-là qu'Olivia a juré de prendre sa revanche. Et comme la vengeance est un plat qui se mange froid, elle a attendu le moment parfait, que je lui ai servi sur un plateau quelques mois plus tard.

Quand j'ai appris la vérité sur mon père, maman m'a fait promettre de ne rien dire à personne. J'avais déjà assez fait de vagues et failli faire échouer son plan concernant mon héritage. Bien sûr, je ne pouvais pas prévoir qu'Olivia, qui a des oreilles partout, allait découvrir mon secret et s'en servir contre moi. Quand elle s'est débrouillée pour révéler que je n'étais pas celle que je prétendais être et que mon père n'était autre que le célèbre et richissime Paul Walmsley, j'ai vraiment cru que ma vie était fichue. Maman et Simon – le frère de Paul, mon oncle, donc – m'en voulaient terriblement de ne pas avoir tenu ma promesse. Mes trois meilleures amies à Los Angeles, Zoe, Maggie et Claire, se sont senties trahies et m'ont délaissée, déçues par ce qu'elles ont interprété comme un manque de confiance et une sérieuse brèche dans notre amitié. Comme si cela ne suffisait pas, Olivia s'est servie de Naya, ma toute nouvelle amie, pour exécuter son plan jusqu'au bout. Naya était ma collègue à l'*Albany Star*, le journal du lycée, et membre avec Noah et moi de NVN Productions, la boîte de production que nous avions créée pour écrire et réaliser un court-métrage. Tout est tombé en miettes du jour au lendemain. À cause d'Olivia (et de Naya, donc), j'ai perdu la confiance de ma famille, l'amitié de Zoe, Maggie et Claire, et notre film, le projet qui me tenait le plus à cœur. J'ai même failli perdre Noah, mon amoureux. Mais surtout, j'ai dû dire adieu à ma vie telle que je la connaissais. Tout à coup, mon nom était sur toutes les lèvres et ma vie, disséquée et amplifiée par tous ces inconnus qui n'avaient rien de mieux à faire.

Et puis, le vent a tourné. Fascinés par mon histoire, de nombreux lycéens sont venus vers moi. J'ai été invitée à des soirées et à des événements aux quatre coins de la ville. Mon carnet de rendez-vous affichait complet et mes problèmes s'arrangeaient. Ça n'a pas été simple, mais les filles ont fini par me rouvrir leur porte, j'ai trouvé le courage de pardonner à Naya et j'ai appris à composer avec ma notoriété nouvelle. En réalité, j'étais partagée entre l'envie de retomber dans l'anonymat et celle de profiter de l'attention dont j'étais la cible, tout comme j'étais divisée entre mon envie d'oublier le mal qu'Olivia m'avait fait et celle de prendre ma revanche. Voilà ce qui m'a poussée à me présenter à l'élection de la reine du bal. Et voilà aussi ce qui m'a encouragée à me désister au dernier moment.

Le bal de fin d'année du lycée est un événement majeur, que tous les lycéens attendent avec impatience. Pendant cette soirée, une reine et un roi sont élus. C'est « le » couple de l'année et c'est un honneur auquel beaucoup de filles aspirent. Eh oui, la vie lycéenne aux États-Unis est quelque peu différente de celle dont j'avais l'habitude en France ! Pendant quelques semaines, j'ai cru faire partie de ces filles-là. J'ai cru que profiter de ma notoriété pour obtenir la couronne si désirée compenserait toutes mes peines et me réconforterait.

Et puis j'ai réalisé que j'en avais assez. Assez de me battre contre Olivia et ses mesquineries. Assez des regards, des messes basses, des gens que je connaissais à peine et qui me traitaient comme si nous étions les meilleurs amis du monde. Assez de me préoccuper davantage de ce petit monde intéressé que de mes amies et de mon cher et tendre.

Assez de ne pas avoir mes priorités en ordre. Au fond, je n'avais pas vraiment envie d'être élue reine du bal. Ce n'était pas moi. Alors, j'ai abandonné mon titre au profit de mon amie Claire, à qui je savais que cela ferait véritablement plaisir. Elle a explosé de joie quand elle a été élue ! Je ne l'avais jamais vue aussi heureuse et mon geste a tellement touché Zoe et Maggie que cela a fini de nous rapprocher pour de bon. Elles ont enfin accepté que, même si je ne leur avais pas révélé l'identité de mon père et de ma famille, j'étais et resterais toujours la même. Mais, si j'ai renoncé à devenir reine du bal au dernier moment, c'était aussi pour moi. J'espérais bénéficier d'un peu de répit et je savais que Noah ne demandait pas mieux. Malheureusement, mon plan n'a pas marché. Qui aurait cru que refuser la couronne attirerait plus l'attention sur moi que si je l'avais acceptée ? J'avais déjà assez fait parler de moi, tout avait été dit. Enfin, c'est ce que je croyais. Mais j'aurais dû me souvenir que plus je m'acharnais à être une fille normale, moins on me traitait comme telle. Claire et Adam, son petit copain, avaient eu à peine le temps de savourer leur victoire que les regards étaient de nouveau tournés vers moi.

« Quel culot ! Tu es sûre que tu ne vas pas regretter ta décision ? »

« Olivia va être verte de jalousie. Attention à toi ! »

« Tu aurais pu me le donner à moi, ton titre de reine du bal ! »

« On a voté pour toi et tu nous as laissés tomber. Tu as vraiment la grosse tête ! »

« Wow, quelle classe ! Ton amie a vraiment de la chance ! »

Ce ne sont que quelques-uns des commentaires que j'ai entendus pendant le reste de la soirée. Dès le lendemain, tout recommençait : les appels, les e-mails, les questions, les félicitations, les invitations. La plupart étaient inoffensifs, mais cela ne change rien. Je ne souhaite rien de plus que de refermer cette porte derrière moi. Le lycée, c'est terminé, et j'aimerais bien que cette aventure en reste là. Je ne veux pas laisser le passé définir la personne que j'ai envie de devenir. Le reste de ma vie m'attend et je suis prête à l'affronter.

Veuillez laisser un message après le bip

Dimanche 27 mai

Claire n'est pas encore redescendue de son petit nuage. Et je crois bien qu'elle risque de planer pendant un bon moment. Loin de lui envier son bonheur, je me réjouis secrètement d'en être la principale responsable. Il y a quelques mois, je lui avais offert le rôle principal dans notre court-métrage et c'est pendant le tournage qu'elle avait rencontré son nouvel amoureux, Adam, qui partageait l'affiche avec elle. Non seulement j'ai lancé sa carrière d'actrice mais, en plus, je suis Cupidon. Depuis sa dernière relation sérieuse, Claire s'était contentée de flirter à droite à gauche avant de rencontrer son nouveau *crush*. Cela ne fait que quelques semaines, mais c'est déjà beaucoup dans le monde de Claire, et on dirait bien que c'est parti pour durer. Et bien sûr, c'est aussi grâce à moi qu'elle a été élue reine de la prom, fait qu'elle ne peut s'empêcher de rappeler à tout bout de champ.

– C'était magique, les filles, magique ! Je n'oublierai jamais ce moment… Et la photo, cette photo…

Claire attrapa son téléphone et nous montra, pour la quinzième fois environ, la photo que Maggie avait prise pendant que Claire et Adam dansaient leur slow devant tout le lycée, couronnés en reine et en roi, le sourire aux lèvres, les yeux pétillants. L'image parfaite du couple parfait.

Zoe, Maggie et moi avons hoché la tête de bon cœur et fait mine de nous extasier devant le cliché que nous connaissions désormais par cœur. Claire n'a pas remarqué le regard amusé que Maggie nous a lancé, et c'était tant mieux : nous n'avions pas l'intention de gâcher son bonheur. Peu importe si elle répétait la même histoire depuis plus d'une semaine ! C'était mieux que de devoir la consoler quand son horrible ex, Zach, l'avait trompée devant son nez pendant tout l'été dernier.

– Je crois que je vais la faire imprimer et la mettre dans un cadre, s'est exclamée Claire comme si elle venait d'avoir l'idée du siècle.

Assis à côté d'elle, Adam lui a lancé un petit coup d'œil inquiet. Certes, ils ne se connaissaient que depuis peu, mais il était évident que cette Claire-là n'était pas celle qu'il avait rencontrée lors du tournage de *Stronger than Words*. La vraie Claire aime faire la fête, ne se prend jamais trop la tête et pense que le romantisme et les grands sentiments sont réservés au cinéma. Cette fille à la guimauve qui refusait de ranger sa robe de bal dans son placard semblait le laisser quelque peu perplexe.

Moi, je l'aime beaucoup, cette Claire-là. Et c'est sans doute un peu parce qu'elle me fait passer pour une bonne fée et que je me trouve de nouveau dans les petits papiers de mes copines. Zoe et moi sommes plus complices que jamais, ce qui me donne l'impression d'être la vraie gagnante de cette histoire. Après avoir failli détruire notre amitié pour de bon, je n'étais pas convaincue que nous puissions un jour repartir de zéro. Zoe a été ma première amie à Los Angeles et restera toujours la plus importante à mes yeux. Bien sûr, je suis ravie de pouvoir compter Maggie et Claire parmi mes meilleures amies, mais l'affection que j'ai pour Zoe est aussi forte que celle que j'ai pour Lou, ma meilleure amie parisienne. C'est Zoe qui avait repéré la petite nouvelle un peu paumée que j'étais et qui avait fait le premier pas vers moi. Sans elle, sa frimousse parsemée de taches de rousseur et son rire communicatif, ma vie à Albany High aurait sans aucun doute été beaucoup moins douce. C'est aussi elle qui m'a introduite dans son groupe d'amies. Claire, la blonde pétillante qui fait craquer les garçons, et Maggie, la mystérieuse et studieuse brunette, m'ont accueillie à bras ouverts et je ne peux pas imaginer ma vie sans elles.

Claire était en train de demander à Adam si la photo serait plus jolie en noir et blanc quand j'ai surpris le regard pensif de Noah. Même après tout ce temps, après nos ruptures et nos réconciliations, j'ai parfois du mal à le cerner. Quand j'avais décidé de nous désister en faveur de Claire et Adam, il m'avait affirmé être d'accord avec moi et je l'avais cru sans peine : Noah déteste se retrouver sous les *spotlights*. Depuis, nous n'en avions plus reparlé et je considérais l'affaire comme close. Se pouvait-il qu'il ait changé d'avis à force de voir l'enthousiasme de Claire ? Puis, sentant mon regard, il a levé ses grands yeux verts sur moi, ceux qui me font encore et toujours fondre, et a murmuré assez bas pour que je sois la seule à l'entendre :

– On y va ?

Sur le moment, j'ai cru avoir mal compris. La soirée ne faisait que commencer ! Notre petite bande s'était retrouvée au King of Burgers, un *diner*[1] un brin rétro qui nous sert en quelque sorte de QG. Les prix y sont raisonnables, les serveurs nous laissent discuter autour d'un milk-shake pendant des heures et il y a un cinéma au bout de la rue. Certes, nous avions déjà passé la même soirée ensemble des dizaines de fois, mais celle-ci avait tout de même quelque chose de particulier : nos années lycée étaient officiellement terminées. Notre été commençait à peine et nous avions tant de choses à nous dire ! Des soirées à organiser, des projets à faire, des ragots à nous raconter, et nous allions sans doute, pendant quelques semaines encore, devoir écouter Claire nous expliquer la chance qu'elle avait eue que ses chaussures argentées aient été assorties à sa couronne.

– Violet ? a poursuivi Noah devant mon manque de réaction.

– Mmmoui, ai-je répondu en sirotant mon milk-shake au caramel.

– Tu ne préfères pas qu'on finisse la soirée tous les deux ?

Hmmm… Comment refuser une telle requête de la part d'un garçon aussi craquant, aux épaules fortes et carrées contre lesquelles j'adore me blottir, et au parfum enivrant dont je ne me lasse jamais ? Mais je n'avais vraiment pas envie de délaisser mes copines aussi rapidement. Qui sait où la soirée allait nous mener ? Claire avait sans aucun doute entendu parler d'une fête chez le frère d'un copain d'un camarade de classe, ou Adam allait nous dégoter un film que nous devions absolument voir dans la seconde, ou bien ce serait Joshua – le copain de Maggie – qui aurait une

1. *Diner* : restaurant américain typique, équivalent à la brasserie en France.

idée de jeu qui nous occuperait pendant le reste de la soirée. J'étais en train de chercher le moyen de dire à Noah que je voulais rester sans lui donner l'impression que je choisissais notre bande plutôt que lui, quand Zoe s'est penchée vers nous.

– Allez, filez les amoureux !

De toute évidence, elle n'avait pas perdu une miette de notre conversation, ou de l'ennui affiché par Noah qui jouait avec sa paille depuis un quart d'heure. Mon amoureux s'est levé de sa chaise avant même que j'aie eu le temps de dire « ouf ». Je ne sais pas pourquoi je me suis soudainement sentie aussi triste – j'allais revoir les filles très vite, probablement dès le week-end –, mais quelque chose dans l'attitude de Noah m'a convaincue de ne rien dire.

Nous avions à peine passé la porte que Noah m'a lancé :

– Tu as faim ? On peut aller manger un morceau si tu veux ? Ou on peut aller chez moi ? Mes parents sont de sortie et le frigo est plein.

– OK, va pour chez toi, ai-je répondu en me demandant si Noah avait pensé à cela pendant tout le temps où nous étions au King of Burgers.

Finalement, nous avons passé une excellente soirée tous les deux. On a mis de la musique et dansé comme des fous dans son salon, puis avons dévoré les biscuits gourmet que sa mère garde pour les invités et cache au fond d'un placard. Noah ne lui a jamais dit qu'il connaît sa cachette et fait toujours l'innocent quand elle se demande où ces fameux biscuits ont bien pu passer. On a tellement ri que j'en ai oublié tout le reste. Et puis, Noah a repris son sérieux pour me parler de notre prochain rendez-vous.

– Je voudrais que l'on fasse un truc un peu spécial rien que tous les deux, avant que les cours commencent. Je sais que l'on va se voir presque tous les jours, mais ce n'est pas pareil, on aura plein de travail et on ne sera pas seuls…

Noah parlait des cours d'écriture de scénario auxquels nous nous étions inscrits cet été. Six semaines intensives pour nous perfectionner et poursuivre le chemin de notre premier opus, écrit et réalisé peu avant la fin des cours. Puis, mon téléphone a sonné. Le numéro d'appel étant inconnu, j'ai froncé les sourcils. Qui pouvait bien m'appeler à cette heure-là ? Alors que je m'apprêtais à décrocher, Noah est intervenu :

– Je suis en train de te parler… a-t-il dit avec une pointe de reproche dans la voix.

– Mais, je ne sais pas qui c'est, ai-je insisté, comme si c'était une excuse valable pour l'interrompre.

– Je croyais que tu ne répondais plus aux numéros inconnus ?

Il avait raison. J'avais en effet décidé que je ne devrais plus répondre à ce type d'appels, beaucoup trop fréquents à mon goût, depuis que mon nom, mon histoire et mon numéro s'étaient répandus comme une traînée de poudre au lycée. Nous en étions donc arrivés à la solution suivante : que je filtre ces appels. Sauf que mon petit copain oublie parfois que je suis d'une curiosité ravageuse. Je finis souvent par décrocher et me retrouve ensuite obligée de me débarrasser de la copine du copain de machin ou truc, qui aimerait vraiment que je vienne je-ne-sais-plus-trop-où.

– Tu as raison, ai-je répondu en reposant mon téléphone sur la table basse.

– Je disais donc… une petite soirée romantique rien que toi et moi… cette semaine ?

J'ai jeté un coup d'œil discret. Pas de message. Hmmm, maintenant je ne saurai jamais qui m'avait appelée. Quand j'ai relevé la tête, Noah m'observait avec de grands yeux.

– Euh oui, cette semaine. Car maman arrive vendredi et après…

J'ai laissé la suite en suspens. Je ne voulais pas vraiment penser au fait que maman n'était pas la seule que j'attendais. Tout s'était déroulé si vite que je n'avais pas eu l'occasion d'annoncer la nouvelle à Noah – ni à mes copines, d'ailleurs – et je doutais que ce soit le bon moment. Mon téléphone a sonné de nouveau. Sauvée par le gong ! Mais, à l'expression exaspérée de Noah, j'ai compris qu'il valait mieux ne pas y penser. J'ai refusé l'appel et pris mon amoureux dans mes bras.

– Désolée… C'est une super idée. Toi et moi, tu as raison, on a besoin de se retrouver un peu. Tu m'as manqué cette semaine…

Noah s'est radouci quelque peu. Je savais que c'était ce qu'il avait besoin d'entendre et c'était aussi tout à fait vrai. J'avais passé la semaine à courir dans tous les sens. J'avais assisté à un pot de départ organisé par Nick, notre rédacteur en chef, pour toute l'équipe de l'*Albany Star*, j'avais accepté plus d'invitations qu'il n'y avait de jours – je comprenais pourquoi tout le lycée voulait fêter la fin de l'année, mais je ne savais pas pourquoi je m'étais sentie obligée de dire oui à tous – et j'avais même ouvert les portes de mon placard à une blogueuse mode – une copine d'une copine d'Emily, une collègue du journal – qui voulait faire un article sur mon style et ma garde-robe.

– Tu m'as manqué aussi. J'ai l'impression de devoir te partager avec toute la ville…

J'allais lui répondre qu'il exagérait un peu quand la sonnerie de mon téléphone a retenti de nouveau. J'ai senti mes joues s'empourprer, me sentant coupable d'interrompre notre moment de tendresse, même si ce n'était bien sûr pas de ma faute si un malotru persistait désespérément à essayer de me joindre un vendredi soir après 23 heures.

– Décroche, a fini par lancer Noah, se défaisant de notre étreinte.

– Non, non, non, ai-je fait, en jetant tout de même un coup d'œil au numéro affiché sur l'écran, le même qu'avant.

– Ça doit être important... a-t-il ajouté.

Il n'en fallait pas plus pour me déculpabiliser. J'ai appuyé sur le bouton vert et, dans l'instant, une fille à la voix guillerette a débité en un seul souffle :

– Hello Violet ! J'espère que je ne te dérange pas ! Je suis la cousine de ton amie Kailey, et elle m'a dit que tu avais l'intention de tourner un autre film, alors je voulais te demander... allô ?

Prise dans son élan, la cousine de Kailey – qui soit dit en passant n'est pas vraiment une amie mais plutôt une des nombreuses connaissances qui se sont récemment autodéclarées mes meilleures amies – avait oublié de me laisser placer un mot. Incroyable ! Voilà pourquoi j'avais décidé d'ignorer ces appels : ils proviennent toujours de gens intéressés que je ne connais ni d'Ève ni d'Adam. Remarquant mon air agacé, Noah a froncé les sourcils, et j'ai levé les yeux au ciel pour lui expliquer que j'aurais mieux fait de m'en tenir à notre tête-à-tête.

– Oui... Euh... Désolée, je ne t'entends pas bien...

– Je disais donc, je m'appelle Mila et...

– Allô ? Allô ? Allô ? ai-je continué alors que j'entendais parfaitement la Mila en question.

– Violet, tu m’entends ?

– Euh, désolée mais je n’ai pas de réseau et je crois que ça va…

Et hop, j’ai raccroché. Noah a fait la grimace devant ma petite mise en scène.

– Il est peut-être temps que tu changes de numéro ?

J’ai fait la moue. Bien qu’elle ne soit pas dénuée de sens, cette solution m’est apparue un peu drastique. Et puis, si Noah voulait vraiment m’avoir pour lui tout seul, changer mon numéro de portable ne suffirait pas. Je n’avais pas le cœur de lui dire qu’il n’avait pas fini de devoir me partager avec d’autres. Il allait très bientôt y avoir un autre homme dans ma vie.

E-mail de **loulou@emailme.com**
à **violetfontaine@myemail.com**
le mardi 29 mai à 13 h 14
Sujet : Ton frère

Hello ma belle,

Je sais que tu n’as pas envie que je te le répète mais… je t’aime trop pour te voir souffrir pour rien. Dis-leur ! Noah, Zoe, Maggie et Claire ont envie de partager ta vie et cela ne sert à rien de leur cacher que votre petite bande va bientôt s’agrandir…

Promis, j’arrête.

Bon, euh, encore une petite fois : tu ne vas quand même pas attendre qu’Edward débarque pour leur annoncer la nouvelle ?

Voilà, maintenant, je n’en parle plus, tu peux compter sur moi.

Bises,

Ta Lou

Départs et arrivées

Vendredi 1er juin

Elles sont sorties de leur placard depuis quelques jours déjà. Elles ont été posées nonchalamment dans l'entrée et laissées là… en attendant. Elles ont beau ne pas être encore remplies, le départ n'en est pas moins imminent. Et moi, chaque fois que je passe devant les valises de Simon et de Susan, je ressens un pincement au cœur, même si je sais à quel point c'est égoïste de ma part. Ils sont sur le point de s'embarquer dans une belle aventure et je devrais me réjouir pour eux. Mais ils vont tellement me manquer ! Simon a été la personne la plus importante dans ma vie depuis mon arrivée à Los Angeles. Avant même que je sache qu'il était le frère de mon père, j'ai ressenti une connexion avec lui qui ne m'a jamais quittée. Simon est le père que j'aurais aimé avoir : créatif, tendre, pédagogue dans l'âme – il persiste à essayer de m'apprendre à cuisiner, même si je sais que je ne serai jamais aussi douée que lui. Il est toujours de bon conseil et sait être présent sans être trop protecteur. Parfois, sa culture britannique ressurgit et je ne comprends pas toujours son humour ou la retenue dont il fait preuve, mais je l'adore, tout autant que sa femme Susan. Susan est ma tante préférée. Certes, elle est mon unique tante, mais cela ne change rien. Non seulement elle aime faire du shopping autant que moi, mais elle me laisse parfois piocher dans son imposante collection de sacs quand je vais en soirée. J'adore aussi discuter de trucs de fille avec elle. Elle sait tout de ma relation avec Noah ! Il y a des choses que je confie à Susan que je n'oserais jamais aborder avec maman.

Malheureusement pour moi, mais heureusement pour eux, un scénario que Simon a écrit il y a une quinzaine d'années est enfin en cours de production, et mon oncle sera parti pendant la plus grande partie de l'été pour assister au tournage. Susan a décidé de l'accompagner dans son périple et je redoute déjà le moment de leur départ. Je n'imagine pas une vie en Californie sans ces deux-là, et c'est pour cela que j'ai décidé d'aller faire mes études à L.A.U., l'université la plus proche de chez nous. Mais, pour le moment, je vais devoir me faire une raison, et apprécier le fait qu'ils seront encore là pour mon anniversaire. Vu que maman arrive aujourd'hui, nous allons pouvoir fêter mes 18 ans tous ensemble. Quand elle a appris que Simon et Susan seraient partis pendant plusieurs semaines, elle a décidé de prendre un congé sans solde de son travail d'interprète pour me tenir compagnie jusqu'à ma rentrée à l'université. Au départ, je pensais qu'elle insisterait pour que je rentre en France pendant l'été, mais elle avait l'air ravie de troquer la grisaille parisienne contre le bleu de l'océan Pacifique. L'été promettait d'être chargé : nous avions prévu des petites escapades aux quatre coins de l'État et je voulais absolument lui faire découvrir tous mes endroits préférés. Mais tout cela a bien changé lorsque nous avons appris que nous ne serions pas seules cet été.

Quelques semaines plus tôt, Simon s'était enfermé dans son bureau pour annoncer cette curieuse nouvelle à maman.

Il avait essayé de m'éviter, mais c'était peine perdue : je l'avais harcelé de questions dès qu'il en était ressorti.

– Alors, alors, alors ? Qu'est-ce qu'elle a dit ?

J'étais dans tous mes états. J'avais sauté de joie quand j'avais appris que maman venait passer l'été avec moi ! Mais je n'avais jamais voulu que ce séjour lui cause de la peine. Elle avait assez souffert des manigances des Walmsley et souffert d'avoir vu sa liaison avec Paul révélée de la sorte. Tous ces bouleversements étaient douloureux pour elle et je savais que, même si mon père et elle étaient parvenus à un accord sur mon héritage, ils ne s'étaient pas réconciliés pour autant. Alors comment pouvait-elle cohabiter avec le fils de Paul pendant tout l'été ? Je craignais que ce ne soit la goutte d'eau qui fasse déborder le vase.

Mes propres sentiments étaient plus mitigés. Je ne pouvais pas me mentir à moi-même : l'idée de rencontrer mon demi-frère était vraiment tentante. Edward – le plus âgé des deux enfants « légitimes » que mon père a eus avec sa femme, Joanna – et moi n'aurions jamais dû entrer en contact. Je savais que lui et son petit frère Peter existaient, mais je ne les avais jamais considérés comme mes frères. Nous vivions dans des mondes complètement différents et il ne m'était jamais venu à l'esprit que je n'étais plus – techniquement – fille unique. De son côté, Edward avait aussi appris mon existence et se posait des questions sur moi. Et il n'avait pas tardé à montrer à quel point il était différent de son père : quand il avait su que j'avais besoin d'argent pour financer la production de notre court-métrage, il n'avait pas hésité à nous apporter les fonds nécessaires. Aurais-je autant envie de le rencontrer s'il ne m'avait pas sauvé la vie ? Bon, « sauver la vie » est peut-être un peu fort, mais c'est grâce à lui que nous avons réalisé notre rêve et que *Stronger than Words* a connu un succès aussi retentissant. Sans lui, notre film serait resté un scénario oublié dans un tiroir. Un garçon qui vient en aide à la sœur qu'il n'a jamais rencontrée ne peut pas être foncièrement mauvais. Mais cela ne voulait pas dire que je me sentais prête à l'accueillir dans ma vie. Et de ce côté-là, je pensais être tranquille : Edward vivant avec sa famille à Londres, nous ne risquions pas de nous croiser dans la rue.

Et puis, il a soudainement décidé de venir passer l'été à Los Angeles. Ses rapports avec son père s'étaient dégradés depuis qu'il avait appris mon existence et il tenait à s'éloigner pendant quelques mois. Je suis bien placée pour savoir que Paul Walmsley n'est pas quelqu'un qui cède facilement au chantage, mais Edward a dû se montrer persuasif quand il a menacé de s'enfuir, car l'invraisemblable s'est produit. Paul a appelé Simon et l'a supplié de bien vouloir lui rendre ce service. Quand on sait que les deux frères ne se sont quasiment pas adressé la parole depuis dix-huit ans, on comprend pourquoi Simon a fini par dire oui : si Paul se tournait vers lui, c'est que la situation devait être grave.

– Elle a eu du mal à digérer la nouvelle, a annoncé mon oncle, l'air un peu dépité.

La conversation avec maman avait dû être assez animée. Lorsque Paul avait rompu avec elle et avait refusé de reconnaître son enfant, Simon s'était rangé de son côté et, dégoûté par le comportement de son frère, avait décidé de couper les ponts avec lui. Bien sûr, ce n'était pas la seule raison qui l'avait poussé à émigrer aux États-Unis. Mon oncle ne s'était jamais senti à l'aise au sein de cette famille plus intéressée par les affaires, l'argent et la réussite que par les liens du sang. Mais Simon était le seul à avoir soutenu maman et elle lui accordait une confiance aveugle.

– Mais elle vient toujours ?

Mon cœur s'était soudainement affolé. Et si maman décidait que cela était trop pour elle et annulait son voyage ? Je ne pouvais pas envisager de choisir entre Edward et elle, même si, de toute évidence, personne ne m'avait demandé mon avis.

– Oui, Isabelle vient toujours. J'ai réussi à lui faire voir les choses de mon point de vue : ce n'est pas à Paul qu'elle rend un service, c'est à moi. Je n'ai jamais pu être là pour mes neveux depuis leur naissance et ce n'est pas de leur faute si je suis en froid avec ma famille. J'ai donc demandé à ta mère de considérer Edward comme mon neveu. Il n'est pas bien dans ses baskets et il a besoin de changer d'air.

Je dois avouer que je me sens un peu responsable de son mal-être : cela a dû être un choc pour lui d'apprendre que son père a eu un enfant avec une autre femme. Si moi, j'avais choisi de faire cette découverte, ce n'était pas le cas d'Edward. Cela lui était tombé dessus d'un seul coup. Et je mettrais ma main à couper que cette pensée avait aussi traversé maman : nous n'avions jamais eu l'intention de blesser les enfants de Paul mais, malheureusement, ils avaient fait partie des dommages collatéraux.

Encore toute retournée par les révélations de Simon, j'avais sauté sur Skype en espérant que Lou soit disponible. Super Lou à la rescousse ! Malgré la distance, Lou est et reste ma meilleure amie, mais les seize mille kilomètres qui nous séparent depuis près de deux ans n'arrangent rien. Je ne suis plus au courant de sa vie de tous les jours, ne connais pas les nouvelles copines qu'elle s'est faites depuis mon départ, je ne suis plus incollable sur son groupe préféré, sa couleur préférée, son film préféré et je ne me souviens même plus si le garçon qui la fait craquer en ce moment est brun ou blond. Bon, ça, c'est facile à régler, je viens de regarder une photo d'une soirée où elle s'est rendue récemment avec le garçon en question. Max est bien blond. Mais comme je ne connais pas une seule personne présente sur la photo à part Lou, il me paraît évident que notre amitié ne sera plus jamais la même. Et pourtant, quand j'ai besoin d'elle, Lou répond toujours à l'appel.

– Comment est-ce qu'on en est arrivés là ? avais-je maugréé à travers la webcam. Maman, Edward et moi, tu parles d'un trio gagnant. Et pendant tout l'été !

– C'est sûr que ce n'est pas l'idéal… avait concédé Lou, qui, je le voyais bien, n'aurait échangé sa place avec moi pour rien au monde.

– Mais reprenons depuis le début. Tu as envie que ta mère vienne, non ?

– Bien sûr ! Ça fait tellement longtemps que l'on ne s'est pas vues.

– Bon, et Edward ?

J'avais fait la moue.

– Passer un été entier ensemble alors que nous ne nous sommes jamais rencontrés… hmmm, je t'avoue que ça m'angoisse un peu.

– Je te comprends… mais, essaie de voir les choses de cette façon : si tu pouvais choisir, tu préférerais qu'il vienne ou pas ?

J'avais eu un petit sursaut à cette question. Les choses ne se sont pas exactement bien passées quand j'ai rencontré mon père. Il m'avait invitée dans un grand restaurant hyperguindé où j'avais trop peur de salir la belle nappe blanche et de ne pas savoir quelle fourchette utiliser pour profiter de la nourriture raffinée. Au lieu de retrouvailles émotionnelles avec le père que je n'avais jamais connu, j'avais plutôt eu droit à une espèce d'entretien d'embauche. Je m'étais demandé si mes réponses à ses questions lui paraissaient satisfaisantes, son air strict et renfermé ne me donnant aucune indication à ce sujet. Et si ma rencontre avec Edward était un désastre ? Et pourtant… je ne voulais pas le croire. Rien que lors de nos échanges par e-mails, Edward m'avait semblé aux antipodes de l'homme froid dont je gardais encore un mauvais souvenir. Edward était différent, j'en étais persuadée. S'il y avait une personne chez les Walmsley – hormis Simon, que je n'ai jamais considéré comme tel – avec laquelle je pouvais avoir une relation vraie et sincère, ce serait Edward.

– Je choisirais de rencontrer mon frère, avais-je fini par répondre.

Lou m'avait souri.

– Ton frère !

Je n'ai pas pu m'empêcher d'éclater de rire. Il y a quelques mois encore, je jalousais la complicité entre Zoe et sa grande sœur, j'enviais l'âme protectrice de Lou envers ses deux petits frères et les bêtises que Noah a pu faire avec son grand frère. Et maintenant, j'étais sur le point de rejoindre leur petit clan.

Mon frère, ma mère, mon oncle, ma tante. Dit comme ça, on pourrait presque croire que j'appartiens à une famille normale. Rien n'est plus loin de la vérité mais, pendant un instant, laissez-moi rêver à ce que ma vie aurait pu être si ce joli tableau avait été une réalité.

Majeure

Jeudi 7 juin

Il faut croire que je mûris. C'est une bonne chose, non ? Honnêtement, je n'arrive pas à me décider à ce sujet. L'année dernière, j'étais dépitée à l'idée de ne pas organiser de fête pour mon anniversaire. Je voulais inviter plein de monde, danser jusqu'à la tombée de la nuit et m'amuser comme une folle. Quelle déception ai-je ressentie quand mes amies m'ont fait croire qu'aucune d'entre elles n'était disponible ce jour-là ! Alors que je ruminais dans mon coin, je ne pouvais pas me douter qu'elles me préparaient en fait un anniversaire surprise, qui s'est révélé plus fabuleux que tout ce que j'avais imaginé. Mais cette année, les choses sont différentes. Je n'ai pas envie d'extravagance et je n'ai plus rien à prouver. Ou bien si, justement, j'ai envie de prouver que je suis la fille simple et sans histoires que j'étais l'année dernière, lors de mes 17 ans. Cette année, pour célébrer mon passage à la majorité (française), j'ai choisi un petit dîner à la maison – que Simon a gentiment proposé de cuisiner – avec les personnes que j'aime le plus : mes amies proches, Noah, Simon, Susan et maman. Pourtant, ce n'est pas faute d'avoir eu l'embarras du choix !

« Violet, on devrait réserver une salle, je connais un endroit qui peut accueillir deux cents personnes, tu crois que ça irait ? » dixit Kailey, qui devait être tombée sur la tête.

« Violet, qu'est-ce qu'on doit faire pour être sur la *guest list*[1] de ton anniversaire ? On a vraiment envie de venir ! » Message d'une bande de *frehsmen*[2] auxquels j'ai parlé deux fois au plus.

« Violet, que fais-tu pour ton anniversaire ? J'ai une soirée prévue ce week-end mais, avant de confirmer, je voulais savoir... » – ça, c'était de la part de Brendan, le nouveau petit copain d'Olivia qui, curieusement, me considère encore comme une copine alors que sa petite amie me déteste. Je n'ai rien contre Brendan, c'est un garçon plutôt sympa qui mérite mieux que cette pimbêche, mais j'avoue qu'en ce qui me concerne il ne remplit pas les critères d'ami proche. Et puis, Olivia serait sans doute verte de rage si elle apprenait qu'il était invité à mon anniversaire, et je n'avais aucune envie de me la mettre à dos une nouvelle fois.

J'ai répondu à tous que j'avais prévu une toute petite fête avec ma bande, ce qui, bien entendu, les a poussés à insister encore, persuadés d'en faire partie. Mais j'ai tenu bon. Mes plus chers amis et ma famille *only*. Une fête simple pour contrebalancer le fait que, d'une certaine manière, j'allais devenir une Walmsley. Certes, il ne s'agissait que d'un arrangement financier, et je devrais encore attendre quelques mois pour toucher la somme annuelle que mon père m'avait accordée, mais tout de même. En acceptant son argent, je devenais sa fille.

1. *Guest list* : liste d'invités.

2. *Freshmen* : lycéens en première année aux États-Unis.

Hier matin, jour de mon anniversaire donc, je me suis réveillée au son de multiples « ping » annonçant la réception de messages sur mon téléphone. Je l'ai attrapé sans plus réfléchir, prête à me délecter des petits mots que mes amis n'avaient pas manqué de m'envoyer. Puis, je me suis rappelé le message que je leur avais envoyé la veille.

Cela faisait plusieurs jours que mon sommeil était peuplé de rêves étranges qui me réveillaient en sueur en plein milieu de la nuit et qui me forçaient à rester éveillée jusqu'au lever du soleil. Ce n'est que lorsque j'apercevais les premiers rayons que je consentais à reposer ma tête sur l'oreiller dans l'espoir de rattraper une ou deux heures de sommeil. Il m'a fallu accumuler plusieurs nuits d'insomnie avant que j'admette ce qui me préoccupait vraiment. L'arrivée d'Edward allait bouleverser ma vie et je n'en avais parlé à personne, à part Lou. Maman était là depuis une semaine et nous n'avions toujours pas parlé d'Edward. Nous avions mille choses à nous dire, mais ce sujet restait tabou. Pas question de l'aborder devant Simon, qui était encore incroyablement mal à l'aise à l'idée de partir compte tenu de la situation, et mes quelques tentatives pour aborder la question avec maman avaient toutes échoué. Le message était clair : elle ignorerait la situation jusqu'au dernier moment. Mon petit doigt me disait qu'elle était tout aussi confuse que moi.

Je ne craignais donc pas vraiment que maman évoque le sujet lors de ma soirée d'anniversaire, mais je ne pouvais pas non plus garder cela pour moi plus longtemps. Edward serait là dans quelques jours et je n'allais tout de même pas le cacher à tout le monde. J'ai réfléchi à la façon dont j'allais annoncer la nouvelle à mes amis, sans forcément réaliser qu'elle signifiait bien plus pour moi que pour eux. Est-ce pour cela que je ne trouvais pas les mots ? Et s'ils ne comprenaient pas la tourmente que cela provoquait en moi ? Alors, lorsque je me suis réveillée à 2 h 14 le matin de mon anniversaire, j'ai décidé que c'était le moment ou jamais de lâcher le morceau. J'ai attrapé mon téléphone et ai tapé les mots suivants :

« Hello à tous,
Je suis ravie de vous voir demain pour fêter mon anniversaire. J'ai une importante nouvelle à vous annoncer que je ne veux pas garder plus longtemps pour moi. Allez, je me lance… »

Je ne sais pas ce qui s'est passé après. Dans ma tête, j'étais persuadée d'avoir continué mon message et de l'avoir relu une demi-douzaine de fois avant de l'envoyer à toute la bande. La seule explication valable est que je me sois endormie en plein milieu. Le lendemain matin, j'ai trouvé mon téléphone à côté de mon oreiller et un carnet gribouillé de notes illisibles au pied de mon lit. L'avalanche avait débuté à 8 h 03 (Zoe se lève toujours tôt pour aller nager, même en vacances).

SMS de « **Zoe portable** »
à « **Violet portable** »
envoyé le mercredi 6 juin à 8 h 03
« ?????? Qu'est-ce qui t'arrive ? C'est grave ? Tu veux que je vienne te voir ? Dis-moi ! »

SMS de « **Zoe portable** »
à « **Violet portable** »
envoyé le mercredi 6 juin à 8 h 04
« Ah, et joyeux anniversaire ! Non mais sérieusement, ça va ? »

SMS de « **Noah portable** »
à « **Violet Portable** »
envoyé le mercredi 6 juin à 8 h 36
« Violet, je viens de t'appeler trois fois. Ton téléphone est sur "silencieux" ? Qu'est-ce qui se passe ? Je m'inquiète ! Rappelle-moi tout de suite ! »

SMS de « **Noah portable** »
à « **Violet portable** »
envoyé le mercredi 6 juin à 9 h 01
« Je viens d'essayer le portable de Simon, mais il ne répond pas… Il doit être parti courir. Enfin, j'espère, je m'inquiète… »

SMS de « **Claire portable** »
à « **Violet portable** »
envoyé le mercredi 6 juin à 9 h 32
« Happy Birthday Violet ! Quel suspense, c'est insoutenable ! Ton dîner a toujours lieu ce soir ? Dis-nous tout ! »

SMS de « **Maggie portable** »
à « **Violet portable** »
envoyé le mercredi 6 juin à 9 h 47
« Euh, Violet, c'est une de tes blagues ? Qu'est-ce que tu vas nous annoncer ? Que le 6 juin n'est pas vraiment ton anniversaire ? Haha… Bon, je te souhaite un joyeux anniversaire quand même ! »

SMS de « **Noah portable** »
à « **Violet portable** »
envoyé le mercredi 6 juin à 10 h 03
« Simon vient de me rappeler, il m'a dit que tu dormais encore. Je n'ai pas osé lui demander de quoi tu voulais parler… Bon, tu m'appelles dès que tu te lèves ? J'ai bien envie de passer chez toi, mais pas sûr que ta mère apprécie que je débarque à l'improviste… En tout cas, j'aimerais bien aussi te souhaiter ton anniversaire de vive voix… *Love you* xxx. »

SMS de « **Zoe portable** »
à « **Violet portable** »
envoyé le mercredi 6 juin à 10 h 20
« Allô, allô, allô ? Sérieusement, Violet, c'est nous qui sommes censées te faire une surprise le jour de ton anniversaire, pas l'inverse… »

Quand je me suis réveillée, peu après 11 heures, il y avait aussi cinq appels manqués, deux de la part de Zoe et trois de Noah. L'esprit encore embrumé, j'ai parcouru mes messages envoyés pour relire celui, cryptique et inachevé, que j'avais adressé à ma bande d'amis. Tu parles d'un effet d'annonce !

SMS de « **Violet Portable** »
à « **Noah Portable** », « **Zoe Portable** », « **Claire Portable** » et « **Maggie Portable** »
envoyé le mercredi 6 juin à 11 h 13
« Oups, j'ai fait une boulette. Je vous raconte tout chez Tusk à midi. Violet XOXO. »

J'avais inquiété Noah et mes copines pour rien et j'appréhendais encore plus de leur parler de l'arrivée d'Edward. Ils étaient tous déjà là quand j'ai poussé la porte de mon café préféré à deux pas de chez moi, les cheveux encore humides et pas tout à fait certaine d'avoir appliqué du mascara des deux côtés. Étant donné que je suis capable de m'endormir au beau milieu de la rédaction d'un message (tout en l'envoyant quand même), cela ne m'aurait pas étonnée. Ma fatigue et mon mal de crâne se sont vite dissipés quand les filles m'ont sauté dessus pour me souhaiter un joyeux anniversaire.

– Une chose est sûre, je ne toucherai plus jamais à mon téléphone à moins d'être réveillée à 100 %, me suis-je exclamée.

– Une chose est sûre, a plaisanté Claire, tu as l'art et la manière d'attirer notre attention.

– Je suis désolée…

– On te pardonne si tu nous dis tout de suite ce qui t'arrive, m'a interrompue Noah avec une moue mi-boudeuse, mi-amusée.

Mon pauvre Noah ! Je lui en ai déjà fait voir de toutes les couleurs et il doit se demander si cela va un jour se calmer. J'aurais tendance à dire que non, me connaissant, mais je n'ai pas envie de l'effrayer.

– Ce n'est pas si grave, en fait. C'est juste que… je vais rencontrer mon frère dans quelques jours.

Enfin libérée de ce poids sur ma poitrine, j'ai déballé toute l'histoire. La décision surprise d'Edward, ma réaction mitigée, mes craintes vis-à-vis de maman, tous les souvenirs douloureux que cela avait fait ressurgir en moi, de mon enfance sans père à la découverte de l'homme qu'il était vraiment. Mes amis m'ont fait le plus beau cadeau qui soit : celui de voir le verre à moitié plein.

– C'est génial, a annoncé Claire. J'ai trop hâte de rencontrer celui qui a rendu notre film possible !

– Je suis sûre que tu vas l'adorer ! a dit Zoe.

– On va l'accueillir comme un des nôtres, a précisé Maggie.

– Ça va le changer de la grisaille de Londres ! a repris Claire. Il ne va plus jamais vouloir repartir…

– Hmmm, on n'en est pas là, ai-je remarqué. Tout un été ensemble, ça va déjà faire beaucoup.

– Mais on est là, est intervenue Zoe. On va s'assurer que tout va bien se passer.

J'ai jeté un coup d'œil à Noah. Il a toujours tendance à se mettre un peu en retrait lorsque je suis avec mes copines. Les grandes effusions, ce n'est pas trop son truc. Les effets d'annonce un brin dramatiques, non plus. Je mourais d'envie de savoir ce qu'il pensait, mais je n'ai pas osé le presser. Finalement, il a pris ma main et a dit :

– Si tu es heureuse qu'il vienne, alors je suis heureux pour toi. Tu es contente, non ?

J'ai souri.

– Maintenant je le suis, ai-je répondu en me lovant dans ses bras sur la banquette du café.

Mais pour le moment, j'avais surtout un anniversaire important à fêter. Et il s'est déroulé exactement comme je le souhaitais : sans chichis, avec les personnes qui comptent le plus pour moi. Je ne pouvais pas rêver de meilleure façon d'avoir 18 ans.

Confession intime

Vendredi 8 juin

Je n'avais pas eu de ses nouvelles depuis la prom. Si j'ai compris quelque chose au sujet de Naya, c'est que notre amitié ne sera jamais simple. Nous avions déjà essayé de faire fi de notre passé chargé et de nous comporter comme de simples copines, mais cela n'a jamais vraiment marché. Alors, quand elle m'a envoyé un message trois heures avant mon dîner d'anniversaire pour me dire qu'elle ne pourrait pas venir, je n'ai pas cherché à comprendre. Et quand, deux jours plus tard, aujourd'hui donc, elle m'a envoyé un autre message me demandant si je pouvais la retrouver dans l'heure, j'ai accepté sans trop me poser de questions. C'était comme ça avec Naya. D'un côté, on ne venait pas du même monde et, de l'autre, nous restions unies par nos passions et nos rêves communs.

Le soleil resplendissant de cette magnifique journée de juin contrastait avec l'allure un peu défaite de la belle Indienne, d'habitude si apprêtée. Elle m'avait simplement indiqué qu'elle m'attendrait « sur le banc », mais cela m'avait suffi à la retrouver. Nous avions déjà passé des heures sur ce banc, au bord de la plage de Santa Monica, à discuter de tout et de rien, mais surtout du projet qui nous avait rapprochées depuis le début de l'année scolaire : notre court-métrage.

Mais il était évident que Naya ne m'avait pas convoquée pour parler travail. Ses yeux étaient rougis, ses cheveux emmêlés et elle semblait s'être habillée dans le noir.

– Je ne savais pas vers qui me tourner… a-t-elle commencé en guise d'excuse.

J'ai eu le cœur gros rien qu'à entendre ces mots. Quand elle était arrivée à Albany High, après que sa famille avait déménagé de New York, Naya était l'une des filles les plus populaires du lycée. Normal, elle était l'amie d'enfance d'Olivia, et avait donc été acceptée illico par la majorité des lycéens. Comme les choses ont changé en un an ! Sans aucun respect pour leur amitié, Olivia s'est servie d'elle pour prendre sa revanche sur moi, et Naya s'est vite retrouvée sans personne. Olivia la tenait pour responsable du fait qu'elle avait été démasquée et suspendue pendant une semaine pour avoir publié un article frauduleux sur moi dans l'*Albany Star*, et moi, je ne lui avais pas encore pardonné de m'avoir trahie de la sorte. Au fil des mois, elle s'est reconstituée un petit groupe de copines et nous avons fini par nous réconcilier bon an mal an. Mais j'imagine qu'elle a dû traverser de sérieux moments de solitude.

– Je suis là, ai-je répondu sans trop savoir ce que je voulais dire par là.

Nous n'étions clairement plus aussi proches que nous l'avions été mais, si Naya avait pensé à moi en premier, je lui devais bien de l'écouter.

– Je suis désolée d'avoir raté ton anniversaire. Tu as passé une bonne soirée ?

– Ne t'inquiète pas, tu n'as rien manqué d'exceptionnel. Mais oui, j'ai passé une très bonne soirée.

Naya a gravement hoché la tête.

– Je me suis fâchée avec Sunil, a-t-elle murmuré, des sanglots dans la voix.

Une peine de cœur, j'aurais dû m'en douter. Naya avait rencontré Sunil, un camarade de classe, quelques mois auparavant, et c'est en partie grâce à lui qu'elle avait remonté la pente. Je ne le connaissais pas très bien, mais ils avaient l'air de vraiment bien s'entendre. Sunil était même venu nous donner un coup de main lors du tournage de *Stronger than Words*. La dernière fois que j'avais vu Naya et Sunil ensemble, lors de la prom, ils semblaient filer le parfait amour.

– Je crois qu'on a rompu.

– Et si tu me racontais tout depuis le début ?

Naya a essuyé ses larmes d'un revers de la main. Puis elle a pris une grande inspiration avant de se lancer.

– Je trouvais qu'il m'étouffait un peu. Je sais que je devrais être contente, mais... il m'appelait deux ou trois fois par jour, il voulait qu'on se voie tout le temps, et quelques jours avant la prom, il m'a dit qu'il aimerait bien qu'on... enfin tu vois, qu'on passe à la prochaine étape.

Naya m'a jeté un coup d'œil. Je ne savais pas quoi répondre, alors je lui ai juste fait signe de continuer.

– Il disait qu'il en avait très envie, et il a commencé à me presser de plus en plus, gentiment, mais il insistait quand même pas mal. Après la prom, quand je lui ai dit que je ne me sentais pas prête, il m'a dit : « Je t'aime, Naya, tu es la seule fille qui compte pour moi ». Et je me suis comportée comme une idiote.

Les sanglots ont repris de plus belle. J'ai pris sa main dans la mienne.

– Je suis sûre que ce n'est pas le cas, l'ai-je rassurée.

– Si, Violet. Je suis restée gelée sur place pendant une éternité, je ne savais pas quoi répondre. Alors, finalement, j'ai dit « Merci, mais euh, il faut que je réfléchisse », ou quelque chose de tout aussi pathétique. Et puis je me suis enfuie. J'espérais qu'il m'appellerait, mais comme trois jours plus tard je n'avais pas eu de ses nouvelles, je me suis dit que ça devait être définitivement fini entre nous…

– Non ! me suis-je exclamée. Il attendait sans doute que ce soit toi qui le rappelles. Le pauvre, il devait être malheureux. Il t'a dit qu'il t'aimait et…

Je me suis arrêtée là. Inutile de remuer le couteau dans la plaie.

– Exactement. J'ai fini par comprendre que c'était à moi de faire le premier pas. C'est ce que j'ai fait et on a bien discuté. On s'est réconciliés, mais quelque chose n'allait toujours pas. Je sentais qu'il attendait que je lui dise que moi aussi, je l'aime, que je lui fais confiance, que je veux être avec lui coûte que coûte, mais ça ne sortait pas. On avait réussi à se rabibocher, mais sans parler du vrai problème. Le jour de ton anniversaire, ça a éclaté de nouveau. Très fort. Et depuis, il ne répond plus. Je l'ai appelé, je lui ai envoyé des tonnes de messages. Zéro, rien. Je crois bien que c'est fichu.

Comme pour illustrer son propos, Naya a sorti son téléphone de son sac à main, a fait une recherche sur les messages entre Sunil et elle et me l'a tendu. J'ai parcouru leurs petits mots d'amour, tous les détails de leur relation, les petits noms qu'ils se donnent entre eux, leurs rêves, leurs envies. Toutes ces choses intimes, auxquelles personne n'aurait dû avoir accès. Et pourtant, Naya m'encourageait à continuer.

– Regarde, celui-là. C'était pour nos un mois. Il peut être tellement romantique !

J'ai lu le message en question, j'avais l'impression de ne pas avoir le choix, mais je me sentais de plus en plus mal à l'aise. Naya se dévoilait d'une façon dont je n'aurais jamais été capable. Et puis, je me suis reprise.

– Tu veux savoir ce que j'en pense ?

Elle a fait oui de la tête. De toute façon, j'étais déjà partie sur ma lancée.

– Ce garçon est fou amoureux de toi. Et toi aussi, c'est évident, sinon tu ne serais pas là à pleurer parce qu'il te manque. Vous avez connu une ou deux disputes, et alors ? Ce ne sont pas les dernières. Mais maintenant, l'important, c'est que tu fasses le nécessaire pour que vous vous réconciliez pour de bon. Dis-lui que tu es désolée, que tu l'aimes, que vous allez réussir à faire marcher les choses entre vous. Et si tu as besoin de plus de temps pour… le reste, dis-lui simplement que ça n'a rien à voir avec tes sentiments pour lui. C'est ton problème, ton corps, et amoureuse ou non, il faut que tu sois prête.

J'ai repris mon souffle. Naya m'observait d'un air béat, et je me suis soudainement demandé si je n'étais pas allée un peu trop loin. Moi, Violet Fontaine, donner des conseils en amour ? Oui, j'avais clairement dépassé les bornes. Mais Naya ne devait pas être de mon avis puisqu'elle s'est jetée dans mes bras.

– Merci, Violet ! Tu as raison, je vais continuer à l'appeler et je vais faire tout ce qu'il faut pour qu'il change d'avis.

Naya avait quelque peu retrouvé le sourire et elle s'apprêtait déjà à dégainer son téléphone pour mettre son plan à exécution. Quelques minutes plus tard, nous nous étions dit au revoir et partions chacune de notre côté. Je me suis retournée pour l'observer. Elle marchait la tête haute et parlait déjà au téléphone. Les choses allaient s'arranger entre eux, j'en étais convaincue. Mais, de mon côté, je repartais avec un lourd poids sur le cœur. Est-ce que je pourrais un jour m'ouvrir de nouveau de la sorte ? Mes deux dernières années avaient été une longue suite de mensonges, de secrets, de trahisons. J'avais vu ma vie étalée dans les pages des journaux. J'avais entendu les pires rumeurs à mon sujet, et dû démentir nombre d'intox. Dire la vérité toute nue, oser me montrer fragile et sans fards... je ne crois pas que ça puisse encore m'arriver. J'ai appris à me forger une carapace, à me protéger de ceux qui ne me veulent pas toujours du bien, mais, en faisant cela, je crois que j'ai perdu un peu de moi-même. Je ne me suis pas laissé faire, et j'ai su remonter la pente, mais j'ai sans aucun doute laissé derrière moi un peu de ma franchise et de ma spontanéité. Les retrouverai-je un jour ? Rien n'est moins sûr.

En cage

Dimanche 10 juin

Depuis que Simon et Susan sont partis, l'ambiance n'est plus vraiment la même à la maison. Quand ils étaient encore là, nous arrivions à faire semblant. Semblant d'être une famille comme les autres, semblant de ne pas remarquer que l'arrivée d'Edward est imminente. J–2. Maman fait mine de rien, mais je vois bien que cela la tracasse. Quand je me suis levée hier, elle rentrait déjà d'une longue balade et m'a annoncé de but en blanc qu'elle avait changé d'avis sur nos projets pour le week-end. Il fallait ranger la maison, remplir le frigo, aérer la chambre d'amis, faire le lit, trouver le trousseau de clés supplémentaire et tout un tas d'autres choses qui n'avaient ni queue ni tête. À l'entendre, on aurait pu croire que la maison de Simon tombait en lambeaux et n'avait pas vu l'ombre d'un aspirateur depuis belle lurette. Alors que c'est tout le contraire. Depuis près de deux ans que j'y vis, je n'ai jamais vu cette belle demeure autrement qu'impeccable. La reine d'Angleterre pourrait passer à l'improviste et trouver les lieux à son goût. En tout cas, ce qui était clair, c'est que ce n'était pas le moment de la contredire. J'ai accompli toutes les tâches qu'elle me demandait. J'ai fait de la place dans le placard de la chambre d'amis alors qu'il était presque vide – elle devait s'en être aperçue puisqu'elle y avait dormi jusqu'au départ de Susan et de Simon –, fait le lit, longuement réfléchi à la serviette de bains que j'allais poser dessus – bleue, grande et moelleuse – et rangé tout le bazar dans le salon, c'est-à-dire déplacé les quelques magazines posés sur une étagère.

Puis, laissant maman tourner comme un lion en cage dans la cuisine, à se demander si nous avions acheté assez de sortes de céréales pour parer aux goûts d'Edward sans jamais le nommer, je suis allée me réfugier dans ma chambre. Maman aurait dû être à la plage en train de se faire dorer ! Ce n'était pas vraiment une façon de passer un samedi après-midi. Et pourtant, moi non plus je n'arrivais pas à penser à autre chose. Il m'apparaissait de plus en plus évident que je ne connaissais rien d'Edward. Ni ce qu'il prend au petit déjeuner, ni ses goûts musicaux, ni le nom de ses amis, ni sa matière préférée au lycée. J'ai attrapé mon ordinateur et retrouvé une photo de lui. Un portrait de famille avec ses parents, ses grands-parents et son petit frère. Il ne regardait pas l'objectif et, de toute façon, il apparaissait en trop petit pour que la photo m'en dise plus. Et puis, brûlée par ma curiosité, j'ai décidé qu'il fallait que je lui parle immédiatement. Il m'avait donné son numéro de portable lors de l'un de nos échanges par e-mails, mais je n'avais pas cru avoir un jour l'occasion de l'utiliser. Et pourtant, maintenant, les touches de mon téléphone me démangeaient. J'avais déjà composé la moitié du numéro quand je me suis ravisée. Qu'allais-je bien pouvoir lui dire ? « Tu es sûr que tu viens toujours ? », « Tu as déjà fait ta valise ? », « N'oublie pas la crème solaire ! ». Non, non, non, tout cela sonnait faux. Notre première conversation ne pouvait pas tourner autour de la crème solaire. Je me suis sentie prise de panique. Si je ne savais pas quoi lui dire maintenant, de quoi allions-nous parler pendant tout l'été ? Cela allait être une catastrophe. Nous allions nous retrouver tous les trois à manger dans un silence complet pendant que maman s'attellerait à chasser des miettes invisibles. Heureusement que Noah a choisi ce moment-là pour m'appeler. J'en étais déjà à m'imaginer qu'Edward était en fait envoyé par sa mère pour nous espionner, ou que son père se servait de lui pour nous distraire pendant qu'il défaisait nos accords sur mon héritage avec ses avocats.

Je suis redescendue pour demander à maman si ça ne la dérangeait pas que je sorte avec Noah. Quand Simon et Susan étaient là, je pouvais vaquer à ma guise, surtout lorsqu'il s'agissait de voir mon petit copain. Mon oncle et ma tante l'apprécient beaucoup et l'ont même invité à leur mariage. Mais maman était d'une humeur tellement curieuse qu'il valait mieux que je m'y prenne avec des pincettes.

– D'accord, à plus tard, m'a-t-elle répondu distraitement.

Pas de « Où vas-tu ? », « À quelle heure rentres-tu ? », « Fais bien attention à toi », « Dis à Noah de conduire doucement ! », « N'hésite pas à m'appeler si tu as un problème, même en pleine nuit ! ». Au lieu de ça, j'ai filé me préparer sans demander mon reste. Edward n'était pas encore arrivé que notre quotidien était déjà transformé.

Modèle

Mercredi 13 juin

– Violet ! Violet, tu écoutes ?

– Oui, ai-je répondu l'air outré.

– Alors pourquoi tu ne prends pas de notes ?

Noah venait de me prendre en flagrant délit, mais je n'allais pas me laisser dérouter aussi facilement.

– Euh, parce que tu prends assez de notes pour nous deux ?

– On devrait tous prendre des notes, a-t-il remarqué en pointant du doigt les pages que Naya noircissait à côté de nous.

À ce moment-là, le professeur nous a jeté un coup d'œil en fronçant les sourcils. Noah, craignant bien trop les représailles, est illico retourné à ses prises de notes. De mon côté, j'ai pu reprendre ma rêverie là où je l'avais laissée.

Nos cours d'été ont commencé cette semaine. À l'époque, cela avait semblé une excellente idée. Forts du succès de notre premier court-métrage, Noah, Naya et moi avions décidé de poursuivre l'aventure. Mais si nous voulions continuer à écrire et à réaliser des films, nous avions encore beaucoup à apprendre. Nous nous étions sentis si perdus la première fois ! Qui sait les erreurs que nous aurions pu éviter si nous avions un peu mieux su ce que nous faisions ?

Si notre film avait été bien accueilli par nos proches – qui s'étaient empressés de le montrer à leur entourage, créant ainsi un effet boule de neige qui nous donnait l'impression que le tout-LA avait vu notre chef-d'œuvre –, le processus de création n'avait pas été des plus simples. Voilà pourquoi nous avions décidé de nous inscrire à ces cours intensifs. Nous avions pour objectif d'écrire un nouveau scénario pendant l'été et, pourquoi pas, de réaliser notre deuxième film d'ici à la fin de l'année.

Mais ça, c'était avant la prom, avant que je sache qu'on ne me laisserait pas tranquille aussi facilement, avant que je réalise que notre premier film ne serait jamais vraiment terminé. Je continue encore et toujours à recevoir des messages et des questions à son sujet, souvent des compliments, parfois des critiques, mais le fait est qu'il est toujours d'actualité. Et puis, bien sûr, c'était avant qu'Edward arrive.

Maman et moi l'avons attendu à l'aéroport pendant plus de trois heures hier après-midi. Elle craignait tellement d'être en retard que nous sommes arrivées une heure en avance, pour découvrir que son vol avait été retardé, et que nous allions donc devoir ronger notre frein pendant un moment. Pas tout à fait certaine que j'allais le reconnaître, j'avais créé une petite pancarte simplement marquée « Edward » et avais presque été tentée d'acheter un lot de ballons à l'aéroport, comme on le voit dans les films. Et puis, je me suis dit qu'il serait probablement épuisé par le long vol depuis Londres et que c'était trop pour une première rencontre. Et j'ai bien fait ! La rencontre a été assez étrange comme ça. Quand il est arrivé, je ne savais pas si je devais le prendre dans mes bras ou lui faire la bise, et nous sommes restés plantés là un moment sans savoir quoi faire.

Et puis, maman a attrapé sa valise et nous nous sommes mis en route, en échangeant quelques civilités d'usage sur l'air de « As-tu fait bon voyage ? ». Je n'ai vraiment pu l'observer que lorsque nous sommes arrivés à la maison. Ma première impression avait été qu'Edward est le portrait craché de son père. Maintenant, je pouvais un peu mieux le détailler. Malgré les deux ans qui nous séparent, Edward est un petit peu plus grand que moi. Il est plutôt svelte mais c'est sa façon de se mouvoir qui m'a le plus marquée. Ces gestes sont délicats, mesurés et ses bonnes manières évidentes. Il ne nous a même pas laissées porter sa valise. Ses cheveux bruns sont plus foncés que ceux de son père et ses yeux noisette sont magnétiques. Il a aussi le même accent *british* et *posh* que Paul, qui doit être celui de toute la famille Walmsley. Simon m'avait un jour raconté que cet accent est typique des classes supérieures londoniennes et qu'il s'était évertué à s'en défaire dès son arrivée à Los Angeles pour mieux se fondre dans la masse. Bien sûr, son accent britannique reste toujours présent, même après toutes ces années, mais il y a assez de californien dedans pour qu'il ne se démarque pas trop.

Hier soir, je n'ai pas appris grand-chose d'autre d'Edward. Maman avait préparé un festin pour son arrivée (tout en prétendant qu'elle n'avait pas passé trois heures en cuisine), mais mon petit frère a déclaré ne pas avoir faim et, après nous avoir tout de même souhaité chaleureusement bonne nuit, il est parti se coucher. Il n'était pas encore 20 heures et maman et moi avons passé le reste de la soirée à nous regarder en chiens de faïence et à essayer de ne pas trop faire de bruit. Cela dit, le repas était absolument délicieux.

Ce matin, mon cœur palpitait quand j'ai ouvert les yeux. Je ne pouvais tout de même pas aller en cours et laisser Edward tout seul toute la journée ! J'ai appelé Noah dès le saut du lit pour lui faire part de mon problème, mais me suis quelque peu ravisée quand il a décroché. Je ne pouvais pas non plus rater notre troisième jour de cours, cela ne faisait pas très sérieux.

– Hello Violet, *what's up*[1] ?

– Euh, je voulais juste savoir si… tu passais bien me chercher ce matin ?

J'avais appelé Noah la veille pour lui raconter l'arrivée pour le moins discrète d'Edward, et nous étions déjà convenus qu'il passerait me chercher ce matin. Inutile de dire que Noah a été étonné par ma question.

– Euh, oui. Ça va toi ?

– Oui, oui. Enfin, c'est juste que je me disais que…

Je n'ai pas osé finir ma phrase. Je ne voulais pas décevoir mon amoureux. Cela faisait des semaines qu'il attendait le début de nos cours avec impatience. Il avait placé tous ses espoirs dedans, persuadé que nous en ressortirions en vrais pros. Et maintenant, à le voir griffonner à toute allure, suspendu aux lèvres de notre professeur (un scénariste renommé, selon Noah, même si je n'avais bien sûr jamais entendu parler de lui) tel un élève modèle, je constate que j'ai bien fait de ne pas lui faire faux bond.

– Enfin, je voulais savoir si tu avais réfléchi, pour le film ?

Il y a quelques jours, j'ai reçu un e-mail d'un blogueur de cinéma basé à Los Angeles, qui souhaitait nous interviewer au sujet de notre court-métrage. Je ne voyais pas où était le

1. *What's up ?* : Quoi de neuf ?

mal, et j'avais tout de suite dit oui ; avant de me rappeler que Noah et Naya devaient aussi donner leur avis. C'est aussi ça le travail d'équipe, tout le monde doit être d'accord avant que l'on puisse avancer. Quand, comme moi, on a tendance à parler avant de réfléchir, cela peut parfois poser problème. J'avais donc demandé l'avis de Noah et de Naya en occultant le fait que j'avais déjà donné une réponse.

– Pff, je ne sais pas, m'avait dit Noah. On devrait peut-être plutôt se concentrer sur nos cours et notre nouveau projet. Ça va nous servir à quoi ?

– Plus on parle de notre film, mieux c'est, tu ne crois pas ?

– Mmmoui, avait-il répondu sans enthousiasme.

Je n'ai rien voulu dire, mais je savais ce qui le turlupinait, la même chose, sans doute, que celle à laquelle Naya avait pensé quand je lui en avais parlé. C'était moi que le blogueur avait contactée, et ce n'était pas un hasard. Il n'était pas le premier à me parler comme si c'était mon film, comme si j'étais la seule responsable de son succès, et comme si le travail de mes deux coéquipiers n'y avait compté pour presque rien. Noah et Naya s'étaient bien sûr autant réjouis que moi que notre film soit si bien reçu, mais ils avaient encore du mal à avaler que ma notoriété soudaine y soit pour autant que la qualité de notre œuvre.

– Je peux m'en occuper, si tu veux, ai-je proposé en espérant clore le sujet.

– Je ne sais pas… je crois que tu as déjà pas mal à faire ?

À ses mots, la seule chose qui m'avait traversé l'esprit était le visage mystérieux d'Edward lors de son arrivée la veille. Mais bien sûr, ce n'était pas ce dont mon studieux *boyfriend* voulait vraiment parler. Tu parles de vacances ! Je crois que je vais plutôt me reposer à la rentrée…

Very Best Friends

Dimanche 17 juin

Le scoop du jour (enfin, plutôt de ces derniers jours) : avoir un frère est absolument génial. Edward est formidable ! Il devait juste avoir besoin d'une bonne nuit de sommeil, car, dès le lendemain de son arrivée, il s'est montré sous un tout nouveau jour. Quand je suis rentrée de mes cours, il m'attendait avec un grand sourire et une bonne nouvelle : il avait petit-déjeuné avec maman et il n'y a pas eu de catastrophe phénoménale. Enfin, bien sûr, il ne me l'a pas dit comme ça. Juste qu'il avait un peu discuté avec elle avant qu'elle parte se balader pour la journée. Elle avait prévu de retrouver une copine de passage dans la région et s'est aussi inscrite à des cours de yoga à la plage. Quel soulagement ! Leur premier vrai contact s'était déroulé dans la douceur, cela me donnait espoir pour le reste de l'été. Mais ce n'était pas tout ! Edward m'a ensuite tendu un paquet : une jolie boîte plate fermée par un gros ruban rose.

– Qu'est-ce que c'est ? me suis-je exclamée.

– Un petit cadeau pour vous remercier de m'accueillir, a-t-il répondu avec le sourire.

C'est là que j'ai remarqué qu'une autre boîte identique attendait sur la table du salon. J'ai ouvert la mienne à toute vitesse pour y découvrir un somptueux foulard en soie, avec un imprimé à motif floral dans les tons roses, rouges et violets. Wow ! J'ai eu l'impression de ne jamais avoir rien vu d'aussi beau. J'ai fait glisser le foulard dans ma main. La soie était si douce et si épaisse que j'avais envie de m'enrouler dedans et de ne plus jamais la quitter.

– Ce n'est pas vraiment un cadeau approprié pour la saison, s'est excusé Edward. À Londres, il ne fait jamais très chaud, mais je me rends compte que tu ne vas probablement pas pouvoir le porter de sitôt.

Edward avait raison, les températures avaient oscillé entre 30 °C et 35 °C ces derniers temps, et je passais mon temps en petite robe légère, ou en short en jean et débardeur. Mais cela ne m'empêchait pas d'apprécier ce somptueux cadeau.

– Tu plaisantes, je l'adore ! Il est magnifique Edward, merci beaucoup !

– J'ai choisi un autre modèle pour ta mère, pour que vous n'ayez pas le même. Je connais la créatrice, c'est une amie de ma mère. Elle est très réputée en Angleterre. Bon, bien sûr, je ne lui ai pas dit pour qui j'achetais ces cadeaux…

Une ombre est passée dans son regard. Oh, mais je ne voulais gâcher ce moment pour rien au monde. Le geste d'Edward m'avait beaucoup touchée et c'était ça le plus important.

– Tu as très bon goût. Noah n'oserait jamais choisir un vêtement ou un accessoire pour moi sans me consulter ou demander l'aide de mes copines.

– Noah, c'est ton petit copain ?

– Oui ! ai-je répondu en dégainant mon téléphone pour lui montrer une photo.

On a passé le reste de l'après-midi à se raconter nos vies. Enfin, bon, bavarde comme je suis, j'ai l'impression que c'est surtout moi qui lui ai raconté la mienne. Je lui ai parlé de Zoe, de Maggie et de Claire, de mon travail à l'*Albany Star* – j'ai même sorti mon book pour lui faire lire mes meilleurs articles. Je lui ai détaillé toutes les réactions positives que nous avions reçues au sujet de notre court-métrage, lui ai parlé de Noah, de tout ce qu'il y a à faire à Los Angeles, de mon coin de plage préféré, de la boulangerie à tester absolument, et j'aurais pu continuer encore longtemps si maman ne nous avait pas interrompus. Elle a tout autant été surprise et touchée par le cadeau d'Edward et nous nous sommes mis à table dans la bonne humeur. Je n'arrivais pas à y croire, mais notre trio improbable semblait fonctionner.

Après le dîner, Edward est retourné dans sa chambre et je me suis précipitée sur mon téléphone pour appeler Zoe, puis Maggie, puis Claire, pour leur dire que j'adorais déjà Edward et leur raconter par le menu notre première soirée ensemble. Quand je suis redescendue un peu plus tard, j'ai trouvé le salon désert. Maman était sur la terrasse en train de lire et, m'a-t-elle informée, Edward n'était toujours pas ressorti de sa chambre. Elle a remarqué la petite lueur qui est passée dans mon regard et a tout de suite deviné que je mourais d'envie d'aller frapper à sa porte pour poursuivre notre conversation.

– Laisse-le, Violet. Il a peut-être envie de se reposer. Tu le verras demain.

Maman avait raison, je ne voulais pas l'étouffer… Mais tout de même, je suis remontée dans ma chambre un peu déçue. Ce n'est qu'à ce moment-là que je me suis rendu compte que je n'avais pas fait mes exercices pour le lendemain et que, si je ne m'y attelais pas tout de suite, Noah n'allait pas être super ravi. Une demi-heure plus tard, mes devoirs à moitié faits, mes yeux se fermaient tout seuls et j'ai décidé que cela suffisait.

Les deux jours suivants se sont déroulés à peu près de la même manière. Edward était aimable, participait à la conversation, faisait des compliments à maman sur sa cuisine, puis retournait passer le reste de la soirée dans sa chambre. J'ai continué à lui raconter mon quotidien à Albany High en m'évertuant, bien entendu, à éviter tout ce qui concerne notre père commun ou la façon dont tout le monde a appris qu'il avait une fille cachée. Edward ne semblait pas vouloir beaucoup parler de lui, ce que j'ai mis sur le compte de la timidité. Après tout, quand je suis arrivée chez Simon, lui aussi était une vraie tombe, je ne savais presque rien de sa vie, les premiers temps. Edward m'a quand même parlé de ses hobbies – il fait de l'équitation et joue du piano – et de sa bande de copains à Londres. Vendredi soir, en débarrassant la table, il m'a demandé où on allait sortir ce week-end et, bien que je n'y avais pas réfléchi auparavant, je lui ai promis que je lui concocterais quelque chose de sympathique. Et puis, hier matin, j'ai reçu un message de Zoe qui tombait vraiment à pic.

SMS de « **Zoe portable** »
à « **Violet portable** »
envoyé le samedi 16 juin à 11 h 46
« Je viens de parler à Claire : un copain d'Adam organise une fête ce soir, et nous sommes tous invités. Tu ne crois pas qu'il serait temps que tu nous présentes ce super frère dont tu n'arrêtes pas de parler ? On meurt d'impatience ! Zoe XOXO. »

Edward a affiché un grand sourire quand je lui ai parlé de cette soirée et a passé le reste de la journée à choisir sa tenue. C'est ce que je me suis imaginé en tout cas, car quand il est ressorti de sa chambre, il était tiré à quatre épingles : cheveux gominés, parfum boisé, chemise au col savamment relevé et aux manches parfaitement roulottées, pantalon en toile nickel, et mocassins en daim qui semblaient neufs, comme le reste de sa tenue, d'ailleurs. Je me suis demandé comment Noah, qui devait passer nous chercher, allait réagir en le voyant. Noah est plutôt du genre jean et tee-shirt, et même si je lui répète toujours qu'il est très chic quand il passe une chemise et un autre pantalon que son jean délavé chéri, ce n'est tout simplement pas son style.

– On aurait pu prendre un taxi, a remarqué Edward quand je lui ai annoncé que Noah avait un peu de retard.

– Oh, il ne va pas tarder…

– Tu veux que j'en appelle un ? a-t-il continué. Ça lui évitera de venir jusqu'ici.

Je ne savais pas comment dire à Edward que, dans ma bande, on n'était pas vraiment habitués à se déplacer en taxi. Surtout à Los Angeles ! La ville est si étendue que je n'imagine pas le prix de la course. Et puis, je me suis rappelé un article que j'avais trouvé sur le style de vie des Walmsley. J'y avais lu que les deux garçons se faisaient conduire à l'école chaque jour par un chauffeur. Tout à coup, je me suis demandé si Edward avait déjà mis les pieds dans le métro ou dans le bus. J'ai senti une bouffée d'angoisse monter en moi. Cette soirée allait être un désastre ! Qu'allait penser Edward de mes amis simples et sans prétention qui se contentent de conduire les voitures de leurs parents ? Soudain, je me suis sentie aussi nerveuse que le jour où j'avais présenté Noah à maman. C'était deux mondes qui allaient s'entrechoquer, et j'étais de moins en moins sûre que cette soirée soit une bonne idée.

Mes craintes se sont vite dissipées quand Noah est arrivé.

– Quel plaisir de te rencontrer ! Violet n'arrête pas de parler de toi ! a-t-il dit à Edward en lui offrant une poignée de main chaleureuse accompagnée d'une tape sur l'épaule.

– C'est réciproque alors, le fameux Noah !

À peine étions-nous montés en voiture que les garçons avaient déjà trouvé une multitude de sujets de conversation. J'ai ainsi appris que Noah est fan de pop britannique et qu'Edward a longtemps voulu s'essayer au basket. Quand nous sommes arrivés à la soirée, ils avaient déjà échangé les noms de leurs groupes préférés et arrangé une séance de sport avec les copains de Noah. Personne ne semblait remarquer que je n'avais presque pas dit un mot du trajet, mais je ne pouvais pas me plaindre. Le fait que Noah apprécie Edward ne faisait que me confirmer la chance que j'avais d'avoir enfin rencontré mon frère.

Les filles étaient déjà là et glapissaient d'impatience à l'idée de faire sa connaissance. Est-ce que j'avais vraiment vanté ses mérites à ce point-là ? Il fallait croire que oui. En un rien de temps, notre petite bande s'était trouvé un coin pour discuter autour de la star de la soirée, Edward.

– Oh, Violet ! Tu ne nous avais pas dit qu'il était si craquant ! a minaudé Claire un peu plus tard, alors qu'Edward était parti à la rencontre d'autres invités.

– Craquant ? Mais, euh, il a deux ans de moins que nous !

– Ça ne se voit pas, est intervenue Maggie. Il a l'air assez mature pour son âge. Et tellement sophistiqué. Vous avez vu sa tenue ? Et ses cheveux, parfaitement coiffés et bien courts. Ça change des garçons qui abusent du gel ou laissent pousser leurs cheveux n'importe comment parce qu'ils ont la flemme.

– Et j'adore son accent ! Si distingué ! s'est exclamée Claire.

Elles ont continué ainsi pendant un moment, à décrire ses lèvres sensuelles, sa carrure à la fois fine et virile et sa galanterie si séduisante. J'ai jeté un coup d'œil effaré à Zoe, mais elle avait l'air de se ranger plutôt du côté des filles.

– Forcément, tu ne le vois pas comme ça, mais on ne peut pas nier qu'il a du charme…

Il n'y a pas à dire, mes copines sont vraiment super chouettes. C'est évidemment pour me faire plaisir qu'elles ont accepté mon petit frère aussi rapidement et ne l'ont pas quitté de la soirée. Je l'adore, donc elles l'adorent aussi. C'était bien ce que je voulais… non ?

E-mail de **loulou@emailme.com**
à **violetfontaine@myemail.com**
le dimanche 17 juin à 15 h 42

Hello !!!!

Hmmm, moi aussi j'ai envie de rencontrer Edward le magnifique… Hahaha ! Tu m'enverras une photo ?

Bon, sans rire, tu as réussi à en savoir plus sur lui ? Avant qu'il arrive, tu brûlais d'envie de savoir pourquoi il tenait tant à venir passer l'été à LA, alors j'imagine que tu as dû le cuisiner à ce sujet.

Dis-moi tout !

Bises,

Ta Lou

Jongler

Jeudi 21 juin

Et dire que je croyais que mon rythme était effréné quand j'étais au lycée ! Ce n'était rien comparé à ce que je suis en train de vivre en ce moment. Enfin, ce n'est pas si grave, il faudrait juste que j'arrive à me couper en dix morceaux pour pouvoir faire tout ce que l'on me demande.

Noah et Naya sont à fond sur notre prochain scénario. Ils ont chacun une longue liste d'idées qu'ils souhaitent développer et passent leur temps à en débattre lors des pauses et après les cours. J'ai mes propres idées, mais ces deux-là sont tellement sérieux que je n'ose pas m'imposer. Inutile de dire que je n'ai pas, comme eux, passé toutes mes soirées à compléter tous mes devoirs au pied de la lettre et à rédiger d'éventuels synopsis. Pour le moment, je les laisse donc mener la barque.

Quand je rentre à la maison, Edward m'attend de pied ferme. Enfin, c'est en tout cas l'impression que j'ai. Il déborde d'énergie. Il veut aller à la plage, aller déguster un burger, faire une partie de bowling, assister à un concert, il y a toujours quelque chose de nouveau. Noah lui a présenté quelques copains qui sont plus disponibles pendant les vacances et avec qui il a passé les journées précédentes, mais cela ne semble pas lui suffire. Bien entendu, j'ai envie de lui faire plaisir mais… je vois bien que nos escapades commencent à peser à maman. Pourtant, elle aussi a trouvé à s'occuper cet été. Elle a fait quelques connaissances à ses cours de yoga et a contacté des amies de Susan qu'elle avait rencontrées lors du mariage de mon oncle et de ma tante. Mais je vois bien qu'elle fait la moue lorsque Edward lui annonce que nous avons quelque chose de prévu et que nous passerons de nouveau la soirée dehors, parfois seuls, parfois avec Noah, parfois avec les filles. Les endroits et les personnes changent, et Edward a l'air de bien s'amuser, tout comme ma petite bande qui ne se lasse pas de lui. D'ailleurs, Noah n'a même pas fait allusion au fait que nous ne nous sommes presque pas retrouvés en tête à tête depuis l'arrivée d'Edward. Comme je l'avais prédit, Naya et Sunil se sont réconciliés et se joignent parfois à nous. Naya me prend régulièrement à part pour me tenir au courant des derniers développements de leur histoire. Je crois qu'elle est encore toute retournée par leur dispute et reste sur ses gardes. Pourtant, Sunil a l'air plus amoureux que jamais.

J'ai dû aussi trouver le temps de faire cette interview sur notre court-métrage. Edward nous a entendu en parler et a tout de suite déclaré qu'il serait vraiment trop dommage de refuser. Il n'en fallait pas plus pour faire changer Noah, puis Naya, d'avis. Maintenant que l'entretien est bouclé, ils ont soudainement tous les deux très envie de lire l'article à paraître la semaine prochaine. De ce côté-là, tout est bien qui finit bien. Cela me fera une chose de moins avec laquelle jongler. Il ne me reste plus qu'à ignorer la montagne d'e-mails auxquels je n'ai pas répondu pour que je puisse enfin souffler.

Sauf que… quand je suis rentrée aujourd'hui, maman m'attendait. Elle a posé son index sur sa bouche pour me faire signe de rester silencieuse. Edward devait être dans sa chambre, et maman voulait me parler seule à seule.

– J'ai l'impression de ne pas t'avoir vue depuis que je suis arrivée ! Je suis venue passer l'été avec toi, mais tu as l'air bien trop occupée pour t'intéresser à ta mère…

– Je suis désolée maman, tu as raison. Je ne voulais pas te délaisser comme ça, c'est juste que…

Maman a ouvert de grands yeux ébahis. J'ai tout de suite compris ce qui la surprenait.

– Eh oui, je suis d'accord avec toi. Ça te choque tant que ça ? ai-je plaisanté.

– Ça n'arrive pas souvent… a-t-elle répondu en souriant.

– Je crois qu'Edward a prévu d'aller jouer au basket avec Noah, ai-je repris.

– C'est exactement ce que je me suis dit, on va pouvoir passer un peu de temps toutes les deux, enfin ! s'est-elle exclamée.

– Je monte me changer et j'arrive.

Quand je suis entrée dans ma chambre, ma première pensée s'est tournée vers mon lit moelleux. Hmmm, qu'est-ce que je n'aurais pas donné pour faire une bonne sieste ! Pour une fois qu'Edward était occupé, j'aurais bien aimé me prélasser dans mon lit avec un bon livre. Mais non, je ne pouvais pas faire cela à maman qui m'attendait en bas. Je ne pouvais pas l'abandonner après lui avoir promis de passer la soirée avec elle. C'est à ce moment-là que, ironie de toutes les ironies, mon téléphone a sonné.

SMS de « **Maggie portable** » à « **Zoe portable** »,
« **Claire portable** » et « **Violet portable** »
envoyé le jeudi 21 juin à 17 h 26

« SOS cœur brisé les filles ! J'ai besoin de vous. Est-ce que vous pouvez passer chez moi ce soir ? *Please, please, please !* »

Freedom

Vendredi 22 juin

Je suis arrivée chez Maggie le cœur battant et la gorge sèche. Notre bande avait déjà connu son lot de peines de cœur et, naïvement peut-être, j'avais espéré que nous serions épargnées pendant quelque temps. Zoe venait de sortir d'une rupture avec celui que je croyais être l'amour de sa vie, Claire avait été trompée par son ex, et moi, eh bien, ma vie amoureuse en général, et ma relation avec Noah en particulier, avaient toujours eu des allures de montagnes russes. Assez pour me donner des haut-le-cœur et pour me faire retenir ma respiration de nombreuses fois. Bien sûr, ce n'était pas de moi qu'il s'agissait, mais de Maggie. « Ma pauvre Maggie ! » n'arrêtais-je pas de me répéter alors que j'attendais devant sa porte après avoir appuyé trois fois sur la sonnette. Maggie avait longtemps souffert de son statut de célibataire. Timide, un peu renfermée et très concentrée sur ses études, elle s'était souvent sentie seule, persuadée que les garçons ne s'intéressaient pas à elle. J'ai toujours été convaincue que ce n'était pas le cas. Comment une fille belle, distinguée et intelligente pouvait-elle ne pas attirer les garçons ? Mais il est aussi vrai que Maggie n'est pas la fille la plus facile du monde à décrypter et que sa réserve peut parfois passer pour de la froideur. J'étais si contente pour elle quand elle avait rencontré Joshua ! Elle avait trouvé un garçon avec lequel être elle-même, sans compromettre ses aspirations. Ils avaient toujours eu une relation indépendante, mais elle était néanmoins remplie d'affection et, je pensais, d'amour. En tout cas, ce qui était sûr, c'était que leur histoire n'avait rien d'une idylle sans lendemain. Alors que s'était-il passé ?

J'étais arrivée chez elle la première. J'avais accouru dès que j'avais reçu son message, et je pensais la trouver en larmes, effondrée, dévastée par la douleur… Sauf que c'était mal connaître Maggie. Ses sentiments, ses pensées profondes, ses conflits intérieurs, elle les garde pour elle. Cependant, j'étais sur le point de découvrir une nouvelle facette de mon amie. Zoe et Claire, tout aussi paniquées que moi, étaient sur mes pas. Une fois réunies, une Maggie agitée nous a exposé les faits : elle avait rompu avec Joshua sur un coup de tête. Elle nous aurait annoncé qu'elle avait décidé de rejoindre une compagnie de cirque ou de se tatouer le corps entier que l'on n'aurait pas réagi différemment. Parce que voilà, c'est un fait, Maggie ne fait *rien* sur un coup de tête.

– Quand tu dis « sur un coup de tête », tu veux dire… a commencé Zoe, visiblement perdue.

– Je veux dire que ce n'était pas prévu, pas réfléchi, mais que, sur le moment, ça m'a paru logique, inévitable même.

– Et maintenant, tu regrettes ? ai-je spéculé.

Parce que regretter un acte impulsif ou une parole un peu trop hâtive, je connais bien ça, c'est mon rayon. Si Maggie avait besoin d'aide pour réparer les dégâts après son accès de délire, elle avait frappé à la bonne porte.

– Ah non, pas du tout. Enfin, je n'aurais peut-être pas dû lui présenter les choses de cette façon. Le pauvre, il a un peu accusé le coup mais, sur le fond, non, j'ai bien fait. Je crois. Non, non, je veux dire, j'en suis sûre.

Claire m'a jeté un coup d'œil paniqué. Je savais très bien ce qu'elle pensait. Maggie était tombée sur la tête, il ne pouvait pas y avoir d'autre explication. Mais Claire n'était pas sûre de devoir intervenir. Même si les deux filles étaient amies depuis des années, elles étaient opposées en de nombreux points. Au fil du temps, elles avaient appris à respecter leurs différences et à accepter les choix de l'autre, mais il arrivait encore qu'elles ne se comprennent pas. Maggie ne pourrait jamais être aussi insouciante que Claire et Claire avait trop besoin de compagnie et des regards des garçons pour adopter l'attitude impénétrable de Maggie. Mais, cette fois, Claire n'était pas la seule à tomber des nues. Alors, une fois n'est pas coutume, elle a osé dire à voix haute ce que nous pensions toutes.

– Euh, arrête-moi si je me trompe mais, après des mois d'amour parfait, tu as tout à coup décidé que Joshua n'était pas fait pour toi, tu l'as convoqué sur-le-champ et tu lui as annoncé que c'était fini entre vous ?

Maggie a fait la moue.

– Sauf que je le lui ai dit très gentiment. Je n'avais pas envie de lui briser le cœur, ce n'est pas mon genre.

– Bien sûr, on ne t'accuserait pas de cela, est intervenue Zoe, toujours prête à arrondir les angles.

– Mais oui, voilà, c'est ça. J'ai un peu paniqué sur le moment, en me disant que je ne rencontrerais jamais personne d'aussi adorable et intelligent que Joshua mais… En réfléchissant bien, notre rupture se préparait depuis quelque temps. On n'avait aucun problème en particulier, mais simplement, il n'y avait plus vraiment d'étincelles, plus de cœur battant avant de se retrouver, moins de choses à se dire. Ça ne paraissait pas énorme, comme ça, mais au fil des semaines, des mois, je crois que notre amour s'est asséché. Ça arrive, non ? Qu'un couple se défasse aussi facilement qu'il s'est fait, que les sentiments disparaissent, que l'affection, même, arrive à bout de souffle ?

Zoe s'est penchée vers elle et l'a prise dans ses bras. Me tournant vers Claire, j'ai remarqué qu'elle avait les yeux brillants, aussi remplis de larmes que ceux de Maggie étaient secs. Celle-ci a laissé Zoe l'étreindre pendant une longue minute, mais elle s'est vite rendu compte que son message n'était pas passé.

– Non mais rassurez-vous les filles, je vais bien. Très bien même. J'ai traversé une petite crise, vingt minutes à peine, quand Joshua est parti et que je vous ai envoyé ce message mais c'est… passé. Je sais que j'ai pris la bonne décision. Et finalement, s'il l'a plutôt bien accepté, c'est que lui aussi devait le savoir.

– Exactement, a dit Claire en tapotant le coin de ses yeux.

Puis elle a redressé la tête et a affiché un grand sourire.

– Si tu n'étais pas heureuse, si vous n'étiez pas heureux, cela ne sert à rien de rester ensemble. On a toute la vie devant nous les filles ! Pour tomber amoureuse, pour vivre des aventures folles… Qui a dit que l'on n'avait qu'une seule chance ? On peut aimer une personne, vivre une histoire forte, se dire au revoir et recommencer de nouveau.

Elle a prononcé ces dernières paroles en s'adressant plus à Zoe. Même si ce n'était pas évident pour elle et que sa rupture était encore fraîche, je ne pouvais pas contredire Claire. Bien sûr que Zoe allait aimer encore, et si Maggie sentait que sa relation ne tenait plus la route, bien sûr qu'elle avait pris la bonne décision. Et à voir la forme qu'elle affichait juste après les faits, cela ne faisait aucun doute.

Et puis le sujet était clos. Nous avons mis de la musique, discuté de nos projets pour le week-end et commandé des pizzas. Après avoir mangé, j'ai, comme à mon habitude, fouillé dans la penderie toujours si bien organisée de Maggie et n'ai pas caché ma joie quand elle a accepté de me prêter sa robe noire à l'imprimé étoilé pour une future sortie. Finalement, c'était une soirée presque comme les autres. Il n'était plus question de Joshua, plus question de peine de cœur, et jamais vraiment question de tristesse. On aurait presque pu oublier la raison pour laquelle nous nous étions réunies lorsque Claire a soudainement fanfaronné :

– Je sais que c'est un peu tôt mais… je viens d'avoir une super idée…

Plutôt la pire idée du siècle si vous voulez mon avis. Claire s'est tournée vers Maggie.

– Je te verrais bien avec Edward !

Elle a éclaté de rire et s'est adressée à Zoe et à moi.

– Non, vous ne trouvez pas ? Ne me dites pas que vous ne le voyez pas vous aussi.

Zoe a ouvert des yeux ronds, me confortant dans mon idée que Claire venait de dérailler complètement. Edward ? Mon petit frère ? N'importe quoi ! Mais, bien qu'elle n'ait pas vraiment répondu, Maggie n'avait pas l'air de s'en offusquer. Devant notre silence, Claire a cru bon de présenter son plaidoyer.

– Il est mignon, il fait déjà partie de la bande, il est là pour l'été, donc tu sais déjà que ce sera fini quand il partira et tu n'as pas besoin de te demander si ça va être sérieux…

– Mmoui, a finalement répondu Maggie. Bon je suis célibataire depuis quatre heures, tu peux peut-être me laisser un peu de temps, non ?

Son ton ne trahissait aucun reproche, juste de l'amusement face à l'enthousiasme prématuré de Claire. Et maintenant que nous savions que Maggie allait bien, il était temps de rentrer.

Zoe m'a raccompagnée en voiture dans un silence presque total. Au bout de quelques minutes, mon amie a allumé la radio et augmenté le volume juste assez pour noyer nos pensées respectives. Je ne savais pas pourquoi elle n'avait pas envie de faire la conversation, mais cela me convenait très bien. Il y avait trop de choses à démêler dans ma tête.

Et si Maggie avait raison ? Je l'avais toujours considérée comme la plus intelligente et la plus réfléchie de la bande, celle ayant sa vie bien en main, et prenant toujours la bonne décision. Comment avait-elle su que son histoire était terminée ? Comment avait-elle pu tirer un trait dessus sans se retourner ? Était-il possible d'aimer une personne un jour et de ne plus rien ressentir le lendemain ? Depuis combien de temps exactement avait-elle compris que les choses n'allaient plus entre eux ? Était-ce de l'intuition, de la déduction, du courage ?

Nous n'avions pas échangé plus de cinq mots quand Zoe m'a déposée chez moi. Je suis descendue de la voiture, mais je n'avais pas envie de rentrer à la maison. J'avais besoin d'air et de réfléchir. Je savais que je serais incapable de m'endormir et qu'il fallait d'abord que je mette de l'ordre dans mes idées. Je me suis installée sur une chaise longue sur la terrasse, éclairée uniquement par la lune. Pourquoi cette histoire me perturbait-elle tant ? Maggie allait bien. Non seulement elle nous l'avait répété plusieurs fois, mais c'était évident. Tout allait bien. Elle et Joshua avaient vécu une rupture un peu brusque, mais néanmoins amicale. Joshua avait même plutôt bien pris la nouvelle. Enfin, bien sûr, d'après ce que Maggie nous avait dit, il n'avait pas été ravi, mais il ne s'était pas non plus effondré en larmes en suppliant sa belle de revenir sur sa décision. Je me faisais du souci pour mon amie, voilà tout. Je craignais qu'elle ne soit encore sous le choc, qu'elle ne se rende pas encore compte à quel point elle s'était trompée et qu'elle ne le regrette plus tard.

C'est en attrapant mon sac pour rentrer à l'intérieur que je me suis rendu compte que celui-ci vibrait. J'avais mis mon téléphone en mode silencieux lorsque nous étions chez Maggie pour être sûre de ne pas être dérangée et l'avais ensuite complètement oublié. Noah m'avait appelée deux fois pendant la soirée et était de nouveau en train d'essayer de me joindre. Peut-être avais-je promis de l'appeler ou peut-être voulait-il discuter d'une idée pour notre scénario, mais, à ce moment, tout ça m'importait peu. J'étais épuisée et je ne me sentais pas la force de lui parler. J'ai refusé l'appel et suis partie me coucher.

Ma vie, mon œuvre

Samedi 23 juin

Maman m'a pardonné de lui avoir fait faux bond et nous nous sommes rattrapées vendredi avec une longue balade dans Venice Beach, suivie de tacos dans un petit restaurant mexicain qu'une copine lui avait recommandé. Elle savait que ce n'était pas ma faute et comprenait pourquoi j'avais volé au secours de Maggie. À ma grande surprise, d'ailleurs, elle n'avait rien dit du tout, et m'avait avoué que, puisque je n'étais pas disponible, elle aussi était sortie avec des amis qui l'avaient invitée à la dernière minute.

Le reste de mon week-end a été écrasé par une avalanche de travail. Naya m'a appelée samedi matin l'air affolé. Sur le coup, j'ai cru à une véritable urgence. Apparemment, nous n'avions pas une minute à perdre. Quand je lui ai demandé ce qui avait changé depuis que l'on s'était vues la veille en cours, elle m'a tout simplement répondu qu'elle avait eu Noah au téléphone et qu'il était d'accord avec elle. J'ai pris une grande inspiration. Non seulement Naya m'appelait alors que je n'avais pas encore pris mon petit déjeuner – tout le monde autour de moi devrait savoir que je suis incapable de réfléchir le ventre vide – mais, si Noah pensait que l'on avait pris du retard dans notre travail, il me l'aurait dit franchement, sans passer par un intermédiaire.

J'ai dit à Naya que je la rappellerais et ai raccroché avant qu'elle ait pu protester. Sans perdre un instant, j'ai composé le numéro de Noah.

– Ah, tu as eu Naya ? m'a-t-il demandé tout de go.

– Euh…

– Désolé, je voulais dire… Ça va ? Tu as passé une bonne soirée avec ta mère hier ?

– Oui… Et toi ?

– Oui, oui. Donc on pensait se retrouver cet après-midi. Si on s'y met sérieusement, on aura un synopsis d'ici à dimanche soir.

Je suis restée silencieuse un moment. Naya et Noah avaient le droit de parler travail sans moi, après tout. Et ils n'avaient pas besoin de me rappeler que notre professeur nous avait ordonné de définir notre sujet au plus vite. Je le savais, j'étais là. Alors, hmmm, quel était le problème ?

– 13 heures, chez moi ? ai-je fini par répondre.

– Parfait, j'appelle Naya.

– Non ! ai-je crié. Enfin, je veux dire, je m'en charge.

Voilà comment j'ai passé un beau week-end ensoleillé le nez devant mon écran. Nous avions chacun nos idées et des arguments ciselés, mais ce dont nous manquions cruellement, c'était d'une vision commune. L'idée de film de Naya – situé dans son New York natal – nous paraissait trop difficile à réaliser, celle de Noah était trop complexe pour tenir en moins de dix minutes (la durée maximale imposée par notre professeur) et la mienne… Eh bien, il était clair que mes deux compagnons de galère n'étaient pas emballés. Pourtant, comme je n'arrêtais pas de le leur répéter, ce sujet était une évidence. Quoi de plus simple que cela : je voulais raconter ma vie. La découverte de mon père, de mon identité. Je n'avais pas l'intention d'en faire une autobiographie, mais juste de m'inspirer des faits réels. La déception, la colère, l'émerveillement, le regret… Il y avait tellement d'émotions à explorer, tellement à dire.

– C'est un sujet très personnel, a avancé Naya alors que je leur exposais mes arguments pour la énième fois.

– Bien sûr que c'est un sujet personnel, c'est ma vie !

Noah, Naya et moi avions l'habitude de nous emporter dans nos échanges. Nous faisions très bien la différence entre notre amitié et notre collaboration au sein de NVN Productions. Aujourd'hui, nous étions collègues de travail, critiques et partenaires. Plus tard, une fois que nous nous serions mis d'accord et aurions avancé dans notre projet, Noah redeviendrait mon petit copain et Naya notre amie. Mais pour le moment, tout nous opposait.

– Je crois que ce que Naya veut dire, c'est que c'est ton histoire, ton histoire *à toi*, est intervenu Noah.

J'en suis restée bouche bée. Mon histoire à moi ? En voilà une façon d'enfoncer une porte ouverte !

– Ton histoire et pas la nôtre, a précisé Naya, comme si ce n'était pas déjà assez clair comme ça.

– Peut-être, mais ce sera « notre » histoire une fois qu'on l'aura écrite tous les trois. Notre film, notre œuvre. Même si ma vie sert de base, ça ne change rien à notre processus. C'est ça qui vous pose problème ?

Noah a lancé un coup d'œil à Naya avant de me répondre.

– Tu es sûre que tu as envie de t'aventurer là-dedans ? Te dévoiler, raconter toute ton histoire, après tout ce que tu as vécu ? Si j'étais toi…

– Tu n'es pas moi. Tout le monde la connaît mon histoire. Je suis un livre ouvert, je n'ai plus rien à cacher. On changera les noms et quelques détails. Et puis, c'est un court-métrage. Ce n'est pas comme si on allait raconter toute ma vie en dix minutes.

À ce moment-là, Edward a frappé à la porte de ma chambre.

– Oh, je ne savais pas que vous étiez en train de travailler… s'est-il excusé en entrant.

J'ai froncé les sourcils. Bien sûr qu'il le savait. Je lui avais dit plus tôt que nous serions enfermés toute la journée, jusqu'à la fin des temps s'il le fallait, et qu'il ne fallait nous déranger sous aucun prétexte. Je savais qu'Edward avait envie de sortir et de s'amuser, mais Noah et Naya m'auraient crucifiée si j'avais une fois de plus fait passer mon frère avant notre projet. Toutefois, je ne pouvais pas vraiment en vouloir à Edward, il avait tout simplement envie de compagnie. Alors, j'ai préféré laisser glisser son mensonge.

– Désolée, on n'a pas encore terminé… Il faut vraiment que l'on se concentre là-dessus. Tu comprends ?

Edward a fait une moue presque imperceptible et il s'apprêtait à refermer la porte quand Noah a lancé :

– Attends ! Au contraire, je crois que l'on a surtout besoin d'un avis extérieur. On tourne en rond et… enfin, on pourrait demander à Edward ce qu'il en pense, non ?

Naya a opiné immédiatement, et j'ai suivi son exemple sans en être pour autant convaincue. En général, nous ne laissions personne s'immiscer dans notre travail. Trois avis différents suffisaient à mettre la pagaille et en rajouter un de plus nous ferait sans doute perdre la tête. Cela dit, nous étions vraiment coincés, alors, pourquoi pas ?

Edward s'est assis sur mon lit, seul face à nous trois accroupis par terre, tel un juge. Chacun à notre tour, nous avons exposé notre idée, ainsi que les pour et les contre que nous avions déjà établis ensemble. Noah a lui-même admis que son idée n'était pas faisable, mais que cela ne l'empêcherait pas de la garder en tête pour plus tard, peut-être pour un long-métrage. Quand Naya s'est mise à parler de New York, les yeux d'Edward se sont tout de suite illuminés.

– Alors, on irait tous pour le tournage ? Ce serait génial ! Une vraie aventure, j'imagine déjà.

Noah, Naya et moi nous sommes observés en coin.

– Génial, oui, mais réaliste, euh, pas vraiment. Avec la rentrée à la fac, le travail de préproduction, l'équipement à transporter, sans parler du coût financier… a expliqué Naya, disqualifiant son idée pour de bon.

À voir Edward et son expression effarée, on aurait dit que Naya était en train de parler chinois. Ah, oui, c'est beau de rêver ! Je suis la première à me laisser aller à imaginer tout ce que nous pourrions faire si nous n'avions aucune contrainte de temps et d'argent, mais même moi je sais que je dois ensuite redescendre sur terre.

Lorsque ce fut mon tour de parler, j'avais une boule dans l'estomac. Comment faire comprendre à Edward mon envie d'utiliser mon histoire et son père à des fins artistiques ? Nous avions réussi à esquiver le sujet jusqu'à présent, et je ne voulais pas que cela devienne une source de conflit entre nous. Le fait est que nous avions vécu des enfances aux antipodes et Edward ne pourrait jamais comprendre ce que j'avais vécu. Mais je me suis tout de même lancée. Après tout, nous avions décidé de le laisser entrer dans notre cercle et de nous aider à démêler cette histoire. Si je me taisais maintenant, Noah et Naya y verraient la confirmation que je n'étais pas capable de raconter mon histoire et mon idée serait abandonnée. La réaction de mon frère m'a clouée sur place.

– J'a-dore. Une histoire personnelle, intime, ça a tellement plus de poids ! Et je sais que tu sauras trouver le juste milieu entre réalité et fiction, entre légèreté et tragédie. Et puis franchement, a-t-il continué en se tournant vers mes deux coéquipiers, on connaît tous ton talent. Si tu penses que tu peux mettre tes sentiments et ton histoire en scène, on devrait te faire confiance, non ?

J'ai levé les yeux vers Noah et Naya les joues légèrement empourprées. Eux aussi avaient beaucoup de talent, et je savais que ce n'était pas ce qu'Edward avait voulu dire. Chacune de nos idées avait son mérite, ses avantages et ses inconvénients. Dans un monde meilleur, j'aurais adoré faire un film plus léger à New York. Même le projet de science-fiction un peu lugubre de Noah me paraissait très prometteur. Ils allaient sans doute croire que j'avais influencé mon frère pour qu'il soit de mon côté, et même, que c'était moi qui lui avait demandé de nous interrompre pour venir peser dans la balance. J'étais convaincue que nous allions devoir repartir de zéro. Sauf que…

– Tu as raison, a dit Noah à l'intention d'Edward. Si toi aussi tu penses que c'est une bonne idée…

Puis, se tournant vers moi :

– On te fait confiance. On est d'accord.

Naya a hoché de la tête, puis, sans grande conviction, a précisé :

– Si vous êtes tous d'accord…

– C'est réglé, a tranché Noah.

Edward a affiché un grand sourire satisfait. Quant à moi, je n'en revenais pas. Réglé ? Comme ça ? Pfffiou ? Edward disposait-il d'une arme de persuasion massive, dont lui seul avait le secret ?

NVNE ?

Lundi 25 juin

La conversation était terminée. Edward avait tranché, le problème était résolu. Nous pouvions retourner à des préoccupations plus basiques, telles que la façon dont nous allions occuper notre samedi soir. Bien sûr, nous avions déjà prévu de nous retrouver le lendemain pour développer notre synopsis, mais, pour le moment, notre travail était fait. Sans transition, Edward s'est tourné vers Noah.

– Ça tient toujours pour ce soir ?

J'ai jeté un regard surpris à mon petit copain qui a baissé les yeux. C'est Edward qui a dû m'expliquer de quoi il parlait.

– C'est juste une soirée avec les copains de Noah. On t'aurait bien proposé de venir, mais il n'y aura que des garçons…

– Oh, ai-je simplement répondu.

Noah ne m'avait jamais parlé de cette soirée. Il ne m'avait d'ailleurs jamais parlé de ce qu'il avait prévu de faire ce week-end, alors qu'il en avait déjà discuté avec Edward. Voyant ma confusion, mon petit copain m'a attrapée par la main et m'a attirée hors de la chambre.

– Tu es contrariée ?

– Par quoi ? ai-je répondu innocemment.

– Violet…

– Non, pas du tout.

– Violet…

– Je t'assure que non. Surprise, oui. Tu es sûr que ça ne te dérange pas, qu'il s'incruste dans ta bande de cette façon ?

– Il ne s'incruste pas du tout ! Au contraire, il est le bienvenu. Et puis, c'est même lui qui a eu l'idée. Tout le monde va apporter sa console, et on a choisi trois jeux vidéo auxquels on peut participer en réseau. Donc tu vois pourquoi on n'a pas invité les filles… Mais si tu veux… enfin, je peux annuler ? On peut faire un truc tous les deux, et je promets de ne pas parler du film.

– Mais non, passe la soirée avec tes copains, ai-je répondu, touchée par sa proposition.

Elle n'était peut-être pas sincère, mais il marquait tout de même un point pour m'avoir laissé le choix.

– Tu es sûre ?

– À 100 %.

Noah a froncé les sourcils d'un air dubitatif, mais j'étais tout à fait sincère. De toute façon, ce n'était pas comme si j'allais passer la soirée seule. Maggie et Zoe avaient déjà prévu de nombreuses activités entre filles pendant l'été, et Claire – qui, à défaut d'être célibataire, se sentait tout aussi libre qu'elles – n'avait pas l'intention d'en rater une miette. Ce soir, c'était soirée manucure-pédicure devant une comédie romantique. Les filles m'avaient invitée en précisant qu'elles comprenaient tout à fait que je serais sans doute prise avec Noah, et j'allais me faire un plaisir de leur dire qu'elles pouvaient compter sur moi ! J'ai proposé à Naya de se joindre à nous, mais elle avait promis à ses parents de rentrer tôt et de dîner avec eux. « J'ai passé un peu trop de temps avec Sunil ces derniers temps, et cela ne leur plaît pas particulièrement… Enfin, bref, il vaut mieux que je ne tarde pas » a-t-elle précisé à voix basse avant de filer.

Je n'ai pas regretté ma décision. J'ai passé une excellente soirée en compagnie de mes amies, et suis rentrée d'une humeur guillerette. Enfin, ça, c'était jusqu'à ce que je retrouve une maison vide. Maman avait prévu de dîner avec des amis, et je n'aurais probablement pas dû être surprise qu'elle ne soit pas encore rentrée à 23 h 30… Mais tout de même, si à 18 ans, je rentre plus tôt que ma mère un samedi soir, il y a quelque chose qui cloche, non ? Non pas qu'elle n'ait pas le droit de s'amuser, mais… Ce qui m'a encore plus surprise, c'est de trouver la chambre d'Edward vide. J'ai frappé à la porte, et sans réponse de sa part, je n'ai pas pu m'empêcher d'entrer. Et s'il ne m'avait pas entendue ? Ou peut-être qu'il dormait déjà… Me voilà donc dans sa chambre, en son absence et sans son autorisation. C'était exactement le genre de choses dont j'avais entendu Lou se plaindre de nombreuses fois. Marc, son petit frère, n'hésitait pas à fourrer son nez dans la chambre de Lou dès qu'elle avait le dos tourné. Souvent, c'était innocent, il venait pour lui emprunter un stylo par exemple. Mais parfois, il poussait les choses plus loin, fouillait dans sa table de nuit ou dans son sac. C'était de cette façon qu'il était tombé sur un mot de son amoureux du moment. Marc s'était moqué d'elle pendant trois jours et avait tout déballé à leurs parents. Lou était verte de rage ! Je m'en souviens encore ! Elle lui avait pardonné, mais seulement après lui avoir rendu la monnaie de sa pièce et être elle-même allée fouiller dans ses affaires à lui. « Alors, c'est ça d'avoir un frère ? » m'étais-je demandé à l'époque. S'immiscer dans la vie de l'un et de l'autre en toute impunité ? Accepter que son jardin secret ne soit jamais totalement secret ? Selon Lou, c'était naturel, tous les frères et sœurs le faisaient. Voilà ce qui me traversait l'esprit alors que je me tenais droite et silencieuse dans la pénombre de la chambre d'Edward.

Ses vêtements étaient soigneusement pliés et rangés dans le placard. À ma connaissance, aucun garçon ne sait aussi bien prendre soin de ses affaires. Sur le bureau étaient alignés son ordinateur portable – non je n'irais pas jusqu'à y jeter un coup d'œil, et puis de toute façon il me faudrait le mot de passe, et je me doutais bien que je ne connaissais pas assez Edward pour deviner celui qu'il avait choisi – ses écouteurs, son iPod et son passeport. Oui j'avoue, je l'ai ouvert juste au cas où, je n'en suis plus à une surprise près. Mais non, Edward s'appelle bien Edward, c'est déjà ça[1].

Son lit était fait au carré et rien ne traînait par terre. Dans le tiroir de la table de nuit, je n'ai trouvé que quatre paquets de mouchoirs que je n'avais pas remarqués lorsque j'avais préparé la chambre avant son arrivée. Sa veste reposait sur le dossier de la chaise de bureau, mais j'ai décidé que faire ses poches constituait la limite à ne pas dépasser, peut-être aussi parce qu'Edward risquait de rentrer d'une minute à l'autre. Je restais néanmoins sur ma faim. Alors, j'ai attrapé son iPod pour parcourir ses chansons préférées. Il était peu probable qu'elles m'en apprennent plus sur mon frère, mais j'étais à court d'idées. Je m'attendais à un pêle-mêle de

---

1. Vous vous souvenez de *Secrets et trahisons* (le tome 2) ? C'est en mettant la main sur le passeport de Simon que j'avais découvert son vrai nom et l'identité de mon père…

pop-rock britannique, à retrouver des tubes, je m'attendais même à découvrir qu'Edward préfère la musique classique et n'écoute que du Mozart et du Beethoven. Au lieu de tout ça, sur son lecteur MP3, il n'y avait qu'une seule et unique playlist, une vingtaine de chansons en tout, et rien d'autre. La playlist était intitulée « SOS » et comportait les chansons les plus mélancoliques qu'il m'ait été donné d'entendre. Car, bien sûr, je les ai écoutées. Oubliant que je risquais de me faire prendre en flagrant délit, j'ai cliqué sur la première chanson. Les larmes me sont montées aux yeux dès le début du deuxième titre. Au troisième, je pleurais à grosses gouttes. Quelle déprime ! J'en avais presque oublié où j'étais et ce que j'étais en train de faire. J'ai fini par me relever, ai essuyé mes larmes et me suis tout juste souvenue de replacer les objets à l'endroit où je les avais trouvés. Quelque chose me disait qu'Edward ne manquerait pas de remarquer tout changement dans son organisation. C'était décidément un personnage opaque. Le jour, il semblait plein d'entrain, heureux de profiter de son été d'exil. Mais, une fois enfermé dans sa chambre – ce qui arrivait souvent – que faisait-il vraiment ? Qui était-il vraiment ? J'ai essayé de m'endormir, en m'efforçant de me détendre, de fermer les yeux et de me concentrer sur ma respiration, mais rien n'y faisait. Finalement, ce n'est qu'après avoir entendu ses pas dans l'entrée que j'ai bien voulu laisser Morphée m'emporter.

Le lendemain, quand je suis descendue à la cuisine, il était déjà parti.

– Bien dormi ? m'a demandé maman alors que je cherchais Edward des yeux, et tendais l'oreille pour deviner où il était.

– Edward est parti tôt ce matin, Noah est venu le chercher pour une partie de basket, a-t-elle répondu à ma question silencieuse.

– Noah ? ai-je demandé la bouche encore un peu pâteuse.

– Il est vraiment adorable ce Noah. S'occuper d'Edward de cette façon…

Maman n'appelle jamais Edward « mon frère ». Si cette appellation reste étrange pour moi, j'imagine ce qu'elle peut lui faire, à elle ! Mais je distinguais autre chose dans sa voix. Du soulagement ? Même si notre étrange cohabitation à trois s'est jusqu'à présent plutôt bien déroulée, chaque fois qu'Edward est occupé ailleurs, maman marche d'un pas plus léger. Devant lui, elle affiche de la retenue, se montre courtoise, mais, dès qu'il a le dos tourné, elle respire un peu mieux, me raconte ses péripéties, et redevient ma mère. Elle commente mes repas – « Tu es sûre que tu as assez mangé ? » –, me demande à quelle heure je vais rentrer et me donne des conseils malvenus sur mes tenues – « J'aurais plutôt mis cette jupe avec ta petite blouse bleue… » – que je finis presque toujours par ignorer (la blouse bleue en question, celle que maman a insisté pour m'offrir, me donne l'impression d'être une petite fille modèle). Bref, ce n'est pas très surprenant qu'elle se réjouisse de l'amitié entre Noah et Edward. C'est peut-être plus compliqué que cela, mais elle donne l'impression que moins Edward est présent à la maison, et mieux elle se porte.

Les deux garçons n'étaient toujours pas rentrés quand Naya est arrivée pour la deuxième partie de notre séance de travail. Je ne voulais rien laisser paraître devant elle, mais je fulminais intérieurement. Ce n'était pas le genre de Noah d'être en retard, surtout lorsqu'il s'agissait de travailler sur notre projet. Mais surtout, ce n'était pas son genre de me laisser en plan et de ne donner aucun signe de vie. Quant à Edward, je ne le connaissais pas assez pour savoir si c'était « son genre » de monopoliser les gens qui avaient mieux à faire, mais je n'étais pas moins contrariée par son absence. Naya et moi venions juste de nous résigner à commencer de travailler quand ils ont enfin franchi la porte d'entrée. Ils dégoulinaient de sueur et affichaient tous les deux un sourire éclatant. Aucun d'eux n'a fait de commentaire sur ma mine vexée. Noah s'est même approché de moi en riant.

– J'ai emporté mes affaires pour me changer. Donne-moi cinq minutes et je suis prêt.

Aaaargh ! Comme si c'était ça qui m'importait ! Mais je n'ai pas eu le temps de réagir puisque Edward s'est empressé d'ajouter :

– Moi aussi, j'arrive tout de suite !

Naya m'a lancé un regard interrogateur mais je me suis contentée de hausser les épaules. On n'en était plus à un malentendu près, mais, à ce que je savais, Edward ne faisait pas partie de NVN Productions, et nous n'avions pas besoin de lui.

De toute évidence, je ne savais pas tout. Et je n'étais pas près d'obtenir toutes les réponses aux questions qui me turlupinaient. La vérité c'était que, la veille, Noah et Edward n'avaient pas seulement passé une soirée entre copains, ils avaient aussi décidé de notre avenir professionnel. En tout cas, c'est l'impression que j'ai eue quand Edward a annoncé de but en blanc qu'il avait bien réfléchi, et qu'il y avait beaucoup plus à faire pour la promotion de notre premier court-métrage.

– J'expliquais à Noah, hier, que je trouvais dommage qu'on le laisse de côté. Ce film a été très bien reçu, mais je pense que vous n'avez pas fait assez. Je ne dis pas ça pour critiquer, mais… voilà ce que je propose…

J'ai détourné le regard, craignant trop que mon frère n'y lise justement que sa « non-critique » me laissait un goût amer. Mais Noah avait l'air si enchanté que j'ai choisi de leur laisser le bénéfice du doute.

– … Je suis sûr que vous avez déjà entendu parler du festival du court-métrage de Los Angeles. Eh bien, je pense que l'on devrait y soumettre *Stronger than words*.

Noah a fait mine de ne pas remarquer ma stupeur. Je ne saurais pas dire ce qui était le plus dur à avaler : que Noah semble ne pas se souvenir que j'avais fait la même suggestion quelques semaines auparavant, ou qu'il trouve que désormais, dans la bouche d'Edward, c'était une bien meilleure idée.

– Je sais que vous êtes très pris par votre nouveau projet, et je comprends que vous ayez envie d'avancer dessus. Mais moi, j'ai le temps de faire la promo du film, et ça me ferait plaisir de vous aider.

– Dit comme ça, a commencé Naya, difficile de refuser !

Je n'y tenais plus. Mes coéquipiers étaient-ils vraiment tous les deux atteints d'amnésie ?

– Vous avez la mémoire courte. Qui vous a parlé en premier du festival du court-métrage ? Et qui voulait y soumettre *Stronger than Words* ?

Naya a fait la moue.

– Ce n'est pas ça, Violet… Mais tu avais proposé de t'en occuper toute seule, et, enfin… c'était un peu compliqué, non ? Si c'est Edward qui s'en charge, ça nous laisse libres, et il y a moins de pression sur toi…

– Exactement, a renchéri Noah. La proposition d'Edward change tout.

J'avais bien envie de leur rappeler que la proposition d'Edward ne changeait rien du tout. C'était uniquement la personne faisant la proposition qui avait changé. Quand je leur en avais parlé, Noah et Naya avaient été résolument contre. Pas le temps, pas envie de s'engager là-dedans, ils préféraient se consacrer à nos cours et m'avaient subtilement suggéré d'en faire de même. N'en avais-je pas assez d'être sur le devant de la scène ? Mieux valait nous retrancher dans l'ombre pour écrire. Mais, d'un autre côté, cela voulait dire que j'avais gagné. Finalement, mon idée n'était pas si mauvaise que cela. Non seulement Noah se rangeait d'une certaine façon de mon côté, mais nous avions trouvé quelqu'un d'autre pour faire le travail pour nous. Et si Edward avait envie de s'engager pour notre cause, qui étais-je pour l'en empêcher ? Alors, nous nous sommes mis d'accord tous les trois, ou plutôt, devrais-je dire, tous les quatre. Edward assurerait la promotion de notre premier court-métrage, nous laissant nous consacrer à l'écriture et à la production du second.

Edward parti, Noah, Naya et moi avons continué à plancher dans une osmose rare. Nos idées semblaient s'enchaîner, nous étions d'accord sur tout et ce fut une de nos séances de travail les plus productives.

Plus tard, après le départ de Naya, Noah m'a prise dans ses bras.

– *Hello you*, m'a-t-il dit d'un air séducteur. Ça va ?

J'ai pris une grande inspiration. Je ne savais pas quoi lui dire. Entrer dans son jeu de séduction ou lui faire part de ce qui me trottait dans la tête. Comme, par exemple, que je ne savais pas quoi penser du fait qu'il avait passé plus de temps avec mon frère qu'avec moi récemment. Je ne pouvais pas lui avouer qu'une partie de moi était ravie d'avoir profité de mes amies sans culpabiliser vis-à-vis de mon petit copain. J'avais envie de lui demander ce qui se passait entre nous, ce qui se passait dans sa tête et dans son cœur. Je brûlais d'envie de savoir s'il réussissait à décrypter Edward mieux que moi. Mais je savais aussi que Noah n'était pas très friand de ce genre de conversation. Les choses sont toujours limpides dans sa tête et il me reprocherait sans doute de voir le mal là où il n'est pas. Alors, j'ai choisi la simplicité.

– On n'est que tous les deux, alors, oui, ça va.

Noah a souri et a planté un baiser sur mes lèvres.

– Allez, viens, je t'enlève d'ici. Toi et moi on a rendez-vous avec un petit pique-nique devant le coucher du soleil.

Je ne pouvais pas trouver meilleure excuse pour ranger mes questions au placard et me laisser charmer par cette délicieuse proposition.

E-mail de **loulou@emailme.com**
à **violetfontaine@myemail.com**
le lundi 25 juin à 18 h 23
Sujet : Compliqué

Hello ma belle,

Je crois qu'on aurait dû s'en douter. Forcément qu'avoir deux hommes dans ta vie est deux fois plus compliqué ! Mais qu'ils deviennent amis, c'est plutôt une bonne chose, non ? Imagine, si c'était l'inverse…

Et, tu sais ce que je crois ? Le fait qu'Edward travaille avec vous a plus d'un avantage… Cela te donnera l'occasion d'en apprendre un peu plus sur lui. Ce serait mieux que de retourner fouiller dans sa chambre, non ?

Bises,

Ta Lou

Confidences

Mardi 26 juin

– J'ai une bonne et une mauvaise nouvelle, a annoncé Claire lorsque je suis arrivée au King of Burgers lundi soir.

Nous avions prévu de nous y retrouver toutes les quatre après mes cours, mais Zoe et Maggie n'étaient pas encore arrivées. J'ai commandé mon milk-shake au caramel auprès de la serveuse, et ai prêté l'oreille à mon amie.

– Dis-moi tout.

– Le casting auquel je suis allée ce matin s'est plutôt bien passé. Ils m'ont rappelée deux heures plus tard, ils veulent me revoir d'ici à la fin de la semaine.

Depuis que Claire a un *reel* – un cv vidéo d'actrice, qui, pour l'instant, ne comporte que notre court-métrage et un petit clip que Claire a filmé elle-même – elle a pu se présenter à quelques castings. Oh, ce n'est pas facile ! D'abord, il faut correspondre au profil, faire la queue pendant des heures parmi des centaines de filles sans doute plus expérimentées et parfois arriver à la fin de l'après-midi sans avoir pu auditionner, le réalisateur ayant déjà sélectionné une dizaine d'actrices potentielles pour le second tour du casting. Et tout cela pour apparaître quelques secondes dans une publicité ou dans un rôle silencieux d'arrière-plan. Mais les plus grands acteurs sont passés par là et je ne peux qu'admirer la ténacité de Claire, qui est bien consciente que son parcours sera semé d'embûches.

– J'imagine que c'est la bonne nouvelle, ai-je répondu, taquine.

– Et tu ne vas jamais croire la mauvaise. Elle tient en deux mots : *Evil trio*[1].

Mon sang n'a fait qu'un tour. Les deux mots les plus douloureux de ma vie en Californie. Deux mots que je pensais ne plus jamais avoir à entendre. Avec la fin du lycée, je croyais avoir tourné la page, mais il faut croire que l'on ne recommence jamais vraiment de zéro. Peu importe la nouvelle aventure dans laquelle on s'embarque, on y entraîne avec soi son passé, ennemies comprises.

– Laisse-moi deviner. Elles étaient au casting. Olivia. Et sûrement Rebecca.

– Exactement. Elles m'ont toisée du regard de l'autre bout de la salle d'attente, comme si le fait que j'étais là pouvait les déranger. Ce n'était pas comme si je réduisais leurs chances d'être prises…

– Connaissant Olivia et sa rancune légendaire, elle doit encore t'en vouloir d'avoir été la star de notre court-métrage… et d'avoir été élue reine de la prom à sa place.

Claire a laissé échapper un rire.

– Mais ce n'était pas de ma faute !

– Non, bien sûr, mais, tu lui as tout de même volé la vedette, et tu sais comme moi que c'est la pire des choses que l'on puisse faire à mademoiselle Steiner.

Nous avons explosé de rire en même temps. Puis j'ai jeté un œil vers la porte.

1. *Evil trio :* trio diabolique.

– Tu crois que les filles vont bientôt arriver ? Je meurs de faim…

– Oh, elles ne t'ont pas dit ? a répondu Claire, surprise.

– Dit quoi ?

– Elles ne viennent pas.

C'était à mon tour d'afficher mon étonnement.

– Désolée ! a-t-elle continué. Peut-être que c'était à moi de te le dire, en fait ? Je ne sais plus… Je croyais que Zoe devait t'envoyer un message…

Mon amie m'a expliqué la raison de leur absence. La veille, les filles avaient assisté à la *pool party*[1] d'un copain d'Adam. Rien qu'à entendre cela, j'ai ressenti un petit pincement au cœur. Moi aussi, j'aurais bien aimé me prélasser au bord de la piscine entre deux séances de danse. Il y avait beaucoup de monde apparemment, et mes copines se sont amusées comme des folles. Surtout Zoe et Maggie qui se sont fait draguer par deux beaux gosses, avec lesquels elles ont accepté d'aller au cinéma cet après-midi. Je ne savais pas ce qui me chiffonnait le plus : qu'à l'heure où je planchais avec Noah et Naya sur notre scénario, mes copines faisaient bronzette en discutant avec de jolis garçons, ou le fait qu'elles aient préféré les retrouver aujourd'hui plutôt que de me voir. Et puis, je me suis ressaisie. Je devrais me réjouir pour elles ! Et je ne pouvais pas leur en vouloir. À leur place, j'aurais sans doute fait la même chose.

– Désolée, a répété Claire, on a dû mal se comprendre. Elles n'avaient pas l'intention de te poser un lapin !

---

1. *Pool party :* fête d'été, qui se déroule autour d'une piscine.

– Ce n'est rien ! l'ai-je rassurée en toute honnêteté. Raconte-moi plutôt la fête. Et ces garçons, ils sont comment ? ai-je demandé, avide de détails croustillants.

J'ai discuté avec Claire pendant encore un bon moment, mais il faut croire que nous n'avions pas épuisé tous les sujets de conversation car, quand je suis rentrée à la maison, je n'ai pas pu cacher mon plaisir d'y trouver maman. J'avais envie de parler, besoin de me confier sans vraiment trop savoir pourquoi, et elle était là, prête à m'écouter.

– Ça va avec Noah ?

Appelons cela de l'intuition, car maman a attaqué avec la question la plus délicate du moment. La veille au soir sur la plage, nous avions passé un moment doux et romantique. Pourtant, je n'arrivais à chasser ce sentiment de nostalgie qui m'envahissait depuis quelque temps.

– Ça va. Ça va bien… mais je ne sais pas si ça va aussi bien qu'avant.

– Laisse-moi deviner, a dit maman. Tu as l'impression que la passion s'est envolée ? Que vous êtes pris dans une certaine… routine ?

J'ai fait oui de la tête.

– C'est normal. Cela arrive à tout le monde.

– Mais c'est tellement plus… enfin, c'est tellement moins… ai-je balbutié.

– Le quotidien s'installe. Vous vous faites confiance, vous êtes habitués l'un à l'autre, et tu ne ressens plus le besoin de savoir où il est à chaque instant.

C'était ça, oui c'était tout à fait ça ! Maman avait réussi à mettre des mots sur ce que je ressentais. Noah me manquait moins, je ne me posais plus vraiment de questions sur ses sentiments à mon égard, je savais où on en était. Je me sentais rassurée, aimée, apaisée. Mais cela manquait de piquant. Et puis, tout à coup, je me suis entendue dire :

– Ce n'est pas tout. Maggie a l'air heureuse, soulagée, libérée, même.

J'avais déjà raconté la rupture de Maggie et Joshua à maman. Elle a froncé les sourcils.

– Chaque couple est différent.

– Je ne comprends pas… Avec Noah, on a vécu des choses, des moments…

J'ai senti le rouge me monter aux joues.

– … Enfin, lui et moi, ça *doit* être pour toujours, ça ne peut pas être autrement.

– Tu ne sais pas ce que tu ferais sans lui ?

– Oui, enfin, non, ce n'est pas ce que je veux dire.

Mon cœur s'est mis à battre un peu plus vite.

– Je me sens liée à lui, de plus d'une façon.

Un silence s'est installé entre nous. Quoi que maman ait pensé de ma confidence, elle n'avait pas l'intention de se laisser déstabiliser.

– Ce que tu as vécu avec Noah, personne ne pourra jamais te l'enlever. Tu as des regrets ? a-t-elle demandé sans oser me regarder dans les yeux.

– Oh non, non, aucun regret ! ai-je répondu un peu trop vivement.

– Eh bien c'est cela qui compte. Mais ça ne veut pas forcément dire que tu dois être liée à lui pour toujours. Tu es libre de faire tes propres choix… tant que tu te montres responsable, a-t-elle repris après une brève pause.

Je n'avais jamais eu une conversation aussi étrange et aussi intime avec maman. Je ne savais même pas si l'on était sur la même longueur d'onde, si l'on se comprenait vraiment. Mais, quelque part, ses mots m'ont apaisée. Pas au point d'y voir plus clair et de savoir où j'en étais, mais, j'ai pensé à cet instant que cela vaudrait le coup de continuer de m'ouvrir à elle à l'avenir. C'était quelque chose de nouveau pour nous et je voyais bien que cela la perturbait autant que moi. Une relation plus saine, plus ouverte, plus égale. Oui mais voilà, c'était une des premières fois que je me confiais de la sorte à maman, et je sentais bien que j'en avais déjà assez dit. À elle en tout cas. Car, pour moi, cette conversation n'était pas terminée.

J'ai annoncé la couleur dès que Lou a décroché.

– Tu vas me dire que j'ai perdu la tête. J'ai un petit copain parfait sous tous rapports, j'ai pleuré toutes les larmes de mon corps chaque fois que je croyais l'avoir perdu, je suis heureuse avec lui. Mais quand je vois ce que Maggie a fait…

– Tu te demandes si tu es *vraiment* heureuse avec lui, a répondu Lou sans sourciller.

– Donc tu ne me trouves pas folle ?

– Sur ce point précis ou en général ?

Je lui ai répondu par une grimace avant de me fendre d'un rire.

– Tu sais ce que je crois ? a-t-elle repris, plus sérieuse.

– Que je me pose trop de questions ?

– Oui, ça c'est tout à fait toi. Mais aussi, que le fait que tu te poses la question, justement… ça veut peut-être dire quelque chose.

– Mais quoi ?

J'avais mis tant d'attente dans ma question qu'on aurait dit que je venais de placer mon destin dans les mains de Lou.

– Difficile à dire.

Nous nous sommes observées en silence à travers la webcam pendant quelques instants. J'attendais toujours de Lou qu'elle me montre le droit chemin, qu'elle me rappelle à l'ordre lorsque je m'aventurais sur un terrain glissant, et qu'elle m'éclaire quand je me sentais perdue. Au fond, ce n'était pas la réaction que j'attendais de sa part, et elle devait le savoir aussi bien que moi puisqu'elle a poursuivi :

– Je ne veux pas t'influencer. Cela viendra… Et en attendant, il y a d'autres interrogations tout aussi pressantes, non ?

Lou remettait toujours ce sujet sur le tapis et semblait encore plus intriguée que moi par le comportement de mon frère.

– Je ne suis pas plus avancée de ce côté-là. Edward est joyeux, enthousiaste, extraverti, il sort sans arrêt et semble s'amuser… quand il ne s'enferme pas dans sa chambre pour écouter en boucle des chansons déprimantes.

– Toujours clair comme de l'eau de roche, en somme ?

– Le pire, c'est que j'ai l'impression que Noah le connaît mieux que moi. Comment est-ce possible ? C'est avec moi qu'Edward est venu passer l'été. C'est moi sa sœur, celle qu'il avait tant envie d'aider, celle qu'il rêvait de mieux connaître, non ?

– Eh bien, pourquoi tu ne lui dirais pas cela ? Fais-lui part de tes sentiments, dis-lui clairement ce que tu attends de lui.

– Hmmm, ce n'est pas aussi simple que ça, ai-je rétorqué avec une moue boudeuse. J'ai peur de le froisser. On s'entend bien, tout se passe bien. Je n'ai pas envie de gâcher cela.

– Alors parles-en à Noah. S'il sait quelque chose, il te le dira sûrement… Après tout, vous n'avez pas de secrets l'un pour l'autre.

J'ai hoché la tête péniblement. Lou avait raison, Noah devrait pouvoir m'éclairer. Ça devrait être facile… Enfin ça pourrait l'être, si cette histoire de ne pas avoir de secrets l'un pour l'autre était la pure et simple vérité.

Absente

Vendredi 29 juin

Peut-être que j'exagère. Noah et moi n'avons pas vraiment de secrets l'un pour l'autre. Disons qu'il y a des choses dont nous évitons de parler, des sujets qui ne sont presque jamais abordés, et que ce n'est pas une simple coïncidence. Et puis, je ne peux pas me voiler la face : par le passé, nous avons eu des tonnes de secrets. Il y a eu le secret de ma famille, bien sûr, mais Noah n'était pas en reste. Il n'avait pas hésité à me cacher son histoire (très brève, certes) avec Naya. On avait mis les choses à plat et on était repartis sur des bases plus saines. Mais des zones d'ombre, il y en a encore. Je ne connais pas très bien ses amis. J'ai rencontré Samuel et Ben, ses meilleurs copains, deux ou trois fois, mais le reste de sa bande, ses amis du basket… pas vraiment. Peut-être que je n'ai pas fait assez d'efforts, ou peut-être que cela cache quelque chose, mais jusqu'à maintenant, je ne m'étais jamais vraiment posé la question. Noah passe beaucoup de temps avec ma bande, et il s'entend bien avec mes copines, alors, pourquoi chercher plus loin ?

De mon côté, j'ai juré de ne plus jamais lui mentir. Et j'ai tenu ma promesse dans la mesure où « omettre certains faits » n'entre pas dans la catégorie mensonge. Si j'ai encore du mal à m'habituer à ma nouvelle vie depuis que mon identité a été révélée, Noah s'y est encore moins fait que moi. Oh, bien sûr, il me dit qu'il m'aime telle que je suis, et que cela ne change rien entre nous. Je sais qu'il est sincère. Mais, dès qu'un inconnu me regarde avec un peu trop d'insistance, dès que je reçois un de ces appels « anonymes », je sens la moutarde monter au nez de mon amoureux. Il n'est pas jaloux, non, je sais que ce n'est pas de cela qu'il s'agit, mais je sens bien que s'il était à ma place, il ne gérerait pas la situation de la même façon. Il préférerait que les choses soient claires et nettes, que je revienne à ma petite vie tranquille et ne fasse pas trop de vagues. Moi, je me suis résolue au fait que, si on ne peut pas changer la donne, on peut au moins profiter des circonstances de la vie. Mais voilà, Noah n'a pas besoin de tout savoir. À propos des « copines » qui m'invitent à leurs soirées, de mes anciens camarades du lycée qui me contactent sous n'importe quel prétexte, ou du blogueur qui m'avait interviewée il y a quelques semaines et qui aimerait que je collabore avec lui sur son blog. Je sais que cela le contrarierait, et puisque je n'ai pas l'intention d'y donner suite, rien ne sert de mettre de l'huile sur le feu.

Je ne lui fais pas part non plus de toutes les questions que je me pose sur Edward. J'ai bien essayé de lui en parler, mais chaque fois, sa réponse est la même. Il me dit qu'Edward est vraiment génial et que j'ai bien fait de l'accueillir chez moi. Oui, Noah en est même arrivé à oublier que je n'ai jamais invité mon demi-frère à venir passer l'été avec nous. C'est lui qui s'est imposé à nous. Non pas que je le regrette, mais cela n'est pas tout à fait la même chose. Mais c'est idiot ! Je ne vais quand même pas en vouloir à Edward ! Si c'était à refaire, je referais exactement la même chose. Si Simon m'avait demandé mon avis, je sais que j'aurais fini par lui répondre que j'avais envie de rencontrer Edward. À en croire les récents événements, je n'étais pas la seule.

La semaine s'annonçait pourtant plutôt bonne. L'ambiance au sein de NVN Productions était au beau fixe et après notre week-end mouvementé, nous étions repartis sur les chapeaux de roue. Notre professeur a lu notre synopsis et l'a trouvé plutôt bien. Nous avions tous les trois décidé de ne pas lui dire qu'il était basé sur une histoire vraie. Vraie ou pas, notre idée devait fonctionner d'elle-même. Pour la première fois peut-être depuis le début de l'été, j'avais l'impression d'avoir trouvé mon rythme. Lundi soir, j'étais allée faire une balade à vélo avec Edward. Il avait l'air bien, il m'a dit qu'il passait un super été et m'en a même remerciée.

– Pourquoi ? lui avais-je demandé, flattée.

– Parce que tu es une sœur géniale ! Et tes copains... enfin, tu as de la chance d'avoir une bande pareille. J'aimerais rester ici pour toujours ! m'avait-il répondu.

Plus tard, Noah était arrivé pour dîner. Maman avait insisté pour qu'il vienne et je soupçonnais que c'était sa façon à elle de m'aider à résoudre mes problèmes. Et sur le moment, ça a marché ! En invité parfait, Noah a apporté un joli bouquet de fleurs, me rappelant pourquoi j'étais tombée amoureuse de lui. Il était poli et plaisant avec ma mère, il était devenu proche de mon frère et restait tendre et aimant avec moi. Pourquoi voir des problèmes là où il n'y en avait pas ?

Mardi, Edward et moi avons passé la soirée en tête à tête. Au départ, j'ai cru qu'il allait me proposer de sortir plutôt que de rester seuls à la maison, mais je lui ai dit que j'étais crevée et cela a suffi. Je sentais que c'était ma chance de creuser un peu, sans lui donner l'impression de lui faire passer un interrogatoire. Malheureusement, notre conversation n'a pas vraiment pris la tournure que j'espérais. J'ai même cru qu'elle allait déraper quand il a abordé le sujet le plus délicat au monde : notre père.

– Tu le trouves vraiment si horrible que ça ?

Edward avait commencé par me parler de notre scénario, mais j'ai bien vite compris que ce n'était pas l'enchaînement des scènes qui l'intéressait. Il voulait plutôt connaître la part de vérité et la part de fiction.

– Toi et moi, on n'a pas le même père, ai-je répondu, avec l'impression de marcher sur des œufs.

– Je sais qu'il n'est pas parfait mais, moi... je ne le déteste pas.

Edward m'a lancé un regard interrogateur. Que voulait-il savoir ? Si moi, je le détestais ? Je ne pouvais bien évidemment pas répondre sincèrement à cette question.

– Il a fait des choses... Enfin... il y a des choses qu'on ne peut pas pardonner, ai-je répondu.

– Je ne te demande pas de lui pardonner. Je ne te demande rien, d'ailleurs...

Il a laissé cette dernière phrase en suspens, nous laissant tous les deux songeurs.

– J'aurais bien aimé que tu grandisses avec nous, a-t-il repris soudainement. Je sais que ça aurait été impossible, pour des dizaines de raisons, mais j'aurais aimé te connaître avant.

– Moi aussi, ai-je répondu doucement.

Depuis que je connaissais la vérité sur mes origines, je n'avais pas une seule fois imaginé ce que ma vie aurait été au sein de la famille Walmsley. J'avais envié les moyens dont ils disposaient, le luxe dans lequel mes frères avaient vécu. Je les avais jalousés d'avoir grandi dans une famille « normale », alors que la mienne était si fragile, mais jamais l'idée de grandir avec eux ne m'avait traversé l'esprit. J'ai préféré changer de sujet. Je ne pouvais pas me permettre d'entrer en conflit avec Edward. J'avais connu des hauts et des bas avec chacune de mes amies, Noah et moi nous étions déjà séparés et rabibochés plus d'une fois, maman et moi avions traversé de véritables tempêtes, mais ma relation avec mon demi-frère était trop vulnérable pour que je prenne un tel risque. Et puis, la vérité, c'est qu'en l'espace de quelques semaines, Edward a pris une place importante dans mon cœur. Quand je suis en cours, je me demande ce qu'il fait. Quand il a adoré mon cupcake préféré, j'ai été plus ravie que je n'avais osé l'admettre. Quand il me parle de ses amis ou de sa vie à Londres, je me sens gratifiée par ses confidences. Il a envie de me raconter sa vie, à moi ! Alors, quand un sujet qui pourrait nous opposer pointe le bout de son nez, je le contourne sans hésiter. J'aime trop jouer à la grande sœur pour laisser quoi que ce soit se mettre entre nous.

Pourtant, je me suis retrouvée un peu plus tard devant mon ordinateur à composer un e-mail à l'intention de Simon. Nous nous sommes écrit deux ou trois fois par semaine depuis son départ. Il me raconte sa vie sur le tournage et ne tarit pas d'anecdotes captivantes. Mais il s'inquiète pour nous et je le rassure constamment : oui, Isabelle se plaît ici, oui, elle s'est fait des amis et est toujours occupée. Pareil pour Edward, qui n'a pas l'air de s'ennuyer un instant. Et non, ma mère et mon demi-frère n'en sont pas encore venus aux mains. Je peux même les laisser seuls pendant un quart d'heure. Certes, je ne les retrouve pas en train de bavarder chaleureusement, mais cela pourrait être pire. Je suis sûre que Simon est en contact avec maman, qui, je l'espère, lui dit la même chose. J'échange aussi des e-mails avec Susan mais nos discussions sont plus légères. Elle me raconte leur voyage et ses découvertes et m'envoie des photos. De mon côté, je la tiens au courant de mes petites histoires, et lui raconte sans détour mes états d'âme concernant Noah. Comme à son habitude, elle se contente de m'écouter sans juger, et même si c'est une chose que j'apprécie chez elle, cela m'arrangerait un peu si elle pouvait me dire ce que je dois faire.

Cet e-mail-là, celui que j'essayais de rédiger pour Simon, était différent. Mon défi consistait à lui faire part de mes inquiétudes sans qu'il se sente coupable de se trouver loin de nous à un moment si particulier. Comment lui parler d'Edward ? Comment lui poser toutes les questions me taraudant ? Par ailleurs, mon oncle ne connaît pas très bien son neveu, et il est fort possible qu'il ne puisse pas m'éclairer. Alors, à quoi bon l'inquiéter ? J'ai dû écrire et réécrire mon message une dizaine de fois avant de l'effacer. Si je voulais des réponses, j'allais devoir recourir à des méthodes traditionnelles et tout simplement apprendre à connaître Edward.

Mercredi, maman m'a fait une révélation qui m'a clouée sur place. Elle avait rencontré quelqu'un. Rien que de l'écrire de nouveau m'étourdit. Certes, ce n'est pas la première fois. Je ne suis pas complètement naïve et je sais que ma mère a mené sa vie. Je sais aussi qu'elle n'a pas toujours été aussi directe envers moi. Petite, j'ai rencontré un ou deux de ses « amis » sans me poser plus de questions.

Maman n'a jamais voulu m'imposer ses tourments de mère célibataire et il serait peut-être temps que je reconnaisse qu'elle m'a rendu un grand service. Car, j'ai beau être techniquement presque une adulte, imaginer ma maman en train de se lancer dans une histoire d'amour me rend fébrile.

– Je n'aurais pas dû t'en parler… a-t-elle remarqué devant mon expression estomaquée. C'est sans doute trop tôt, mais…

Oui c'était trop tôt pour moi mais, si elle s'était sentie obligée de me faire une telle révélation, c'était un peu ma faute. J'avais l'impression de ne pas avoir rempli ma part du contrat. Maman avait pris un congé sabbatique et avait organisé sa vie pour venir passer l'été avec moi à Los Angeles. Elle me permettait ainsi de mener mes projets à bien, de rester près de Noah et de mes amies. Et moi, j'avais la sensation de ne pas avoir été très juste envers elle. Entre nos cours, mon frère, mes copines et Noah, je lui avais fait peu de place. Trop peu. Alors, quand je lui avais parlé de la grosse soirée prévue jeudi soir à laquelle toute ma bande avait l'intention de se rendre, plutôt que de lui demander si nous pouvions y aller, je m'étais répandue en excuses et en jérémiades. Certes, je voulais sortir avec mes amies, mais je n'arrivais plus à vivre en paix avec le sentiment de décevoir ma mère. C'est là qu'elle m'avait dit de ne pas m'inquiéter. Non, je ne l'avais pas abandonnée. Et elle était loin de regretter mes indisponibilités chroniques. Celles-ci lui avaient permis de faire des rencontres et surtout une en particulier.

– J'en ai trop dit, a-t-elle continué face à mon silence.

Incroyable, Violet ! Tu te plains toujours que ta mère te voit comme une petite fille, mais lorsqu'elle veut te parler en adulte, tu te défiles et es incapable de sortir un mot. Reprends-toi !

– Non, tu as bien fait ! Dis-moi tout. Enfin, pas tout, juste le nécessaire. Enfin, raconte-moi ce que tu veux, comme tu veux. Mais tu n'es pas obligée d'entrer dans les détails, hein ? Bon, j'arrête de parler. Je t'écoute, je t'écoute…

Maman a esquissé un sourire.

– Simon avait raison. C'est lui qui m'a dit que je ne devrais pas hésiter à t'en parler, que tu es une grande fille maintenant.

– Tu en as parlé à Simon ?

Ce petit détail changeait tout. Ma curiosité reprit immédiatement le pas. Si d'autres savaient, il n'était pas question que je continue à me boucher les oreilles. Mais maman ne m'a finalement donné que très peu de détails sur l'homme en question. Ils s'étaient rencontrés à un dîner chez une amie et collègue de Susan deux semaines plus tôt. Non, elle ne savait pas si c'était sérieux. Oui, il était au courant qu'elle n'était là que pour l'été. Elle voulait bien me dire son prénom – Jared – mais s'était mise à rougir dès que je lui avais demandé de me le décrire.

– Si je t'en ai parlé, c'est juste parce que je ne voulais pas te mentir. Je dîne de nouveau avec lui demain soir et je voulais être honnête envers toi.

Sauf que les yeux pétillants de joie de maman trahissaient quelque peu ses motivations. M'est avis que, honnêteté à part, elle avait tout simplement envie de parler de lui.

Le lendemain, jeudi soir, nous étions tous les trois en train de nous préparer dans une ambiance plus que joviale. Edward avait sorti une chemise que je ne lui connaissais pas, et ses chaussures brillaient tellement qu'il devait avoir passé un bon moment à les faire luire. On peut trouver cela un peu vieux jeu pour un garçon de son âge mais, moi, j'adore le fait qu'il prête autant attention à son look. Sa scolarité en uniforme – comme c'est la coutume dans les écoles privées en Angleterre – a clairement laissé des traces. Il détonne parmi nos copains abonnés aux shorts et aux tee-shirts et je dois dire que je suis plutôt fière de lui. D'ailleurs, personne ne devine jamais qu'il a deux ans de moins que nous. Son allure si étudiée et sa façon de se tenir et de s'exprimer le mettent facilement à niveau. Pour ma part, j'avais choisi une robe maxi rayée à bretelles, marquée par une fine ceinture en cuir camel. La robe était plutôt simple et je voulais mettre l'accent sur ma coiffure. Grâce aux leçons de Maggie – et à sa patience légendaire ! – j'avais plus ou moins réussi ma longue tresse que j'avais ensuite ramenée en un chignon. J'étais plutôt contente du résultat, et du look romantico-bohème qu'elle me donnait.

La soirée en question ? Ah, on comprendra pourquoi j'ai vite oublié de quoi il s'agissait, mais, sur le moment, elle promettait d'être mémorable. Je ne sais même plus trop qui l'avait organisée, je me rappelle juste que les parents du garçon étaient absents pour le week-end, et que l'on y retrouverait bon nombre d'anciens d'Albany High, dont plusieurs de mes camarades que j'avais hâte de revoir (et plein d'autres curieux qui allaient sans doute me casser les pieds). Mais, ce qui m'importait, c'était que toute ma bande allait être de la partie. Naya et Sunil, Claire et Adam, Zoe, Maggie et leurs nouvelles conquêtes – que j'allais enfin rencontrer – Noah et bien sûr, Edward. Nous en parlions depuis une semaine, et n'avions l'intention de rater cela pour rien au monde.

Alors qu'Edward et moi étions prêts à partir, je suis allée voir maman dans sa chambre et je n'en ai pas cru mes yeux. Je ne lui connaissais pas cette petite robe noire si élégante, et je ne me souvenais pas l'avoir un jour vue porter du rouge à lèvres rouge vif. Ce n'était pas ma maman qui se tenait devant moi, mais une femme resplendissante capable de faire craquer n'importe quel homme. C'est pour cela que je n'ai pas hésité un instant quand, alors que j'étais en train de la complimenter sur sa magnifique tenue, maman a reçu un message de son cavalier annulant leur rendez-vous à la dernière minute. Il avait une bonne excuse, mais la déception que j'ai lue sur son visage m'a brisé le cœur. Comment pouvait-il lui faire cela ! Maman essayait de faire bonne figure, mais je n'en croyais pas un mot. Edward a fait la moue quand je lui ai expliqué la situation – sans m'arrêter sur les détails, il n'avait pas besoin de tout savoir – mais il a vite compris qu'il ne pourrait pas me faire changer d'avis. Il n'était plus question que j'aille à cette soirée. Même si c'était la fête du siècle, même si toutes mes copines s'y rendaient, même si Noah ne manquerait pas de m'en vouloir, sur le moment, rien de tout cela ne m'importait. Maman avait besoin de moi et il n'était pas question que je la laisse seule. Et même si cette soirée a tout changé, même si j'ai, par la suite, subi les conséquences amères de mon absence, je n'ai jamais regretté ma décision.

Coqueluche

Dimanche 1er juillet

Aaarggh, si j'entends parler de cette soirée une seule fois de plus, je risque de faire un malheur ! Et dire que je pensais qu'en annulant à la dernière minute, c'était moi l'indélicate ! Ça a commencé quand j'ai appelé Noah pour lui annoncer la nouvelle. Honnêtement, je m'attendais à une réaction plutôt froide de sa part. Alors que, d'habitude, c'est moi qui dois le convaincre de m'accompagner à des soirées et de me rejoindre sur la piste de danse, ces derniers temps, il n'a pas manqué une seule occasion de faire la fête. Par le passé, si j'avais proposé au dernier moment de ne pas assister à une soirée, il aurait été presque soulagé. Mais si j'avais annulé nos plans pour passer du temps avec quelqu'un d'autre – même si ce quelqu'un d'autre était ma mère et que j'avais une raison en béton –, cela aurait vraiment coincé. Mais, cette fois-ci Noah ne m'a pas demandé à quand nous allions remettre notre *date*[1]. Non, sa première question a été :

– Et Edward ?

Sur le moment, j'ai grincé des dents. Il n'y avait que cela qui l'intéressait ? Puis, je me suis rappelé que je n'étais pas

1. *Date* : rendez-vous amoureux.

très juste. Après tout, je l'appelais pour lui poser un lapin, et je devais me réjouir qu'il le prenne aussi bien. Une fois que je l'ai eu rassuré au sujet d'Edward, le petit ami que je connaissais a refait surface.

– Tu vas me manquer, m'a-t-il susurré. Je passe te prendre demain ?

– Bien sûr, il faudra que tu me racontes…

Oui, à ce moment-là, je croyais que j'aurais envie que l'on me raconte tout ce que j'avais raté. Mes copines se sont montrées très compréhensives et ont même eu la gentillesse de me dire qu'elles ne s'amuseraient pas autant sans moi. Cela s'est révélé être un vrai mensonge, mais elles ne pouvaient pas le savoir.

Le lendemain, j'ai reçu une déferlante de messages. Malheureusement, aucun n'émanait de quelqu'un dont j'avais envie d'entendre parler. La plupart était d'anciens lycéens à l'affût du moindre ragot. Les mêmes personnes qui n'avaient cessé de murmurer derrière mon dos lorsque la vérité sur mon père avait éclaté au grand jour voulaient savoir ce qui se cachait derrière mon absence.

« On pensait vraiment te croiser ! » me disait une *junior*[1] à qui j'avais dû parler une fois.

« Est-ce qu'il y a de l'eau dans le gaz entre Noah et toi ? » me demandait carrément un garçon qui m'avait fait des avances plus d'une fois.

« Ton absence a beaucoup fait parler hier soir » m'annonçait une autre curieuse.

En tout cas, je savais qui cela n'avait pas fait parler : mes amis. Noah, Naya, Zoe, Maggie et Claire se fichaient bien de mon absence. Ils avaient Edward et c'était tout ce qui

1. *Junior* : lycéen(ne) en troisième année aux États-Unis.

comptait pour eux. En tout cas, c'est l'impression que j'ai eue à les entendre me raconter la soirée.

Vendredi après-midi, j'ai retrouvé mes copines pour une petite séance shopping, mais ce n'était pas les portants qui les intéressaient, ni les adorables sandales à multiples brides que j'avais dégotées en solde (les dernières dans ma pointure !). Edward, Edward, Edward, elles n'avaient que ce mot-là à la bouche.

– C'est le dieu de la piste de danse, s'est exclamée Claire.

– Il aurait mieux fait de remplacer le DJ, il s'y connaît plus en musique que lui, a déclaré Maggie.

– Mais quel gentleman ! s'est écriée Zoe. Il nous a apporté des verres toute la soirée !

On aurait dit qu'elles parlaient d'une star de cinéma. Non mais, que leur arrivait-il ? De vraies groupies ! Et ça a continué encore et encore. Edward était le garçon le plus élégant de la soirée. Et toutes les filles trouvaient son accent *trop craquant*. Il avait même failli être à l'origine d'une scène de jalousie entre une fille et son petit copain. Celle-ci riait apparemment un peu trop fort aux blagues de mon frère. Pendant ce temps-là, tout le monde se fichait bien de savoir que j'avais passé la soirée devant la télé. J'ai fini par couper court à notre séance shopping – je n'étais pas d'humeur aux essayages, de toute façon – et ai retrouvé Noah. Malheureusement, j'échangeais un mal pour… un autre mal. Il ne m'a pas vraiment donné plus de détails sur la soirée et a juste continué à me faire l'éloge de mon frère. Et de toute évidence, ils n'en ont jamais assez l'un de l'autre, puisque Edward a proposé d'initier Noah à l'équitation. Franchement, j'ai cru que j'allais pouffer de rire. Noah sur un cheval ? Cette image était vraiment hilarante.

Je savais que mon amoureux était sportif, mais je suis certaine que cette idée ne lui serait jamais passée par la tête avant de rencontrer Edward. Et personne ne me demandait si, moi, j'avais envie d'enfiler mes bottes et mon chapeau de cow-girl et de m'en aller en direction du coucher du soleil en poussant la chansonnette.

– Tu n'as qu'à venir avec nous ! s'est écrié Edward quand j'ai abordé le sujet d'une manière que j'espérais subtile.

– Oh oui, viens, viens ! Je m'occupe de tout !

Son enthousiasme m'a mis du baume au cœur. Au moins, je pouvais toujours compter sur lui.

Rupture et déconfiture

Mardi 3 juillet

Nos cours sont suspendus pendant deux semaines pour nous permettre d'avancer sur notre scénario et de terminer un premier brouillon avant de reprendre le chemin de la salle de classe. Inutile de dire que cela ne va pas être de tout repos, même si, au fond, je rêve de mettre ces deux semaines à profit pour buller à la plage avec mes copines. Mais non, j'avais choisi de suivre ces cours avec Noah et Naya et il n'était pas question de baisser les bras. J'étais prête à m'enfermer avec eux et à boucler ce premier jet quoi qu'il arrive. Enfin, en disant « quoi qu'il arrive », je n'avais sans doute pas compté avec ce qui allait vraiment arriver.

Edward avait réservé une balade à cheval à Griffith Park le lundi matin, et ça a été une expérience fantastique. J'avoue avoir eu un peu la frousse au départ – j'avais dû monter sur un poney une fois ou deux dans ma vie et ce n'est pas tout à fait la même chose ! – mais, après avoir pris confiance en moi et réussi à regarder droit devant, je me suis demandé pourquoi je n'avais pas tenté l'expérience plus tôt. J'ai fait promettre à Edward de remettre cela une nouvelle fois, mais je ne suis pas convaincue que Noah soit de la partie. Il avait l'air aussi à l'aise sur un cheval que moi sur un scooter.

Naya nous a retrouvés à la maison dans l'après-midi. Nous avions l'intention de nous mettre à l'écriture du scénario après le 4 juillet[1], mais il nous restait encore un peu de travail de préparation et de recherche. Nous avons fait une pause au bout de deux heures, et maman nous a surpris avec un goûter fait maison : ses cookies aux noisettes et pépites de chocolat sortaient tout juste du four et étaient succulents. Après cela, Noah et moi sommes restés sur la terrasse pendant un moment à prendre le soleil et à faire semblant d'être en vacances. Naya était retournée dans ma chambre pour passer un coup de fil et je n'avais aucune envie de me remettre au travail.

– Au fait, Edward t'a parlé du festival ? m'a demandé Noah en se resservant un verre de limonade à la menthe, elle aussi faite maison.

Croyant que les deux garçons avaient encore parlé de notre travail derrière mon dos, j'ai fait la moue.

– Ne fais pas cette tête ! Je demande juste parce que l'on devrait avoir une réponse maintenant, non ? Edward ne t'a rien dit ?

– Non, mais s'il avait eu des nouvelles, il nous l'aurait dit...

Edward nous avait jusque-là tenu au courant de ses recherches. Il s'était occupé de notre candidature au festival, et nous savions qu'il attendait une réponse ces jours-ci. Je me suis soudainement imaginée qu'il cherchait à nous protéger. Il avait dû recevoir une réponse négative et ne savait pas comment nous l'annoncer.

---

1. 4 juillet : fête nationale aux États-Unis.

– Je vais le chercher, ai-je annoncé en me levant.

Je jure que c'est la vérité quand je dis que je n'ai pas entendu de bruit dans sa chambre. En m'approchant, j'ai pensé qu'il devait être parti faire un tour pour profiter du beau temps. Alors, j'ai frappé une fois furtivement, juste pour la forme, et suis entrée sans y être invitée. Oui, je sais, je n'aurais pas dû, mais, vu le silence, je n'aurais pas pu deviner qu'il était là. Et surtout, je n'aurais jamais imaginé qu'il n'était pas seul. Naya s'est libérée maladroitement de leur étreinte et s'est mise à balbutier.

– Euh… j'étais venue pour… euh, euh… je…

Puis elle a traversé la pièce en deux pas et m'a presque bousculée en sortant. Edward, lui, n'osait pas me regarder dans les yeux, mais de toute façon, j'avais besoin de temps pour digérer ce que je venais de voir. J'ai tourné les talons sans dire un mot et suis partie retrouver Noah dans ma chambre. Naya était là aussi, essoufflée, les joues rouges, mais Noah semblait ne se douter de rien.

– Alors, il vient Edward ? a-t-il demandé.

Naya s'est mise à fouiller bruyamment dans les notes qui traînaient sur le plancher, comme si elle cherchait celle qui contenait la formule qui allait effacer de ma mémoire ce dont je venais d'être témoin.

– Il n'était pas dans sa chambre, ai-je répondu sans réfléchir.

Je ne me sentais pas prête à lui raconter ce qui venait de se passer. Noah a haussé les épaules.

– Bon, on se remet au travail ?

– Oui, a répondu Naya en hurlant presque.

Quelques minutes plus tard, Edward frappait à la porte de ma chambre.

– Ah, tu es là ! s'est exclamé Noah. On croyait que tu étais sorti. Tu as des nouvelles du festival ?

Edward était si impassible que je me suis un instant demandé si je n'avais pas rêvé tout cela.

– Oui, je les ai appelés tout à l'heure. On devrait savoir si *Stronger than Words* va être accepté avant la fin de la semaine. J'ai l'impression qu'ils ont reçu beaucoup de candidatures et qu'ils n'ont pas fini de tout visionner. Bon, je vous laisse travailler !

Et puis il est reparti, comme si de rien n'était.

À la fin de notre séance, Noah devait rentrer chez lui rapidement pour dîner. Naya m'a attrapée par le bras dès qu'il a eu passé la porte.

– Il faut qu'on parle, m'a-t-elle intimé avec des trémolos dans la voix.

« Que l'on parle de quoi ? » j'avais envie de lui répondre. Que voulait-elle me dire ? Que j'avais mal vu, qu'elle n'était pas vraiment en train d'embrasser mon frère derrière mon dos ? Que je ne l'aurais jamais su si je ne les avais pas surpris ?

– Ce n'est pas ce que tu crois ! a-t-elle commencé.

– J'ai vu ce que j'ai vu.

– Je sais, je sais mais…

– Et Sunil dans tout ça ? Tu as pensé à lui ?

Deux grosses larmes ont coulé le long des joues de Naya.

– On a rompu. Pour de bon cette fois-ci.

J'ai ressenti un petit pincement au cœur. Je ne savais pas très bien si j'en voulais à Naya ou si j'étais simplement sous l'effet de la surprise, mais cette nouvelle m'a radoucie. Au moins, elle n'avait pas trompé son petit copain, ce n'était pas aussi grave que je l'imaginais.

– Je suis désolée, je pensais que ça allait mieux entre vous ?

– Ça allait mieux, pour lui. C'est moi qui ai rompu. Je ne l'aimais pas, ou en tout cas, pas autant qu'il m'aimait. Je ne pouvais pas continuer à lui faire ça…

Je me suis approchée de Naya pour la prendre dans mes bras, et elle s'y est jetée sans demander son reste. Je sentais ses larmes chaudes couler sur mon tee-shirt. J'aurais bien aimé trouver quelque chose d'intéressant à dire, une parole rassurante, un mot encourageant, mais rien ne venait. Et puis, tout à coup, j'ai eu l'impression de recevoir un choc électrique.

– Mais, c'est sérieux alors ? Tu as rompu avec Sunil pour Edward ?

Naya a attrapé un mouchoir pour essuyer ses larmes. C'était peine perdue, puisqu'elles se sont remises à couler dans l'instant.

– Non, c'est plus compliqué, a-t-elle dit en étouffant un autre sanglot. Mais c'était la dernière fois !

– Tu veux dire que ce n'était pas la première ?

Elle a relevé les yeux vers moi, consciente d'en avoir trop dit. Ou pas assez, en ce qui me concernait.

– C'est arrivé à la soirée, jeudi dernier.

– La soirée où tu es allée avec Sunil ?

– Oui, mais, ça n'allait pas entre nous, il était fâché contre moi, il sentait bien que quelque chose ne tournait pas rond. Alors il est parti. On ne se l'est pas dit à ce moment-là, mais… je sentais bien que cela ne pouvait plus durer. À un moment, je suis allée prendre l'air, et Edward est arrivé quelques minutes plus tard. Une chose en entraînant une autre…

– Et les autres, ils sont au courant ? Les filles ?

Cette information me paraissait soudainement cruciale. Mes amies m'avaient-elles caché la vérité ?

– Non, elles n'ont rien vu !

– Et Noah ?

– Non, certainement pas ! s'est écriée Naya si fort que je l'ai priée de baisser le volume.

Il n'était pas question de rameuter Edward, ou pire, maman.

– Je suis allée le retrouver cet après-midi pour que l'on s'explique. Je te jure que je n'avais pas l'intention de l'embrasser de nouveau. C'est lui qui m'a sauté dessus et…

– Et bon, OK, je n'ai pas besoin de connaître les détails.

– Tu ne le diras à personne, tu promets ?

Sa question m'a prise au dépourvu. Certes j'avais été surprise, et même un peu choquée, de surprendre mon petit frère avec l'une de mes amies, mais je devais admettre qu'il n'y avait pas mort d'homme. Naya m'avait assurée qu'il ne s'agissait que d'une passade, que cela ne se reproduirait plus, et c'était tout ce qui comptait pour moi. Peut-être que j'étais un peu égoïste, mais je ne me sentais pas prête à les voir roucouler sous mon nez. Alors, j'ai promis à Naya que je n'en parlerais à personne, même pas à Edward. De toute façon, je n'en ai pas vraiment eu l'occasion : il n'est sorti de sa tanière que pour dîner dans un silence quasi complet – maman et moi nous sommes chargées de faire la conversation – et est retourné dans sa chambre tout de suite après.

Que se passait-il ? Les couples autour de moi semblaient se défaire plus vite qu'ils ne se faisaient. Étais-je si naïve de croire en l'amour éternel ? À l'idée de traverser des épreuves et d'en ressortir plus fort ? Noah et moi avions connu des moments très difficiles mais notre amour avait survécu. Je l'aime, il m'aime, c'est tout ce qui compte, non ? Non, ai-je conclu plus tard. À quoi ça sert d'avoir pleuré tant de fois pour lui ? D'avoir mis tous mes espoirs dans notre couple ? Nous ne sommes pas plus forts que les autres. Maggie et Zoe ont l'air tout aussi heureuses que moi. Ou plus, même, si je suis tout à fait sincère. Et si elles avaient compris quelque chose qui m'échappe ?

L'ensorceleur

Vendredi 6 juillet

– J'ai un truc à te confier, m'a dit Zoe quand je l'ai rejointe sur la plage mercredi après-midi.

J'avais promis à maman d'aller voir le feu d'artifice du 4 juillet avec elle le soir même et je coupais la poire en deux en voyant mon amie pendant la journée. Le programme pouvait se résumer en un seul mot : farniente. Je voulais oublier Naya, oublier Edward, oublier notre scénario et être en vacances, ne serait-ce que pendant une journée. Malheureusement, mon vœu n'allait pas être exaucé.

– Mais je ne suis pas sûre que tu vas bien le prendre, a-t-elle continué.

– Tu sais bien que tu peux tout me dire.

Zoe a soupiré.

– Non, laisse tomber. C'est une mauvaise idée. Je ne sais pas ce qui m'est passé par la tête.

Elle s'est relevée et a ajouté dans un souffle :

– On va nager ?

Et hop, sans me laisser le temps de répondre, elle est allée se jeter dans l'eau. Je n'avais pas trempé un doigt de pied que Zoe avait déjà plongé la tête la première et s'était mise à nager vers l'horizon. Moi, il me faut au moins cinq bonnes minutes pour me mouiller, d'abord le ventre, les épaules, la nuque, et encore quelques minutes de plus pour me décider à m'immerger, quelle que soit la température de l'eau. Zoe pouvait bien essayer de me semer, cela n'allait pas m'empêcher de la questionner dès qu'elle reviendrait vers moi.

– Zoe, parle-moi. Je vois bien que tu as quelque chose sur le cœur, et je n'arrêterais pas de t'embêter tant que tu ne me l'auras pas dit.

– Tu vas m'en vouloir.

– Moi ? Qu'est-ce qui te fait dire ça ?

– Je crois que je suis tombée amoureuse.

J'ai ouvert de gros yeux ronds. C'était ça que Zoe hésitait tant à me confier ?

– Ah ! ai-je lancé. C'est le garçon que tu as rencontré l'autre jour, n'est-ce pas ? Eh bien, c'est du rapide. Comment il s'appelle déjà, je ne me souviens plus ?

– Edward.

– Edward ? Eh bien, ça c'est une coïncidence !

Zoe m'a fixée du regard avec insistance.

– Pas vraiment. Ce n'est pas ce garçon-là. On s'est embrassés une fois mais, non, il ne me plaît pas plus que cela.

– Tu veux dire que ? Edward ? Mon Edward ?

J'en avais le souffle coupé.

– Je veux dire qu'il y a un garçon qui me fait terriblement craquer et auquel je pense sans arrêt. Mon cœur bat la chamade dès que je l'aperçois, et quand il me regarde… oh. Je ne peux pas le contrôler, Violet.

Mon amie m'aurait donné un coup de massue que je n'aurais pas été plus sonnée. Zoe était amoureuse d'Edward ? Comment cela pouvait-il être possible ?

L'image de mon frère et de Naya enlacés dans sa chambre m'est revenue en mémoire, et je l'ai chassée aussi vite que j'ai pu.

– Et lui ? ai-je simplement répondu.

– Oh, il n'en sait rien ! Je n'aurais jamais fait quoi que ce soit sans t'en parler avant. Et je comprendrais si tu me disais que tu ne veux pas que j'y touche…

– Ça fait longtemps ?

Je crois qu'au fond, je connaissais déjà la réponse.

– Je l'ai trouvé craquant depuis le début mais c'est vraiment à la soirée de jeudi dernier que j'ai eu le déclic.

Les yeux de Zoe brillaient. Le seul fait d'en parler la mettait en émoi. Pouvait-elle déjà être amoureuse à ce point ? Mon premier instinct a été de protéger mon amie. Je devais lui dire qu'elle devait passer son chemin, non pas parce qu'il était mon frère, mais parce qu'il était clairement occupé ailleurs. Si le garçon en question n'avait pas été Edward, je lui aurais peut-être dit ce que j'avais vu, qu'elle craquait pour un garçon qui n'était pas disponible. Mais j'avais fait une promesse à Naya ; et je n'aurais de toute façon pas pu décevoir mon amie de la sorte. Comment lui dire d'oublier ce qu'elle ressentait, alors qu'elle était déjà ensorcelée ?

– Tu m'en veux. Je n'aurais pas dû te le dire, a-t-elle repris, voyant mon absence totale de réaction.

– Non, non, je ne t'en veux pas… Écoute, il faut que j'y aille.

J'ai commencé à sortir de l'eau mais Zoe m'a suivie, implorante.

– Violet, s'il te plaît ! Je ne ferai rien si tu es contre. Edward ne le saura jamais…

– Il faut juste que… ai-je balbutié. J'ai promis à Noah de passer chez lui.

J'ai attrapé ma serviette et me suis séchée grossièrement. Les cheveux encore emmêlés par le sel, je me suis précipitée dans le premier bus, direction la maison de Noah.

Mon amoureux m'a ouvert la porte avec un grand sourire, à peine étonné de mon arrivée soudaine. Avec le temps, il s'était fait une raison : avec moi, il fallait s'attendre à tout. J'avais ruminé pendant tout le trajet et des milliers de questions m'étaient venues en tête. Mais je savais que je n'allais pas pouvoir m'aventurer sur ce terrain miné avec Noah. Alors, comment allais-je obtenir les réponses dont j'avais besoin ? Il s'était passé quelque chose sous mon nez, et je n'avais rien vu. Edward avait ensorcelé ma bande : Noah le vénère, Naya a rompu avec Sunil après être tombée dans ses bras et maintenant Zoe prétend être amoureuse de lui. Et, si je suis honnête, je dois bien admettre que je fais partie du lot.

– C'est vraiment dommage que je n'aie pas pu venir à la soirée de jeudi dernier, ai-je commencé.

Il allait falloir que j'avance prudemment pour ne pas attirer ses soupçons.

– Pourquoi tu dis ça ?

– Comme ça. Vous avez l'air de vous être tellement amusés. Tous ensemble.

– Oui, c'était une bonne soirée. Mais il y en aura d'autres, ne t'inquiète pas.

Hmmm, justement, c'était bien ça qui m'inquiétait.

– Rappelle-moi, c'était chez qui, déjà ?

– Un copain d'un copain d'Adam. Il était à Albany High aussi, mais je ne crois pas que tu le connaisses.

– Et qu'est-ce que vous avez fait ?

Noah a froncé les sourcils.

– Eh bien, c'était une soirée. On a dansé, discuté, on s'est bien marrés. C'est tout.

– Et Edward ?

– Edward quoi ?

– Il s'est bien amusé ?

– Très bien, d'après ce que j'ai vu.

– Et tu as vu quoi ? ai-je demandé avant de me mordre les lèvres.

– Pardon ?

– Euh, je voulais dire… Il ne s'est rien passé d'étrange ?

Noah m'a regardée comme si j'avais perdu la tête. Hmmm, changement de tactique. J'avais déjà éveillé ses soupçons, il était trop tard pour faire marche arrière. Il ne me restait plus qu'à espérer qu'un petit mensonge rectifie le tir.

– C'est juste que… Depuis la soirée, Edward n'a pas l'air d'être dans son assiette. Alors je me demandais s'il s'était passé quelque chose, s'il y avait eu un problème. J'aimerais l'aider, tu vois ?

Maintenant, je n'avais plus qu'à croiser les doigts pour que Noah n'y voie que du feu.

– Non, non, il ne s'est rien passé. Tu te fais des idées.

Puis il s'est empressé d'ajouter :

– Bon, tu n'es pas venue que pour parler d'Edward, n'est-ce pas ?

Évidemment, je n'allais pas avouer que si, justement, si j'avais laissée tomber Zoe et sauté dans le premier bus, c'était pour parler de mon frère et essayer de comprendre comment il avait pu envoûter ma petite bande de la sorte. Réalisant que je ne tirerais rien de plus de Noah, je me suis un peu détendue mais je n'en étais pas moins déterminée à démêler cette histoire.

En arrivant à la maison, je me suis dirigée directement vers la chambre d'Edward. Il fallait que je tire les choses au clair avec lui, une bonne fois pour toutes. S'il avait l'intention de chambouler l'équilibre de ma bande à ce point, il me devait quelques explications.

– Il n'est pas là, m'a lancé maman depuis le salon.

J'ai poussé un grand soupir.

– Il est où ?

Maman a haussé les épaules.

– Il ne m'a pas dit. Il ne me le dit jamais.

– Et tu ne le lui as pas demandé ? ai-je grogné.

Je n'arrivais pas à croire qu'Edward me filait entre les doigts une nouvelle fois. Il me semblait qu'il n'était jamais là quand j'avais envie de lui parler, alors que, clairement, quand il s'agissait de séduire mes amies, il répondait présent.

– Je ne suis pas sa mère, Violet. Il va et vient à sa guise, il disparaît sans préavis et passe des heures enfermé dans sa chambre. Franchement, je trouve ça un peu bizarre, mais je ne sais pas ce que je peux faire.

Maman avait raison. J'avais désormais la conviction qu'Edward nous cachait quelque chose. Mais, contrairement à elle, je savais exactement ce que j'allais faire.

Diversion

Lundi 9 juillet

J'essaie de me convaincre que je l'ai toujours su. Que, au fond de moi, je savais de quel bois Edward était fait. J'aurais aimé pressentir, dès son arrivée, que quelque chose n'était pas clair chez lui. Mais, la vérité, c'est que si toute ma bande est tombée dans ses filets, je fais aussi partie de ceux qui n'y ont vu que du feu. Comment ai-je pu être aussi aveugle ? Edward est le fils de mon père. Celui qui a manipulé et trahi ma mère, celui qui a menti toute sa vie sur mon existence. Celui qui n'a jamais cherché à me rencontrer, ni à me donner une place, si petite soit-elle, dans sa vie. Certes, Edward n'est pas responsable des méfaits de son père, mais j'aurais dû me souvenir que les chiens ne font pas des chats ou, comme on dit en anglais, *the apple doesn't fall far from the tree*[1]. Pourquoi lui avoir fait confiance alors que je me suis toujours méfiée de mon père ? Pourquoi avoir bu ses confidences, cru ses aveux ? Pourquoi lui avoir ouvert les bras sans questions et sans conditions ? Je ne peux m'en prendre qu'à moi-même. J'ai baissé ma garde, à moi d'en faire les frais. Mais, alors que

1. *The apple doesn't fall far from the tree* : La pomme ne tombe pas loin du pommier.

je ne peux rien changer au passé, je peux toutefois essayer de reprendre la situation en main. Si je ne connais pas autant Edward que je l'avais imaginé, c'est aussi vrai pour lui. Il ne sait pas que quand j'ai une idée dans la tête, un mystère à élucider, rien ne peut m'arrêter. Ne l'ai-je pas déjà assez prouvé ? Quand j'ai découvert l'existence de Sarah Drake[1], je n'ai cessé mes recherches que lorsque j'ai appris ce qui lui était arrivé. Quand j'ai démasqué Nathan, je n'ai pas hésité à faire éclater la vérité. Et bien sûr, même si cela a pris du temps, j'ai fini par élucider l'énigme que constituait mon père, et Simon, par la même occasion. Ce n'est pas pour rien que j'ai fini rédactrice en chef adjointe de l'*Albany Star*[2]. Je sais mener une enquête, je sais aller jusqu'au bout des faits. Et si Edward croit qu'il va échapper à l'inspecteur Violet, il se trompe sérieusement.

Oh, mais j'ai aussi appris de mes erreurs ! J'ai bien lu l'émotion dans les yeux de Zoe, j'ai bien senti le trouble de Naya, et j'ai bien noté l'excitation de Noah. Si je veux éclaircir cette affaire et découvrir les véritables raisons qui ont amené Edward à venir passer l'été en Californie, il faudra que j'agisse seule, à l'insu de tous. Impliquer toute la bande serait trop dangereux. Et s'ils prenaient le parti de mon demi-frère ? Je ne peux pas prendre le risque de laisser transparaître mes soupçons et mes intentions, ils ne comprendraient pas. La première étape consiste donc à me couvrir.

D'abord, je suis allée trouver Zoe chez elle. Elle n'était pas encore tout à fait remise de notre dernier échange et je ne pouvais pas vraiment lui en vouloir. L'avoir abandonnée

---

1. Vous vous souvenez du mystère qui m'avait accaparée dans le tome 1 ?
2. Pour celles qui ne suivent pas, c'était dans le tome 4, *A star is born*.

sur une plage après qu'elle m'a ouvert son cœur n'était pas digne d'une grande amie. Je devais donc rattraper le coup, mais d'une manière assez subtile pour que mon revirement ne semble pas trop louche.

– J'ai fait une bêtise, lui ai-je annoncé de but en blanc. Tu as voulu te confier à moi et je n'ai pas su t'écouter…

– Tu étais sous le choc… a-t-elle répondu en haussant les épaules.

– Non, non, non. Enfin, oui, c'est vrai, j'ai été surprise, mais cela n'excuse pas mon comportement.

– Violet, je n'ai pas dit que je voulais sortir avec lui, juste que… enfin, je ne peux pas contrôler ce que je ressens.

– Bien sûr que non. Et je ne te le demande pas. Je ne veux pas t'empêcher de faire… ce que tu as envie de faire.

Elle m'a observée curieusement, mais j'ai continué.

– Je sais que j'ai mal réagi sur le moment. Mais je n'ai pas l'intention de te barrer la route.

– Tu ne m'en voudras pas si…

Mon amie s'est mise à rougir jusqu'aux oreilles.

– Pas du tout ! Si tu penses que c'est un garçon pour toi, qu'entre lui et toi, il peut y avoir quelque chose, alors, bien sûr, je te soutiens à 100 %.

– Tu ne serais pas contrariée ? Enfin, de toute façon, je ne me sens pas capable… je ne pourrais jamais lui dire… Et puis, il ne m'a sans doute même pas remarquée.

J'ai posé une main chaleureuse sur celle de Zoe pour le clou du spectacle :

– Il aurait de la chance de t'avoir comme copine. D'ailleurs, je trouve que vous formeriez un très beau couple.

Zoe a ouvert de grands yeux ronds. Mince ! J'étais allée trop loin ! J'aurais dû m'en tenir à une tirade un peu plus plausible. Comment était-elle censée croire que j'étais passée d'un extrême à l'autre en quelques jours seulement ? Mais le doute a vite disparu sur le visage de mon amie. Je lui avais dit ce qu'elle avait envie d'entendre, et une fille amoureuse est trop occupée à écouter son cœur pour avoir vraiment toute sa tête.

Avec Noah, les choses se sont montrées un peu plus compliquées.

– Il faut qu'on parle, m'a-t-il annoncé gravement lorsque nous nous sommes retrouvés ce matin pour travailler. Et je veux que tu sois honnête envers moi.

J'ai senti mon cœur palpiter. Aucune conversation entre deux amoureux ne devrait commencer d'une telle façon.

– Est-ce que tu me caches quelque chose ?

J'ai froncé les sourcils. Tu parles d'un terrain miné ! Impossible de répondre à cette question sans creuser un peu plus. Je l'ai pris dans mes bras, ai adopté mon ton doux et posé des bons jours et lui ai dit :

– Et si tu me disais ce qui te tracasse ?

Noah a pris une grande inspiration.

– Je sens que tu es ailleurs en ce moment. Même si on avance, je sens bien que tu n'es pas investie dans notre projet, qu'il y a autre chose qui t'accapare. Alors, j'ai bien réfléchi et il n'y a qu'une seule chose qui me vienne à l'esprit.

– Ah oui ?

– Tu es encore harcelée, c'est ça ? Tu ne me le dis pas, mais tu essaies encore d'être partout, de répondre à toutes les invitations, de faire plaisir à tous tes… je ne sais même pas comment les appeler, tes admirateurs ? C'est bien ça, non ?

Hmmm. La crainte de Noah n'était pas tout à fait injustifiée. Oui, c'est sûr qu'on ne me laisse toujours pas tranquille. Mais la cadence s'est ralentie, un peu d'abord, puis de plus en plus. Parmi ceux dont j'ignore les appels, beaucoup se sont lassés. D'autres ont commencé à m'oublier. Cela fait déjà plusieurs semaines que nous avons quitté le lycée et les rumeurs commencent à s'essouffler. Mais, cela n'empêche qu'il se passe rarement deux jours sans que l'on me sollicite. Pour le 4 juillet par exemple, j'ai reçu pas moins de quatre invitations, dont l'une émanait d'une fille qui avait établi une liste de toutes les raisons pour lesquelles je devais absolument venir. Et il est vrai que je préfère ne pas agacer mon amoureux en lui rapportant toutes ces petites anecdotes.

– Oui, c'est ça, ai-je simplement répondu.

Était-ce un mensonge ? Oui, en un mot comme en cent, ce n'était pas cela qui accaparait mes pensées. Ma vie exposée, ma « célébrité » (toute relative), ça, je m'y suis faite. Je n'y pense même plus. J'évite de répondre aux questions privées que l'on me pose, je ne me confie à personne d'autre qu'à mes proches et je ne prends plus rien pour argent comptant. Mais tout cela ne m'empêche pas de dormir. Essayer de comprendre ce qui se cache derrière le masque d'Edward, ça, en revanche, oui.

– Écoute Noah, tu as raison. Je me suis laissé distraire par tout un tas de choses. Mais je veux que tu saches que notre projet compte énormément pour moi aussi.

Noah a fait la moue.

– C'est ce que tu dis, mais…

– Je sais, je sais. Ce n'est pas forcément évident. Mais ça va changer, je te le promets. Je n'ai aucune intention de vous laisser tomber, Naya et toi.

– Tu le jures ? m'a demandé mon amoureux, d'un ton si sérieux que j'ai presque eu envie d'en rire. Mais ce n'était certainement pas le moment.

– Je te le jure.

Bien sûr, je n'avais pas le temps de réfléchir à ce que ma promesse impliquait. Comment allais-je faire pour être partout à la fois ? Élucider ce mystère tout en écrivant un nouveau scénario en faisant comme si de rien n'était, alors qu'Edward logeait sous le même toit ? Mais ce n'était pas le moment de se soucier de cela. J'avais dit ce qu'il fallait à Noah et il ne se douterait de rien. Chaque chose en son temps. Et puis j'avais un plan d'enquête à suivre, moi.

– C'est fait, ai-je annoncé à Lou à travers la webcam, sans avoir besoin de préciser que je faisais référence à la première étape de notre plan : la diversion.

– Tu es sûre ?

– Il va falloir que je fasse attention, mais pour le moment, oui, je suis tranquille.

– Bon, tu es prête ?

J'ai fait signe que oui. La deuxième étape était enclenchée : les théories. Inutile de mener mon enquête si je ne savais pas ce que je recherchais. Savoir qu'il y avait quelque chose de louche chez Edward ne suffisait pas. Il me fallait une piste à suivre. Mais, pour le moment, il n'y avait pas une seule hypothèse mais une douzaine. Lou a lancé l'offensive :

– Edward t'a d'abord contactée à propos de ton film. Il sait que tu as du talent et veut te piquer ton succès, ou tout du moins en profiter.

– Ça se tient. C'est pourquoi il voulait absolument être en charge de la promotion de notre court-métrage.

– Ou alors, cela a un rapport avec ton père.

– C'est aussi ce que je me dis. Mes problèmes sont toujours liés à mon père.

– Mais alors, que voudrait Edward ?

– Me punir d'avoir révélé la vérité sur mon existence et d'avoir impliqué sa famille. Ou alors, il m'en veut de devoir partager son héritage avec moi.

– Ou c'est sa mère qui est devenue folle de rage en apprenant la vérité, et il a décidé de la venger.

J'ai pris un moment pour réfléchir. Notre imagination avait-elle dépassé les bornes ?

– La solution est peut-être beaucoup plus simple, ai-je avancé.

– C'est toi qui me le répètes tout le temps, ma belle. Quand il s'agit des Walmsley, tout est possible. Il n'y a pas si longtemps, tu n'aurais jamais cru que ton histoire pourrait être vraie et que ton père puisse être qui il est.

– C'est vrai. Et si Edward avait dû quitter Londres car il a fait quelque chose de mal ?

– Comme quoi ?

Lou était pendue à mes lèvres. Notre conversation a duré encore un long moment. Maintenant que nous étions convaincues qu'Edward cachait quelque chose, la porte était ouverte aux spéculations les plus folles.

Sourd et brutal

Mardi 10 juillet

Si je voulais vraiment écarter les soupçons de Noah, j'allais devoir en faire plus. Il ne se contenterait pas de ma promesse, il fallait joindre le geste à la parole. Et cela ne pouvait signifier qu'une seule chose : j'allais devoir mettre les bouchées doubles sur le scénario. Alors, hier matin, je me suis pointée chez Naya avec deux *iced coffees*[1], une demi-douzaine de mini-cupcakes et des idées plein mon carnet. Naya n'était pas très surprise de me voir : je lui avais envoyé un message un peu plus tôt pour lui dire que je venais travailler avec elle.

– Je croyais qu'on s'était mis d'accord pour travailler chacun de notre côté jusqu'à jeudi, s'est-elle enquise, non sans accepter mes offrandes.

– J'ai eu une meilleure idée. Toi et moi, on est les plus douées pour décortiquer une histoire. Noah est un pro de la technique et la réalisation, mais à nous deux, on peut facilement fignoler tous les aspects du scénario. Autant que l'on se concentre chacun sur nos points forts, et on aura terminé notre premier brouillon en un rien de temps.

1. *Iced coffee* : café au lait glacé, boisson très populaire aux États-Unis.

Naya a opiné. Je savais que mon argumentaire tenait la route, je l'avais assez répété sur le chemin.

– Noah ne vient pas, alors ?

– Il est occupé aujourd'hui, il a un match de basket, et après il sort avec Edward…

– Mais tu lui as parlé de ton plan ? Tu lui as dit qu'on allait avancer sans lui, n'est-ce pas ?

Hmmm, on aurait pu croire qu'après tout ce qui s'était passé entre elle et moi, Naya me ferait un peu plus confiance.

– Naya, j'ai vraiment besoin de toi sur ce coup-là. Noah va être super heureux quand il verra à quel point on a bossé !

Nous nous sommes mises au travail. Nous avons rassemblé toutes nos idées, les avons ordonnées, structurées, puis nous avons remanié ce qui était déjà écrit, jusqu'à ce que notre histoire s'étoffe et se développe. Naya est douée pour les dialogues, et moi, mon truc, c'est d'établir un portrait détaillé de chaque personnage pour leur donner de la profondeur. Certes, notre scénario est basé sur une histoire vraie, mais nous avons choisi de le considérer comme un travail de fiction que nous construisons de toutes pièces. C'est la meilleure façon de nous l'approprier et de ne pas nous laisser entraîner vers le documentaire.

– *You're on fire*[1], *Violet !* m'a lancé Naya alors que nous faisions une pause, après quelques heures de travail acharné.

Je me suis contentée de sourire.

---

1. *You're on fire !* : Tu es au taquet !

– Non vraiment, a-t-elle repris, si on avait travaillé comme ça depuis le début, on aurait fini depuis longtemps…

– Oui, peut-être…

– Désolée, je ne voulais pas dire que c'était de ta faute si on en était là, c'est juste que…

– Ce n'est pas grave, l'ai-je interrompue. L'important, c'est que Noah soit content de notre boulot.

J'avais à peine prononcé ces derniers mots que je les regrettais déjà. La réaction de Naya m'a confirmé que j'aurais mieux fait de me taire.

– C'est pour lui que tu fais tout ça ?

– Non, enfin, je veux dire, c'est pour nous, pour tous les trois, pour NVN Productions, ai-je balbutié.

– Mais tu as dit que…

– Ce projet compte tout autant pour moi que pour vous deux. Je sais que vous ne me croyez pas toujours, mais vous n'êtes pas les seuls à vouloir que ce soit un succès. Moi aussi j'ai envie qu'on réussisse de nouveau notre coup !

Naya a ouvert de grands yeux.

– Ce n'est pas ce que je voulais dire. C'est juste que, tu m'envoies un message ce matin pour me dire que tu veux que l'on s'enferme à double tour jusqu'à ce que ce soit bouclé, puis tu me dis que l'on va faire cela derrière le dos de Noah. Ça me surprend un peu, c'est tout.

Mes joues se sont empourprées. Trouver une excuse, la rassurer au plus vite, et surtout, ne pas éveiller ses soupçons, voilà les trois commandements qui me sont venus à l'esprit. Mais Naya ne m'en a pas laissé le temps.

– Tu dois vraiment beaucoup l'aimer.

– Noah ? ai-je demandé, le souffle coupé.

– Euh oui, Noah. Tu l'aimes à la folie, et c'est pour ça que tu veux l'épater en mâchant le gros du travail derrière son dos, non ? Tu veux lui faire la surprise et… il va adorer, c'est évident.

– C'est exactement ça ! me suis-je exclamée.

Je n'arrivais pas à croire que je n'y avais pas pensé avant. L'amour, voilà bien la meilleure excuse pour agir de manière irrationnelle. C'était en tout cas bien plus avouable que la véritable raison qui m'avait poussée à faire cela.

– Tu as deviné ! ai-je poursuivi. Je ne pouvais pas rater une occasion pareille de faire plaisir à Noah !

Naya a souri tristement, puis nous nous sommes remises au travail dans un silence complet. En tout cas, c'est ce que je croyais car j'étais bien trop absorbée par l'écran de mon ordinateur pour remarquer quoi que ce soit. Quand, finalement, j'ai levé les yeux de mon clavier, j'ai vu Naya, l'air contrit, en train de se mordiller les lèvres et de taper du pied sous la table. J'ai d'abord pensé qu'elle était concentrée à développer une idée, puis j'ai aperçu ses yeux un peu trop brillants.

– Ça ne va pas ?

Sur ce, mon amie s'est levée d'un bond et a quitté le salon à grands pas. J'aurais sans doute dû la suivre pour essayer d'en savoir plus, mais je ne pouvais pas me résoudre à quitter mon poste sans avoir retranscrit tout ce que j'avais en tête. Si j'interrompais mon travail à ce stade, j'allais sans doute oublier toutes mes super idées, et ça, il n'en était pas question. Et puis Naya avait sûrement juste besoin d'air. La fin de l'après-midi approchait et nous n'avions vraiment pas chômé.

Une demi-heure plus tard, Naya n'était toujours pas revenue. Mon inspiration s'était envolée et, prise par un mauvais pressentiment, je suis partie à sa recherche. J'ai traversé le rez-de-chaussée de l'immense demeure des Singham sans croiser un chat. Tout le monde était de sortie. J'ai jeté un œil dans le jardin, dans la cuisine, personne. Puis je suis montée à l'étage, où guidée par des petits cris étouffés, j'ai longé le couloir, en suivant les plaintes, de plus en plus intenses. J'en eus le cœur net une fois arrivée devant la porte de la chambre de ma coéquipière : ces cris étaient en fait des sanglots. J'ai toqué une fois à la porte avant d'entrer et la scène dont j'ai alors été témoin m'a estomaquée : Naya, les cheveux en pagaille, les yeux gonflés et rougis par les larmes, était recroquevillée dans un coin de la pièce. Je me suis approchée d'elle sans un mot, prête à la prendre dans mes bras, à lui dire qu'elle pouvait se confier à moi et que tout irait bien mais elle m'a repoussée en hurlant.

– Ne me touche pas !

Stupéfaite par la puissance de son cri, j'ai reculé d'un bond.

– Mais, Naya, dis-moi ce qui t'arrive ! Tu sais bien que tu peux tout me dire.

– Je n'en peux plus, s'est-elle écriée. Des mois à faire semblant, à vous mentir, à me mentir à moi-même, je n'y arrive plus !

– Alors dis la vérité. Tu verras, ça te fera du bien.

Un rire amer s'est échappé de sa bouche.

– La vérité ? Tu plaisantes, ma pauvre, c'est bien la seule chose que je ne peux pas dire.

– Tu te trompes, je suis sûre que tu te trompes.

Elle s'est mise à secouer la tête violemment.

– Je croyais que nos projets étaient plus importants que cela, que NVN Productions était trop essentiel pour que je fasse une bêtise. Que j'arriverais à contrôler mes sentiments. Je n'avais pas le choix de toute façon. Si j'avouais, c'était la fin, la fin de tout.

Je ne comprenais pas un mot de ce qu'elle racontait, mais la rage dans son regard me dissuadait de poser des questions. Naya a continué son monologue comme si je n'étais pas là.

– Je croyais que j'étais forte, mais je ne suis pas forte du tout. Je n'en peux plus de me cacher. J'ai déjà fait trop de mal autour de moi. Le pauvre Sunil… s'il savait… s'il savait que j'étais amoureuse d'un autre.

J'ai levé les yeux au ciel. C'était donc ça ? Edward, encore Edward, décidément, tout tournait autour de lui.

– Si tu es amoureuse d'Edward… enfin, ce n'est pas la peine de te mettre dans tous tes états. Je ne t'en veux pas, tu sais. Même moi je sais que je ne peux pas contrôler les sentiments des autres. Si tu veux, enfin, si tu veux être avec lui…

Mais je n'étais pas sûre que Naya m'écoutait.

– Qu'est-ce que je suis bête ! Je fais du mal à tout le monde à cause de lui !

N'y tenant plus, je suis venue m'asseoir par terre en face d'elle.

– Ne t'en fais pas pour Edward ! Il s'en remettra. Il ne faut pas être si dure envers toi-même.

Naya m'a dévisagée comme si elle me voyait pour la première fois.

– Mais tu ne comprends rien ! J'en ai marre de vivre dans ton ombre ! Marre de te voir obtenir tout ce que je veux ! Tu n'en as pas assez ? Ta célébrité, ton succès, ton talent, et lui, tu as tout. Tout !

Dans d'autres circonstances, j'aurais été vexée que Naya me parle sur ce ton, mais elle semblait être possédée. La fille en face de moi n'était pas la Naya que je connaissais et son discours n'avait ni queue ni tête.

– Tu m'en veux à moi ? ai-je répondu, abasourdie. Je n'ai rien dit à Edward, je te jure. Tout ce que je sais, c'est ce que tu m'as dit sur vous deux. Si tu crois que je suis allée lui parler derrière ton dos…

– Edward ? Je ne te parle pas d'Edward, je me fiche de lui !

Puis, en rugissant de plus belle :

– C'est Noah ! Noah que j'aime depuis le début ! J'ai essayé… J'ai tout fait pour l'oublier, mais je suis folle de lui ! Je l'ai toujours été. Il est tellement tendre et sensible, tellement confiant et clair dans sa tête. Il sait qui il est et n'a jamais besoin de jouer la comédie.

– …

– Et vous ! Vous ! Qu'est-ce que vous faites ensemble ? Noah a besoin d'être avec une fille cool et posée, une fille qui ne lui donne pas un mal de crâne à chaque tournant. Une fille comme lui qui sait mener sa vie plus simplement. Et toi ! Je n'ai jamais compris comment tu pouvais te sentir bien avec lui. Tu ne vois pas qu'il ne peut t'aimer que si tu lui caches qui tu es vraiment ?

Je crois que Naya a continué à crier, à pleurer, à rugir, mais je n'entendais plus rien. Le sol s'est dérobé sous moi et un bruit sourd et brutal s'est mis à retentir dans ma poitrine. Boum boum. Boum boum. Boum boum. Et puis plus rien.

Une fausse bonne nouvelle

Jeudi 12 juillet

Je ne sais pas très bien ce qui s'est passé après. Je me suis retrouvée à la maison en pilotage automatique, et n'ai pas eu une minute pour me remettre de mes émotions. Edward m'attendait de pied ferme. Apparemment, nous avions prévu de faire quelque chose tous les deux, mais je ne me souvenais plus de quoi. Je voulais annuler, me jeter sur mon lit et pleurer toutes les larmes de mon corps, mais je savais que ce n'était pas une option. Edward ne pouvait pas savoir. Personne ne devait apprendre ce qui venait de se passer. Personne !

Alors j'ai rebroussé chemin et nous sommes partis immédiatement. Le plus curieux, c'est qu'Edward a choisi ce moment pour s'ouvrir à moi. Lui d'ordinaire si discret, si mystérieux, avait soudainement envie de se confier. Et c'est surtout de Naya dont il avait envie de parler.

– Elle va bien ? m'a-t-il demandé, sautant à pieds joints sur ce sujet pour le moins épineux.

J'ai rapidement passé en revue tous les moyens possibles pour changer de sujet, mais Edward a pris mon silence pour une invitation à continuer.

– Je ne lui en veux pas, tu sais, et tu ne devrais pas lui en vouloir non plus.

Je me suis arrêtée net, au beau milieu de la rue. Edward m'avait convaincue d'aller manger un burger avant de retrouver un groupe de copains sur la plage – copains que je ne connaissais pas, mais qui faisaient apparemment partie des nombreuses connaissances que mon demi-frère avait faites à mon insu depuis son arrivée – mais je n'étais pas sûre que mon appétit soit encore intact.

– J'imagine qu'elle t'a raconté ce qui s'est passé. Ce n'est pas allé plus loin, tu sais…

– Je sais, me suis-je efforcée de répondre.

– Elle m'a dit qu'elle était amoureuse d'un autre garçon et qu'elle ne savait pas ce qu'elle faisait.

J'ai eu envie de hurler, de taper du poing sur le panneau publicitaire devant nous, de jeter mon sac par terre et de m'enfuir en courant. Je savais très bien tout cela, je n'avais pensé à rien d'autre depuis que Naya m'avait fait ses révélations. Elle était amoureuse de Noah. Mon Noah. *Folle* amoureuse, qu'elle avait dit. Leur histoire ne s'était pas limitée à un simple baiser échangé l'année dernière lorsque lui et moi étions séparés. De son côté à elle, en tout cas, il y avait toujours eu quelque chose. Je n'arrêtais pas de ressasser tous les moments passés ensemble, tous les trois. Les moments de connivence, de partage, de rigolade. Toutes ces occasions de comprendre ce qui se tramait sous mon nez.

– Je dis ça parce que… enfin, j'espère que vous ne vous êtes pas fâchées. À cause de moi je veux dire.

– Pas du tout. Ne t'inquiète pas, me suis-je entendue répondre, sur un ton étrangement calme.

Je ne voyais pas d'autre issue, il *fallait* m'assurer que Noah n'apprenne jamais la vérité. Et pour cela, je devais dissimuler mon émoi à Edward et à tous les autres.

À ce moment-là, je me fichais bien de NVN Productions, de notre scénario, de nos projets. Si j'avais pu, j'aurais embarqué Noah avec moi à l'autre bout du monde, et Naya serait vite devenue un lointain souvenir. Mais je savais que ce n'était pas possible. Ne serait-ce que parce que, si je voulais annuler le restant de nos cours, dissoudre notre équipe et ne plus jamais voir celle qui risquait de tout briser, il allait falloir que j'avoue la vérité à Noah. Et c'était un risque que je n'étais pas prête à prendre. Et si… Et si… Oh, non, je préfère ne même pas envisager la possibilité que Noah… Non, non, non, Violet, arrête.

– J'ai eu mon père au téléphone hier, a annoncé Edward nonchalamment un peu plus tard, alors que nous étions attablés devant nos burgers.

Je n'arrivais pas à y croire. Était-ce cela le secret pour faire parler les gens ? Je n'avais presque pas ouvert la bouche depuis que nous étions partis, et, de toute évidence, mon silence incitait Edward à remplir le vide entre nous. Peut-être que je devrais essayer de mettre mon bavardage légendaire sous clé plus souvent pour donner aux autres l'opportunité de se confier.

– Il m'appelle de temps en temps. Il me demande comment je vais, vite fait, mais je sais que ce n'est jamais pour ça qu'il m'appelle. Ce qu'il veut, c'est me parler affaires. Il me raconte où il en est, les projets sur lesquels il travaille, les marchés qu'il espère conclure…

– Et ça t'intéresse ?

Ma curiosité était soudainement piquée. Il était rare qu'Edward aborde ce sujet, et je ne pouvais pas perdre de vue que, avant que Naya vienne ébranler mon univers, je m'étais donné une mission de la plus haute importance.

– C'est très intéressant. Il me prépare à l'avenir pour quand je rejoindrai l'entreprise.

– C'est ce que tu veux faire ?

Edward a haussé les épaules.

– C'est ce que je suis censé faire. C'est ce qui est prévu. Il a suivi les pas de son père, et une fois que j'aurai fini mes études, ce sera mon tour.

– Ce n'était pas vraiment ma question, ai-je remarqué gentiment.

Je n'avais pas l'intention de le brusquer. Si Edward était décidé à parler de sa famille, j'allais être la première à boire ses paroles. Mais il était déjà trop tard. Mon frère a soudainement tapé bruyamment sur la table, et a annoncé avec un grand sourire :

– J'ai complètement oublié de te dire ! On a été pris, enfin, vous avez été pris. *Stronger than Words* va être présenté au festival !

Hein ? Quoi ? Je l'ai observé d'un air hébété pendant quelques instants. Je connaissais très bien l'astuce qui consiste à changer de sujet pour faire diversion, et je n'avais pas envie de me laisser avoir. Mais la nouvelle était trop énorme pour que je ne réagisse pas.

– *Oh my god !* C'est vrai ?

– Vrai de vrai ! J'ai appris la nouvelle cet après-midi et j'ai tout de suite appelé Noah mais… je suis désolé, j'aurais dû te le dire plus tôt…

– Eh bien dis-moi tout maintenant !

Edward m'a expliqué que notre court-métrage allait être diffusé le premier jour du festival, qui aurait lieu dans deux semaines. La séance comprendrait sept autres films avec lesquels nous serions en compétition et les spectateurs voteraient à la fin de la journée. Les prix seraient remis le deuxième et dernier jour du festival. Edward m'a énuméré les catégories de prix et tout un tas d'autres détails mais j'étais incapable de me concentrer. Notre film allait être visionné sur grand écran par une centaine de personnes !

– J'ai même réussi à négocier avec les organisateurs pour qu'ils nous donnent assez de passes gratuits pour qu'on y aille tous ensemble.

– Wow ! Merci, merci, merci ! Il faut que je prévienne les filles. Et que j'appelle Noah ! Quelle super nouvelle !

Edward a affiché un grand sourire.

– Je suis tellement content pour vous trois. Au fait, il reste Naya à prévenir. Tu veux que je l'appelle ou…

– Naya ?

La petite bulle de bonheur dans laquelle il m'avait enveloppée venait soudainement d'éclater.

– Oh je vais m'occuper d'elle, ai-je fini par répondre. Ne te fais pas de souci là-dessus.

À Retardement

Lundi 16 juillet

Notre petite équipe aurait dû être aux anges lors de la reprise des cours ce matin. Nous étions prêts à remettre la première version de notre scénario à notre professeur et notre court-métrage avait été accepté par un prestigieux festival. Malheureusement, rien n'était moins vrai.

Naya m'avait appelée la première, non pour me parler du festival, mais pour poursuivre une conversation que j'aurais préféré effacer de ma mémoire. De toute évidence, elle n'avait pas encore tout à fait repris ses esprits. Son ton était toujours aussi saccadé et sa voix était brisée par les sanglots, mais son souhait était très clair. Elle était déterminée à ce que ses aveux ne changent rien et souhaitait que tout redevienne comme avant. Il était clair qu'elle s'était rendu compte que sa révélation compliquerait grandement l'existence de NVN Productions et qu'elle ne voulait pas tout perdre. « Je sais que je ne peux pas avoir Noah, je le comprends bien. Mais je ne veux pas tout gâcher. S'il te plaît, Violet, je veux continuer à travailler avec vous, et je te promets, je n'en reparlerai plus jamais ». Elle avait été très surprise d'apprendre que j'étais tout à fait d'accord avec elle. En même temps, je n'avais pas vraiment le choix.

Cacher les faits à Noah a été plus facile que je ne l'imaginais, mais le convaincre que tout allait pour le mieux dans le meilleur des mondes était une autre paire de manches. De son côté, il était aussi charmant que d'habitude. Samedi matin, il était passé me chercher pour une balade à vélo dans Venice Beach, puis nous avions retrouvé Edward pour un ciné dans l'après-midi et avions terminé la journée chez Claire, avec toute la bande. L'ambiance était détendue, tout le monde était joyeux. Et moi, je faisais très bien semblant.

Depuis que Naya m'a tout avoué, les scénarios les plus incongrus passent en boucle dans ma tête. Naya va manigancer derrière mon dos pour que Noah me quitte en lui faisant croire toutes sortes de choses horribles à mon sujet. Ou bien Noah va me quitter pour elle et ne plus jamais m'adresser la parole. Ils deviendront des scénaristes célèbres et oublieront jusqu'à mon existence. Ou encore, Naya est de mèche avec Edward. À eux deux, ils essaient de me détruire sur tous les plans : professionnel et amoureux. Bon, j'avoue, je ne comprends pas très bien comment ce dernier cas de figure fonctionnerait, mais le fait est que je n'ai pas fini de passer des nuits blanches à me demander à quel type de catastrophe je devrais me préparer.

C'est vraiment comme cela que ça fonctionne, une relation amoureuse ? Être toujours sur le qui-vive ? Craindre en permanence que le bonheur auquel on est habitué ne s'évanouisse sans crier gare ? Vendredi après-midi, maman m'a surprise à rêvasser dans la cuisine. Quand elle m'a demandé ce qui me passait par la tête, je lui ai répondu sans réfléchir :

– Pourquoi c'est si compliqué l'amour ?

Elle a répondu par une petite moue désolée.

– Qu'est-ce qui se passe entre Noah et toi ?

– C'est juste que… Depuis que l'on se connaît, c'est comme ça. Même quand on s'aime, on a du mal à être ensemble. Il y a toujours un problème, un truc qui coince entre nous. On est heureux pendant quelques semaines, et c'est reparti pour une autre période de crise.

Maman nous a versé deux verres de limonade et a posé un paquet de biscuits entre nous deux. Nous ne pouvions pas continuer cette conversation le ventre vide.

– Tu veux que je te dise un secret ? Tous les couples traversent des périodes difficiles. Des hauts des bas, tout le monde en a.

– Même s'ils s'aiment très fort ?

– Même s'ils sont mariés, ou ensemble depuis des années. On ne dirait pas comme ça, mais tes grands-parents sont aussi passés par là. Quand j'étais ado, ils ont traversé une phase si douloureuse que mon père est parti vivre chez un copain pendant deux mois. Et puis, comme tous les orages, c'est passé.

– Et si l'orage ne passe pas ? Ou si on n'a pas le temps d'apprécier le beau temps parce que le prochain nuage arrive déjà ?

Maman a poussé un grand soupir.

– Ma réponse ne va pas te plaire.

– Je suis une grande fille, maman.

– Parfois, même si on s'aime, on n'est tout simplement pas faits l'un pour l'autre. Ça ne change rien aux sentiments, mais… ils ne font pas tout.

– Tu crois vraiment qu'il y a des gens qui se quittent alors qu'ils s'aiment ?

Maman a hoché la tête tendrement.

– Ça arrive. Et puis, je crois surtout que s'il y avait une façon simple de s'aimer, ça se saurait.

Je ne suis pas sûre d'être d'accord avec elle. Enfin, ce n'est pas tout à fait ça. Disons que je ne sais pas si j'ai envie de la croire. Je sais que je peux tenir le coup. Noah en vaut la peine. Il faut juste que j'arrive à trouver un moyen pour qu'il ne découvre jamais la vérité tout en voyant Naya presque tous les jours. Inutile de me rappeler que cela est presque mission impossible. Même moi, je ne suis pas aussi naïve. En attendant, il me suffit de sourire et de serrer les poings.

Alors, j'ai fait honneur à Claire, notre hôtesse, et j'ai fait la fête avec mes amis. J'ai mis tout ça de côté, j'ai prétendu que tout allait bien, une fois de plus. Il le fallait bien, parce que c'est l'été et parce que nous avions quelque chose à célébrer : la programmation de *Stronger than Words* au festival du court-métrage.

– Quelle super nouvelle ! s'est exclamée Claire quand Noah a fait l'annonce à notre petite bande.

– Et merci, Edward, de nous avoir obtenu des places, s'est empressée d'ajouter Zoe.

Edward lui a répondu par un grand sourire qui l'a tout de suite fait rougir. J'ai préféré détourner le regard : Zoe est une grande fille, elle sait ce qu'elle fait. Et puis, tant que je n'ai pas d'éléments plus concrets sur mon demi-frère, je ne peux rien dire. Celui-ci est d'humeur tout à fait joviale depuis quelques jours, même si, malheureusement, je n'ai pas pu en profiter pour reprendre notre conversation sur notre père. Jusque-là, toutes mes tentatives – toutes plus subtiles les unes que les autres – ont échoué. Et si je dois attendre qu'il remette le sujet sur le tapis, mon petit doigt me dit que je vais attendre longtemps.

Dimanche, hier donc, j'ai eu l'impression de sortir la tête de l'eau. Noah et moi avons passé la journée ensemble, en tête à tête, un fait si rare ces derniers temps que je l'ai vraiment savouré. Nous avons même aussi réussi l'exploit de n'aborder aucun sujet qui fâche. Edward, Naya et notre scénario n'étaient pas invités à passer la journée avec nous. Et quand je me suis plongée dans ses bras, noyée dans ses yeux, j'ai vraiment voulu croire que tout allait finir par s'arranger.

Jusqu'à ce matin. Quand je suis arrivée en classe, Naya était… hmmm, dire qu'elle n'était pas dans son assiette serait un euphémisme. Je ne sais pas comment elle a pu nous cacher ses sentiments envers Noah jusqu'à maintenant, mais je ne suis pas sûre qu'elle soit capable de le faire pendant encore longtemps. Toute la matinée, elle a sursauté dès que Noah s'adressait à elle et a dû prononcer dix mots en tout. Si bien qu'à la pause de midi, Noah m'a attirée dans un coin pour me questionner, l'air suspicieux. Comme si, lorsque quelque chose cloche dans notre vie, cela a toujours un rapport avec moi.

– Tu sais quelque chose ?

– Pas plus que toi. Elle doit être fatiguée, c'est tout.

– C'est à cause de tout le travail que vous avez fait sans moi, c'est ça ?

Malgré la tourmente dans laquelle j'avais été plongée après la révélation de Naya, j'avais quand même trouvé la force de montrer le fruit de nos efforts à Noah. C'était bien la dernière chose dont j'avais envie de parler, mais j'avais une bonne raison pour cela : prouver à Noah que j'étais engagée dans notre projet et que je n'étais préoccupée par rien d'autre. Celui-ci avait été époustouflé par notre travail. Oh, bien sûr, il s'était quelque peu étonné de ma méthode, mais je savais qu'au fond, il était très touché. Tout ce qui contribue à améliorer notre travail lui fait cet effet-là. Mais il n'était pas impossible qu'il soit en train de changer d'avis.

– C'est de ma faute, maintenant ? ai-je rétorqué, à bout de nerfs.

– C'est toi qui l'as obligée à faire tout ça, non ?

– Je ne l'ai obligée à rien du tout ! J'ai proposé que l'on avance toutes les deux quand tu n'étais pas disponible. Elle aurait très bien pu me dire non.

– Violet, ne le prends pas mal, mais te dire non n'est pas une mince affaire.

J'en suis restée bouche bée.

– Naya est une grande fille, elle peut se débrouiller toute seule !

– Peut-être, mais ce n'est pas une raison pour lui mettre la pression. On est tous les trois dans le même panier. Si elle coule, on coule aussi.

Ces dernières paroles ont fini de me clouer sur place. Je savais que Noah parlait de notre travail uniquement, mais je n'arrivais pas à chasser le sentiment prémonitoire de cette déclaration. Naya allait-elle sombrer et entraîner notre couple dans sa chute ?

– Je vais aller lui parler, voir ce qui se passe.

– Non ! me suis-je exclamée. Elle n'a sûrement pas envie de te parler.

– Qu'est-ce que tu racontes ? Je me fais du souci pour elle, c'est tout.

– Et moi je te dis qu'elle va très bien.

Noah a froncé les sourcils. Oh, il pouvait bien faire la mine qu'il voulait. Avant d'aller discuter avec Naya en tête à tête, il allait d'abord devoir me passer sur le corps.

– Fais-moi confiance, OK ? ai-je repris d'un ton que je voulais langoureux.

Puis, je me suis penchée vers lui et ai susurré :

– Elle a des problèmes avec Sunil et elle ne veut pas que ça se sache. Tu peux comprendre ça, non ? Il vaut mieux la laisser tranquille pendant quelque temps. Au pire, on peut très bien continuer tous les deux, si besoin est. Ce serait chouette d'ailleurs, pour une fois…

Sur ce, j'ai hypnotisé mon amoureux avec mon regard le plus séducteur, espérant que cela suffirait à le convaincre. Mais plus tard, alors que nous nous apprêtions à nous quitter pour la journée à la fin des cours, Noah n'a pas pu résister.

– Si tu veux prendre un ou deux jours, on ne t'en voudra pas, tu sais. On peut dire au prof que tu es malade…

– Pourquoi je ferais ça ? a répondu Naya, sur la défensive.

– Je dis juste que, enfin, on est là pour toi, tu sais. Si tu as besoin d'aide, tu peux compter sur moi… sur nous, je veux dire.

Naya a esquissé un sourire peiné.

– C'est gentil mais… je n'ai pas l'intention de rater une seule heure de cours.

C'est à ce moment-là que j'ai vu la lueur dans le regard de ma coéquipière. Celle que j'aurais dû repérer avant, celle que j'avais aperçue quelques jours plus tôt dans les yeux de Zoe quand elle discutait avec Edward. Et c'est là que j'ai compris. Un jour ou l'autre tout allait exploser. À partir de maintenant, Naya ne serait plus qu'une seule et unique chose pour moi : une bombe à retardement.

E-mail de **loulou@emailme.com**
à **violetfontaine@myemail.com**
le mardi 17 juillet à 10 h 12
Sujet : Courage !

Hello ma belle,

Je comprends que tu aies envie de tout abandonner. Tu as déjà assez de soucis comme ça…

Tu sais que je t'adore et que je ne veux que ton bien, n'est-ce pas ?

Alors, si j'étais toi, je ne laisserais pas tomber si facilement. Une fois qu'Edward sera reparti, il sera trop tard pour découvrir ce qu'il cache.

Et puis, je ne peux m'empêcher de penser qu'il y a peut-être un lien entre tout cela. En tout cas, Naya et Edward ont un point commun évident : ils essaient tous les deux de t'éloigner de Noah…

Bises,

Ta Lou

Le tournis

Jeudi 19 juillet

La tentation est grande d'oublier tout le reste et de suivre Naya à la trace pour éviter toute catastrophe. Le vrai problème, bien sûr, c'est de réussir à poursuivre notre projet dans ces conditions. Car s'il tombe à l'eau, mon petit doigt me dit que cela pourrait bien finir par me retomber dessus. Et si Noah ne peut pas savoir ce que Naya ressent pour lui, il n'est pas non plus question qu'il se mette dans la tête que je suis la source de tous nos problèmes.

Oui, mais voilà. Dans quelques semaines, Edward va rentrer chez lui, et je ne le reverrai peut-être jamais. Je sais d'ores et déjà que si je n'ai pas élucidé son mystère d'ici là, je ne me le pardonnerai pas. Je ne peux pas le laisser me filer entre les doigts. Quand il s'agit de ma famille, je sais que le pire est une probabilité réelle et que je ne supporterais pas de souffrir de nouveau parce que je n'ai pas su anticiper l'ampleur des dégâts. Alors, j'ai commencé par me replonger dans mon dossier sur les Walmsley. Quand, il y a près d'un an, j'avais découvert le vrai nom de Simon, j'avais récolté tous les documents, articles et photos possibles sur sa famille, avant même de savoir qu'elle était aussi la mienne. Les tabloïds britanniques s'intéressant constamment aux affaires des Walmsley, en fouillant

Internet en long en large et en travers, j'avais obtenu assez d'informations pour établir un portrait plutôt détaillé de chaque membre de cette tribu pas comme les autres. Je savais déjà par Simon que les rapports entre Edward et son père n'avaient pas toujours été au beau fixe, et les articles que j'ai repassés au peigne fin n'ont fait que le confirmer. En voici un exemple parlant : Edward avait apparemment fait des pieds et des mains pour fréquenter un lycée public même si tous les Walmsley sont scolarisés dans la même école privée depuis plusieurs générations. Finalement, il avait bien entendu perdu la bataille contre ses parents, et suivait une scolarité tout à fait brillante dans le lycée qu'il n'avait jamais voulu fréquenter. Pourquoi mon frère avait-il prétendu vouloir suivre les traces de son père ? Ses allégations ne collaient pas aux informations que j'avais dégotées sur lui. J'avais bien conscience, cela dit, que je ne pouvais pas croire tout ce qui était écrit dans la presse – j'en avais moi-même fait les frais quelques mois plus tôt – alors, je ne voyais qu'une solution, me tourner vers quelqu'un qui en saurait plus que moi : Simon.

Au départ, je ne savais pas comment m'y prendre. Sa famille n'est pas un sujet sur lequel mon oncle aime s'attarder et je craignais qu'il ne se moque de moi si je lui exposais mes théories farfelues. Après avoir retourné la question dans tous les sens, j'ai décidé que la vérité ne fonctionnerait pas. Il fallait que Simon voie le bon côté des choses, l'aspect positif de ma requête. Sans entrer dans les détails, je lui ai tout simplement expliqué que je me faisais du souci pour mon demi-frère et que je ne pouvais pas l'aider sans comprendre ce qui le tourmentait. Que pouvait-il me dire de plus sur Edward ? La réponse de Simon ne s'est pas fait attendre.

« Violet, je sais que tu penses bien faire, mais, comme souvent chez les Walmsley, je crois que la situation est un peu trop compliquée pour toi. Honnêtement, je n'ai pas été étonné d'apprendre qu'Edward veuille s'échapper de Londres pendant l'été. Il vaut mieux que ça se passe de cette façon-là, plutôt qu'il y a deux ans, quand il a menacé de faire une fugue après avoir prétendu que Paul n'était pas son père. Je ne devrais même pas te raconter cela, d'ailleurs et, s'il te plaît, garde-le pour toi. Je le sais uniquement car Paul a usé de tous les arguments possibles pour que j'accepte d'accueillir Edward. Bref, si je te dis cela, c'est pour te protéger. Ne te mêle pas de ses affaires, ce sera mieux pour toi. »

La confidence de Simon n'a fait, bien sûr, qu'attiser ma curiosité. Il venait de me fournir la preuve irréfutable qu'Edward me mentait. Et s'il me mentait sur son père, il était fort probable qu'il essaie de m'embobiner, moi et mes amis, sur tout le reste.

Un sentiment de culpabilité s'est soudainement emparé de moi. Maintenant qu'il avait charmé son monde, il m'était impossible de faire marche arrière. Et si, en présentant Edward à toute ma bande, en faisant en sorte qu'il soit accepté par mon entourage pendant l'été, j'avais commis une erreur irréparable ? Je sais que quoi qu'il arrive, cette question ne me quittera plus. Je me la poserai jour et nuit jusqu'à ce que je l'élucide ou qu'elle finisse par me donner le tournis.

Le jour de gloire

Samedi 21 juillet

Et puis le grand jour est arrivé. Je l'avais désiré et attendu avec impatience, avant que je sache que notre collaboration était fondée sur un mensonge, avant que je doute du mobile d'Edward. Nous allions tous nous retrouver pour un moment qui aurait dû avoir tant d'importance à mes yeux. Mais il m'était impossible de m'en réjouir.

– Tu es nerveuse, Violet ?

Les filles sont arrivées à la maison deux heures avant notre départ prévu pour le festival. Elles ont été si adorables ! Claire avait proposé que l'on choisisse ensemble des tenues dignes de l'événement (c'était un grand jour pour elle aussi) mais Zoe et Maggie n'avaient pas l'intention d'être en reste. Nous avions donc décidé de nous retrouver chez moi pour nous mettre dans l'ambiance de la fête. Noah, Naya, Adam et, bien sûr, Edward nous rejoindraient ensuite pour que nous nous rendions sur place tous ensemble.

Après mûre considération, j'ai enfilé une chemise en jean sans manches et un jean blanc. Un peu trop basique au goût de Claire qui voulait sortir le grand jeu, mais je lui ai rappelé que, contrairement à elle, je n'étais pas la star du film. Si les projecteurs méritaient d'être pointés vers elle, ma place à moi était indéniablement en coulisses, et cela m'allait très bien. J'ai quand même rehaussé ma tenue avec des sandales à talons rouges, des créoles pendues à mes oreilles et Maggie m'a aidée à réaliser une queue-de-cheval que j'avais vue dans un magazine. Notre future grande actrice avait opté pour une petite robe bustier en coton avec un motif floral de toutes les couleurs et des sandales plates dorées. Elle était si jolie ! Et j'ai cru fondre quand elle m'a tendu un petit paquet avec un gros ruban blanc. Quand je l'ai ouvert, j'y ai trouvé le gloss rose tendre que nous avions repéré ensemble et que j'avais longuement hésité à m'offrir. Je me sentais très reconnaissante d'avoir de si précieuses amies, mais j'avais quand même du mal à donner le change.

– Tout le travail est fait, tu sais, a repris Zoe. Tu n'as plus qu'à t'installer confortablement dans un fauteuil et admirer ton chef-d'œuvre sur grand écran.

J'ai esquissé un faible sourire.

– Tu es stressée à l'idée de ne pas remporter de prix ? s'est interrogée Maggie, qui ne manque pas d'esprit de compétition.

Je n'ai pas pu m'empêcher de faire la moue. Remporter un prix ? Je ne m'étais jamais attardée sur cette possibilité. Que notre court-métrage soit diffusé devant un si large public était déjà une récompense en soi. Je savais bien qu'à l'issue du festival, trois prix seraient remis aux plus méritants, mais je ne me faisais aucune illusion sur notre sort. Dans ce cas précis, je pensais sincèrement que participer était déjà une victoire.

– Oui, ça doit être ça, ai-je répondu machinalement.

Si ce faux aveu pouvait éviter d'éveiller les soupçons de mes amies quant à mon manque d'enthousiasme, il en valait bien la peine.

Le festival se déroulait dans un petit cinéma d'art dans West Hollywood et durait tout le week-end. Notre film faisait partie de la sélection de fin d'après-midi du samedi, aujourd'hui donc, et les prix seraient remis lors de la cérémonie de clôture, le lendemain soir. Entre les séances, les participants se retrouvaient dans l'enceinte du cinéma pour boire un verre, discuter avec les réalisateurs des films présentés, débattre de leurs projections préférées, ou encore se renseigner sur les écoles de cinéma qui y avaient établi un stand dans le but de recruter de futurs étudiants.

Au départ, j'avais eu l'intention d'assister à chaque séance pour visionner tous les films en compétition (et secrètement me rassurer quant au fait que le nôtre méritait d'être à l'affiche parmi eux) mais j'ai finalement été emportée par le tourbillon du festival. Notre petite bande s'est dispersée peu après notre arrivée : Naya s'en est allée à la rencontre d'autres festivaliers, Claire, Adam et Zoe sont partis assister à une séance, Maggie est allée voir deux copines qu'elle a reconnues dans la salle, et Edward s'est tout de suite mis à discuter avec les organisateurs. Noah et moi nous sommes retrouvés seuls, mais nous n'avons pas eu le temps d'en profiter car la mention « réalisateur » sur nos badges attirait tout un tas de curieux. Nous avons commencé à discuter avec le représentant d'une école de cinéma dont Noah m'avait dit beaucoup de bien, puis, avec deux autres réalisateurs de notre âge qui avaient eux aussi un film en compétition, et, par la suite, avec une dizaine de festivaliers qui avaient des questions à revendre. « De quoi parlait notre film ? », « Les conditions de tournage avaient-elles été difficiles ? », « Était-ce notre premier ? », « Quels conseils donnerions-nous à de futurs metteurs en scène ? ». Entrer dans le détail de ce projet qui avait tenu une si grande place dans ma vie m'a tout de suite remis du baume au cœur et en discuter avec toutes ces personnes enthousiastes m'a aidée à prendre la mesure de ce que nous avions accompli. Ceux que nous croisions semblaient se réjouir de nos petites anecdotes et ne manquaient pas de nous féliciter pour notre travail. Je mentirais si je disais que je n'ai pas été sincèrement touchée par toute cette attention. Et puis, quoi qu'il advienne de NVN Productions à la fin de nos cours d'été, personne ne pourrait nous enlever ce que nous avions déjà réalisé.

Quand Claire, Adam et Zoe nous ont rejoints une fois leur séance terminée, leur mine maussade m'a tout de suite sauté aux yeux. Soit ils venaient de voir une série de films déprimants, soit ils nous cachaient quelque chose. Et mon petit doigt me disait que je savais ce que c'était.

– Ils étaient tous super, c'est ça ? Vous pouvez nous le dire, on s'en remettra. De toute façon, ce n'est pas grave, on n'est pas là pour gagner… ai-je affirmé sans trop y croire.

– Ne dis pas ça, Violet. Notre film mérite clairement d'être dans la compétition ! a répondu Claire.

– Oui, on a vu quelques films très chouettes, a ajouté Adam, mais ils n'ont rien à envier au nôtre.

– Exactement, a poursuivi Claire. Relax, il n'y a absolument aucune raison pour que ce festival ne se déroule pas parfaitement.

J'ai observé mon amie curieusement. Je comprenais qu'elle veuille me rassurer, mais je la connaissais trop bien pour savoir que cela ne sonnait pas juste.

– Tu es tout aussi stressée que moi, c'est ça ?

– Oui ! s'est-elle écriée un peu trop vite.

Zoe lui a jeté un petit regard accusateur.

– On ne va pas mentir à Violet, tout de même.

– Je croyais qu'on avait dit que… Enfin, ça ne sert à rien de…

– On avait tort. Elle va bien finir par s'en apercevoir.

– Pas forcément, lui a murmuré Claire.

Mais je n'en ai pas raté une miette.

– Euh, les filles, vous me faites signe quand vous voulez bien arrêter votre petit manège ?

C'est à ce moment-là que Noah, qui sortait d'une grande conversation avec un autre festivalier s'est rapproché de notre petit groupe, devenu soudainement silencieux.

– *What's up ?* a-t-il demandé innocemment.

Zoe et Claire ont pris une grande inspiration parfaitement synchronisée.

– On a vu quelque chose qui ne va pas te plaire, a avoué Zoe.

– Enfin, plutôt quelqu'un. Enfin, pas juste quelqu'un d'ailleurs, a marmonné Claire.

– L'*evil trio* est là, a finalement lâché Zoe, avec une grimace conforme à son aveu.

J'ai entendu Noah déglutir avant moi. Ce n'était pas son genre de s'immiscer dans mes rapports conflictuels avec les trois plus grandes pestes qu'il m'ait été donné de rencontrer, mais il devait bien comprendre que si une chose pouvait gâcher mon plaisir d'être là, c'était bien celle-là. Il a parcouru la salle du regard, scrutant chaque personne si intensément que Zoe a fini par l'interrompre.

– Elles étaient à la même séance que nous, mais elles sont parties en plein milieu, en faisant un boucan pas possible, d'ailleurs. Depuis on les a perdues de vue.

Noah l'a dévisagée.

– Ce n'est pas elles que je cherchais… Euh, je reviens.

Puis il s'est avancé dans la foule, me laissant sous le choc de cette révélation malvenue.

– Ça va aller, Violet ? Je savais que l'on n'aurait pas dû te le dire ! m'a demandée Claire, visiblement inquiète.

– Non, je crois qu'on a bien fait, au contraire. Elle aurait fini par tomber nez à nez avec elles et ça aurait été pire.

– Mais qu'est-ce qu'elles font ici ? ai-je protesté.

Je croyais avoir enfin pu dire adieu à ces trois pimbêches en quittant Albany High. Nous ne fréquentions pas du tout les mêmes endroits, et j'espérais bien être débarrassée d'elles pour de bon. C'est sûr que je n'évolue pas dans les mêmes cercles sociaux qu'Olivia et ses deux acolytes de toujours, Rebecca et Alyssa. Elles courent les boîtes de nuit et les soirées tendances avec tout le gotha de la ville et ne se montrent que très rarement dans les soirées de lycéens où nous ne risquons pas de les croiser : pas assez glamour pour elles. Et cela m'allait très bien comme ça ! Je ne m'aventure pas sur leur territoire – les petites soirées entre copains du lycée me vont très bien, à moi – et elles ne s'abaissent généralement jamais à notre niveau. Et puis, je me suis souvenue : Olivia et Rebecca tentent elles aussi de percer dans le milieu du cinéma. Elles courent les castings, essaient de se faire remarquer autant qu'elles peuvent. S'il s'agissait de n'importe qui d'autre, j'aurais pensé qu'elles étaient là pour se faire connaître encore plus, mais… Un petit festival de court-métrage ? Olivia n'a pas vraiment besoin de cela. Son père connaît toute la ville, et elle a ses entrées dans tous les castings qu'elle veut. Certes, le piston s'arrête en général là. Une fois qu'elle est en train d'auditionner, c'est son talent qui compte avant tout, et pas le fait que son père soit riche et célèbre. Mais les contacts, elle les a déjà. Et je mettrais ma main à couper qu'elle n'est pas là juste pour le plaisir de l'art. Olivia se fiche du cinéma, il n'y a que la célébrité qui l'intéresse.

– Elles doivent avoir un film en compétition, ai-je déduit alors que Naya venait de nous rejoindre.

– Qui ? a-t-elle demandé.

– L'*ev*... Olivia, Rebecca et Alyssa, me suis-je rattrapée à temps.

Naya a beau être au courant de mes différends avec ses anciennes meilleures amies, je ne me suis jamais permis de cracher mon venin devant elle, même quand j'ai appris qu'elles lui avaient tourné le dos. Au fond, je n'ai jamais été sûre et certaine que les ponts avaient définitivement été coupés entre Naya et elles trois. C'est alors que j'ai senti une colère inexplicable monter en moi. Et je savais exactement vers qui la diriger.

– Mais tu le savais peut-être déjà, non ? ai-je fulminé.

Même si ma relation avec Naya avait connu des hauts et des bas, je croyais jusqu'à récemment que, à certains moments tout au moins, nous avions été de véritables amies. Maintenant, je n'étais plus sûre de rien. Naya m'avait trahie en aidant Olivia à révéler l'histoire de ma famille, elle voulait mon petit copain depuis le début, elle avait embrassé mon frère, et, je m'en rendais compte désormais, elle ne m'avait sans doute jamais voulu du bien. À ces mots, elle m'a tirée à l'écart.

– Qu'est-ce que tu racontes, Violet ? Tu sais très bien que je ne suis plus amie avec elles depuis que...

– Non, je n'en sais rien, l'ai-je interrompue, un peu parce que je me sentais bouillir, mais aussi parce que je n'avais pas envie qu'elle me rappelle pourquoi elle n'était plus amie avec l'*evil trio*. Je le savais très bien. C'était à cause de moi.

– Je sais juste que, en ce qui me concerne, mes ennuis semblent te suivre de très près. Je n'arrive toujours pas à me débarrasser d'Olivia, je te surprends dans les bras de mon frère, et en plus tu…

Naya a poussé un cri étouffé en regardant par-dessus mon épaule, comme si elle avait vu un fantôme. J'ai fait volte-face et me suis trouvée nez à nez avec Noah, une drôle d'expression sur son visage. J'ai senti le rouge me monter aux joues. Depuis combien de temps se tenait-il derrière moi ?

– Euh… je cherche… je cherche Edward, vous ne l'avez pas vu ? a-t-il balbutié sans oser soutenir le regard de Naya.

C'est à ce moment-là que Maggie a foncé vers nous à toute allure.

– *Oh my God*, Violet ! Tu as vu ça ?

– Quoi ? ai-je répondu, en essayant en vain de contenir mon exaspération.

Naya, Noah et moi avons suivi le doigt qu'elle pointait vers le fin fond de la salle et j'ai bien cru que j'allais m'évanouir. Voilà, nous savions désormais où Edward se trouvait pendant tout ce temps.

– Je te jure que je ne le savais pas ! s'est écriée Naya.

Je n'avais pas de mal à la croire, elle aussi avait failli s'étouffer lorsqu'elle avait aperçu Edward en grande conversation avec Olivia, Rebecca et Alyssa. Noah, quant à lui est resté curieusement stoïque, mais, sur le moment, j'étais bien trop échaudée pour m'en étonner. Claire, Zoe et Adam, auxquels cette scène n'avait pas échappé, ont rappliqué dare-dare. Bientôt, nous étions tous les sept absorbés par cette vision que je ne pouvais qualifier que d'horreur. Quand Rebecca a posé une main sur le bras de mon frère, j'ai sursauté.

– On va finir par se faire repérer, a remarqué Claire, en détournant le regard.

La moitié de notre groupe l'a suivie, mais je me sentais gelée sur place. Si avant-hier il me restait une once d'espoir à propos d'Edward, elle était désormais réduite à néant. J'avais envie de tous les confronter, de leur dire « Voyez, Edward n'est pas le garçon super génial que vous imaginez tous ! », mais je me doutais bien que je ne pouvais pas prendre ce risque. Le fait qu'il soit intime avec l'*evil trio* était peut-être un *dealbreaker*[1] pour moi, je ne pouvais toutefois pas être certaine que c'était le cas pour tout le monde.

– Respire, Violet, m'a glissé Noah. Ce n'est pas aussi grave que ce que tu veux bien croire.

– Je ne crois rien du tout, ai-je menti en serrant les poings.

– Je te connais. Tu es en train de te faire un film complètement délirant dans ta tête, et tu vas exploser. Crois-moi, ce n'est rien. Il ne sait même pas que tu les connais.

– Noah a raison, a ajouté Zoe. Edward ne se rend sans doute pas compte de ce qu'il est en train de faire. Si tu lui expliquais…

– Exactement, a poursuivi Noah. Une bonne explication entre lui et toi, et tout sera plus clair.

J'étais tellement concentrée à contenir ma rage que les paroles de mon amoureux ont mis quelques instants à m'atteindre. « Il ne sait même pas que tu les connais ».

– Tu savais ? me suis-je soudainement entendue crier.

Noah a fait un pas en arrière. Il avait sans doute peur que je ne lui saute au cou et il n'avait probablement pas tort.

1. *Dealbreaker* : quelque chose de rédhibitoire.

– Je peux tout t'expliquer ! s'est-il défendu.

Le reste de la bande n'a pas demandé son reste et s'est discrètement éclipsé, laissant Noah face à moi et à ma confusion totale.

– C'était à la soirée, tu te souviens, la soirée où tu n'étais pas là, parce que tu avais décidé de rester avec ta mère ? Eh bien, vers la fin, un garçon qui était là nous a proposé de continuer la fête ailleurs, chez un copain à lui, et nous l'avons suivi. Et... enfin, elles étaient là. Edward a commencé à discuter avec Rebecca, et qu'est-ce que j'étais censé faire ? Le prévenir ? Lui interdire de leur parler à toutes les trois ?

– Tu veux dire que les filles aussi sont au courant ? Que Maggie, Claire, Zoe et même Naya me mentent depuis tout ce temps ? ai-je rétorqué, hors de moi.

– Non ! Il n'y avait qu'Edward et moi. Les autres sont restés à la première soirée... Elles n'en savent rien, rassure-toi.

– Oh, tu as raison, je me sens vraiment rassurée, il n'y a que toi qui m'as trahie. Mes copines, elles, ne m'auraient jamais caché une telle chose, mais toi, ça ne te pose aucun problème. Quand c'est moi qui le fais, tu montes sur tes grands chevaux mais quand c'est toi qui n'as pas le courage de me dire la vérité... Tu sais ce que tu es Noah, un hypocrite !

Je me sentais tellement humiliée et abattue que j'aurais pu continuer à déblatérer les pires horreurs si l'heure de notre séance n'était pas arrivée, et que le moment le plus important de nos carrières de scénaristes n'était pas sur le point de se jouer. Et surtout, j'aurais sans doute continué si Edward n'était pas venu se planter entre nous. Il a passé ses bras autour de nos épaules, et a lancé :

– Allez, c'est parti ! C'est pas génial ce qui est en train de nous arriver ?

Noah m'a jeté un coup d'œil angoissé, mais je n'ai rien pu répondre. Je savais ce qu'il était en train de se dire : « Comment peut-elle tout déballer devant moi et ne pas piper un mot devant lui ? ». Mais c'était comme ça. Je ne peux pas l'expliquer mais, quelque part je sentais que si je m'ouvrais à Edward, notre confrontation sonnerait le début de la fin.

Alors nous sommes entrés dans la salle de cinéma. Nous avons pris nos places, Edward, Noah, Naya et moi, l'un à côté de l'autre. Et je n'ai rien dit, rien fait qui puisse perturber l'équilibre de notre petite bande. Celui-ci était déjà si fragile qu'un rien aurait pu le faire basculer pour toujours.

Pause

Lundi 23 juillet

Oh et la séance ? Il n'est pas difficile de comprendre pourquoi je n'ai pas ressenti le besoin de la raconter hier. Finalement, ça a été le moment le plus banal de la journée. Ce n'est pas comme si la salle s'était levée et avait crié au génie lorsque notre film est passé. Sur les sept autres films, deux m'ont vraiment déplu, un m'a fait rire, et j'ai trouvé les autres plutôt bons dans l'ensemble, tout en ayant clairement une préférence pour l'un d'entre eux, qui, non, n'était pas le nôtre. Noah, Naya et moi n'avions bien sûr pas le droit de voter, mais je sais que tout le reste de notre bande s'est précipité pour voter pour *Stronger than Words*. Cela n'a toutefois rien changé. NVN Productions a quitté la cérémonie de clôture les mains vides.

Bien sûr, je ne savais pas cela quand je suis retournée au festival hier. Je n'avais même pas envie d'y aller, j'aurais nettement préféré passer mon dimanche isolée chez moi. Maggie et Zoe m'ont convaincue de m'y rendre, même si ce ne sont pas leurs arguments qui ont fini par me décider. Elles m'ont priée de ne pas être trop dure avec Noah, qui s'était simplement retrouvé dans une situation délicate, ni d'en vouloir à Edward qui n'avait aucune conscience du mal qu'il m'avait fait. Elles m'ont rappelé que, en refusant de me rendre à la deuxième journée du festival, je ne faisais du mal qu'à moi-même, que je finirais par le regretter, et que, l'important était qu'on soit tous ensemble. Enfin, elles ont insisté sur le fait que, vu l'ampleur de l'événement, il nous serait tout à fait possible d'éviter l'*evil trio* pendant toute la journée, si elles avaient le malheur de se pointer à nouveau. Elles ont même proposé de monter la garde pour s'assurer que je ne croise jamais leur chemin si elles se trouvaient là. Mais rien de tout ça n'a servi à me faire changer d'avis. Non, ce qui m'a vraiment touchée, c'est que mes amies étaient prêtes à dire n'importe quoi pour que j'aille mieux et que j'aie la force d'aller de l'avant. Alors, j'y suis allée pour elles, parce que cela me semblait la meilleure chose à faire pour leur prouver que je suis digne de leur amitié.

Edward est venu me trouver dans ma chambre avant de partir. Mon cœur s'est mis à battre plus fort quand il m'a dit qu'il voulait me parler. Je ne me sentais pas la force d'affronter cela, mais il ne m'a pas laissé le choix.

– J'ai cru comprendre que tu t'es fâchée avec Noah à cause de moi, a-t-il commencé. Mais je n'ai pas très bien compris pourquoi. Si je suis devenu copain avec ces filles, qu'est-ce que ça peut bien te faire ? Elles sont plutôt sympas, tu sais…

J'ai laissé échapper un rire railleur.

– Explique-moi, Violet, je ne comprends pas pourquoi tu te mets dans tous tes états.

– Je ne sais pas ce que Noah t'a dit mais… Justement, il n'aurait rien dû te dire. C'est tellement plus compliqué que cela. Ces filles m'ont fait beaucoup de mal, tu ne les connais pas…

Pour toute réponse, Edward s'est contenté de hausser les épaules. Non, il ne voyait pas ce dont je parlais. Pour ça, il aurait fallu qu'il soit là à chaque épreuve que j'ai traversée à cause d'Olivia, il aurait fallu qu'il comprenne toute la trahison que j'ai ressentie quand elle a fait publier l'article sur mon histoire. Il aurait fallu qu'il me voie, montrée du doigt, la source de tous les potins, ma vie changée pour toujours par son désir de vengeance. Mais, surtout, cela m'apparaissait maintenant, il aurait fallu qu'il grandisse comme moi. Edward a eu une vie bien plus proche de celle d'Olivia que de la mienne. Passant son temps avec l'élite londonienne, conduit à l'école par un chauffeur en uniforme chaque matin, habitué à avoir tout ce qu'il voulait, c'était ça, sa vie, et les ressemblances avec celle d'Olivia me sont soudainement devenues évidentes, à mon grand désespoir.

– Euh, si, je commence un peu à les connaître. Ça fait plusieurs semaines que je sors avec elles. Elles vont toujours à des soirées géniales, on s'amuse super bien. Je suis désolé si tu ne les aimes pas mais bon, chacun son truc.

Ses paroles m'ont fait vaciller. Edward était allé traîner ses guêtres dans toute la ville avec mes meilleures ennemies pendant plusieurs semaines, et je n'en savais rien ? Mais j'ai bien senti qu'il était inutile de poursuivre cette conversation. Il avait prétendu vouloir en discuter, mais au fond, ce qu'il me disait, c'était qu'il n'y avait rien à redire, que la situation était ce qu'elle était et qu'il fallait que je me fasse une raison.

À défaut d'Edward, il y avait tout de même une personne avec qui je pensais pouvoir mettre tout à plat, et je suis allée la trouver dès que nous sommes arrivés au cinéma.

– Je comprends que tu sois fâchée, s'est défendu Noah. Mais mets-toi à ma place, je ne pouvais pas vraiment lui interdire de leur parler !

– Peut-être pas, mais tu aurais pu me le dire. Non ! Tu aurais *dû* me dire qu'il passait tout son été avec elles !

– Je le connaissais à peine ! Je n'allais tout de même pas me fâcher avec lui juste parce que Rebecca est venue lui adresser la parole. Et qu'est-ce que tu veux dire par « tout son été » ?

– Oh, ne fais pas semblant, je sais tout ! L'*evil trio* a emmené Edward dans toutes ses soirées branchées. Pendant que je croyais qu'il était avec toi et tes copains… Tu t'es bien moqué de moi !

– Qu'est-ce que tu racontes ? Oui, j'étais là le soir où il les a rencontrées, mais je ne les ai pas revues depuis, je te le promets, Violet.

– Il y a quelque chose qui ne colle pas. Vous avez passé beaucoup de temps ensemble depuis qu'il est arrivé, et il prétend être sorti avec Olivia et sa bande des tonnes de fois…

– Peut-être, mais je n'étais pas là. J'ai présenté Edward à tous mes copains, et comme tu t'en doutes, il s'est très vite adapté, et après, je n'étais pas toujours là. Enfin, Violet, tu dois me croire !

– Franchement, je ne sais plus quoi penser. Tu m'as menti une fois, c'est déjà trop.

– Je ne t'ai pas menti ! C'est juste que je ne savais pas comment te le dire. J'ai même essayé de détourner l'attention d'Edward à cette fameuse soirée. Je n'aimais pas la tournure que les choses prenaient, mais Rebecca continuait à lui parler, et je ne savais pas quoi faire.

– Je croyais que tu n'avais aucun secret pour moi ! ai-je rétorqué, les larmes aux yeux.

– Tu peux parler ! Tu es la reine des entourloupes ! s'est-il écrié à ma grande surprise.

En confrontant Noah, j'avais été convaincue qu'il finirait par reconnaître sa faute et par faire ou dire n'importe quoi pour que je le pardonne, mais je commençais à me demander si je n'avais pas eu tort.

– J'ai entendu ce que Naya t'a dit hier, a-t-il repris. Elle est sortie avec Edward ? Comment as-tu pu me le cacher !

– Quoi ? Mais ça n'a rien à voir ! De quoi tu te mêles ? Ça ne te regarde pas.

– Si ça me regarde ! Naya est mon amie aussi, et tu ne peux pas me mentir à tout bout de champ. Et puis, franchement, je n'aurais jamais imaginé… Enfin, elle et Edward, ça ne tient pas debout !

Heureusement que nous avions trouvé un coin tranquille à l'abri des oreilles indiscrètes, parce que le volume montait de plus en plus.

– Pourquoi ça ne tiendrait pas debout ? Tu as quelque chose à me dire, Noah ? Vas-y, ne te gêne pas !

Noah a poussé un lourd soupir.

– Non, mais dis-moi, s'il te plaît ! Pourquoi Naya ne serait-elle pas intéressée par Edward ? Tu crois qu'elle devrait se pencher vers quelqu'un d'autre ? Allez, avoue !

– Tu dis n'importe quoi, Violet.

– C'est facile à dire, ça.

– Non mais c'est vrai, tu délires complètement !

Un silence s'est installé entre nous. Je ne savais plus quoi dire. En fait, je n'arrivais même plus à me souvenir comment la conversation avait pris un tel tournant. En face de moi, Noah semblait bouillir intérieurement et moi, je sentais mon cœur cogner contre ma poitrine à toute allure. Nous sommes restés là pendant une ou deux longues minutes, alors, qu'au loin, je pouvais voir la file de festivaliers avancer dans la salle pour assister à la première séance de la journée. C'était là que nous étions censés nous trouver, et non pas coincés dans un couloir à nous invectiver à voix basse. Puis, Noah a repris, très calmement cette fois-ci.

– Quoi qu'il arrive, on ne va pas résoudre ça, maintenant. On ne va tout de même pas gâcher cette journée pour rien.

J'ai hoché la tête lentement, encore perturbée par les mots acides que nous venions d'échanger.

– On y va ? a-t-il fait en désignant la salle, dont les portes étaient en train de se fermer.

Je l'ai laissé prendre ma main et m'entraîner avec lui. Puis, juste avant d'entrer, il a passé sa main dans mes cheveux, et m'a dit de sa voix tendre qui me fait tant craquer :

– On n'est pas obligés de régler cela tout de suite. Et puis, je préfère qu'on arrête maintenant, avant que l'on se dise des choses que l'on finira par regretter.

Des sanglots sont venus se loger dans ma gorge, mais je me suis contentée d'acquiescer. Même dans un moment comme celui-ci, je me suis rappelée pourquoi j'aimais Noah. Alors que moi j'aurais continué jusqu'au point de non-retour, lui sait s'arrêter quand il en est encore temps.

L'autre

Mardi 24 juillet

J'ai poussé un énorme soupir de soulagement quand Lou a répondu à mon appel via Skype ce matin. Je n'étais pas du tout sûre de pouvoir la joindre – comme tous les étés, elle est en Corse avec sa famille et le décalage horaire ne nous aide pas – mais il fallait tout de même que je tente le coup. Elle a été tout aussi abasourdie que moi par ce que je lui ai révélé, et sa réaction était exactement ce dont j'avais besoin : une confirmation que je n'avais pas complètement perdu la tête. C'était toujours ça.

Après mon échec cuisant lors du festival (et je ne parle pas du fait que notre film n'a remporté aucun prix), je n'étais pas sûre d'avoir la force de me rendre en cours hier matin. J'ai sérieusement pensé à prétexter un gros rhume surtout que, lorsque je suis descendue prendre mon petit déjeuner, maman m'a tout de suite demandé si j'étais malade. Mes cernes creusés et ma mine de déterrée corroboreraient mon alibi sans éveiller un seul soupçon, mais je n'ai pas pu lui répondre par l'affirmative. Ça n'aurait pas été un mensonge – la maladie d'amour, ça compte, non ? – mais il m'était impossible de ne pas me rendre en classe. Si l'idée d'affronter Noah après notre dispute de la veille me donnait la nausée, l'imaginer seul avec Naya suffisait à me convaincre de choisir le moindre mal.

Malheureusement pour moi, je n'étais pas au bout de mes peines. Noah affichait un sourire si radieux quand je suis arrivée que je l'ai presque trouvé insolent. Après la séance de la veille, nous nous étions débrouillés pour ne pas nous retrouver seuls, mais j'étais persuadée que nous reprendrions notre dispute là où nous l'avions laissée dès que le moment se présenterait. Noah avait beau l'avoir interrompue volontairement, notre conflit ne pourrait pourtant pas rester en mode « pause » pour très longtemps. En tout cas, c'est ce que je croyais.

– Vous n'en avez pas reparlé ? m'a demandé Lou, incrédule.

– Pas vraiment, non. Il a commencé à me parler du scénario, il y avait du monde autour de nous, et je n'ai rien dit. Je n'aurais pas su quoi dire, de toute façon.

La suite, telle que je l'ai racontée à mon amie, était encore plus déroutante. Après une journée entière à faire comme si de rien n'était, Noah avait profité d'un moment calme en sortant pour me lancer nonchalamment : « Je ne sais pas pourquoi j'ai réagi comme ça, à propos de Naya et d'Edward. C'était complètement idiot. On oublie ? »

– C'est encore pire que s'il n'avait rien dit du tout ! s'est exclamée Lou.

– C'est exactement ce que je me suis dit ! Il était calme, tout sourire, comme si notre couple ne traversait pas une de ses pires crises. Il est monté dans sa voiture, et c'était fini. Plié, terminé. Heureusement que Naya était restée parler au prof…

– Tu crois qu'elle se doute de quelque chose ?

J'ai poussé un grand soupir.

– J'espère que non. J'ai tout fait pour qu'elle ne remarque rien. Car si jamais elle sait que cela ne va pas fort entre Noah et moi, enfin… Qui me dit qu'elle n'en profitera pas ?

Face à la mine désolée que Lou affichait à travers la webcam, mes yeux se sont immédiatement embués.

– Je suis tellement fatiguée, ai-je continué. Je ne sais plus quoi faire.

– Peut-être qu'il n'y a rien à faire. Peut-être même qu'il vaut mieux ne rien faire.

– Et si ça finit mal ?

– Je ne dis pas que je souhaite cela pour toi, mais… tu ne te demandes pas parfois si ce n'est pas votre destin ?

J'ai décidé de ne pas trop réfléchir à ce que Lou entendait par là. Je me sentais bien trop confuse et fragile pour continuer à analyser toutes les façons dont ma vie était en train de s'effondrer. Peut-être qu'il n'y avait plus rien à faire avec Noah, peut-être que je me voilais la face sur ce qui allait advenir de nous, mais, en ce qui concernait Edward, je n'avais pas encore joué toutes mes cartes.

– Je vais contacter Peter, ai-je finalement annoncé. J'en ai marre de tourner en rond.

– Tu as réussi à trouver son adresse e-mail ? Comment tu as fait ?

Mes joues se sont empourprées.

– Ça ne va pas te plaire… Disons juste que j'ai agi à la vitesse de la lumière quand Edward a laissé son ordinateur portable dans le salon l'autre jour. C'était la première fois, et sûrement la dernière, que ça arrivait. Il était allé chercher un truc à la cuisine et j'ai juste eu le temps de jeter un œil à ses contacts.

Lou a haussé les épaules.

– La fin justifie les moyens.

– Tu ne vas pas me faire la leçon sur le fait que j'ai encore fouillé dans ses affaires ?

– Peter est aussi ton frère, après tout… Tu as le droit de lui écrire.

– Espérons juste qu'il est plus bavard qu'Edward.

J'avais déjà raconté à Lou qu'il n'y avait pas que Noah qui avait eu un comportement étrange après le festival. Edward aussi avait de toute évidence décidé que notre conflit était résolu et qu'il était inutile d'en reparler. J'ai bien essayé de mettre les choses au clair avec lui en rentrant à la maison dimanche soir, mais il n'y avait rien à faire. Chaque fois que j'ouvrais la bouche, il me disait qu'il ne fallait pas que je sois trop déçue que notre film ait perdu. « La compétition était rude, Violet ! L'important, c'est que votre film ait plu. Et je sais que c'est le cas, j'ai parlé avec plusieurs festivaliers qui m'ont fait plein de compliments sur *Stronger than Words*. C'est le plus important, non ? ». J'ai dû me mordre la lèvre pour ne pas lui demander si Olivia et Co. faisaient partie des festivaliers en question. Ces trois pimbêches préféreraient se priver de shopping pendant un mois plutôt que d'admettre que j'ai du talent, mais Edward semblait avoir entièrement oublié le sujet de notre discorde. Et, comme avec Noah, cela me mettait horriblement mal à l'aise.

Quand je suis rentrée de cours, je me suis précipitée dans ma chambre pour ne croiser personne et suis restée un long moment dans un silence complet à penser à Peter. Depuis qu'Edward était entré dans ma vie, j'avais accordé très peu d'attention à son frère. Avant cela, je les mettais tous les deux dans le même panier : celui qui contenait la vie que j'aurais pu avoir si les choses avaient tourné autrement. Je n'aurais rien su d'Edward s'il ne m'avait pas tendu la main au moment où j'en avais besoin, et bien sûr, s'il n'avait pas soudainement décidé de débarquer en Californie. J'avais autant été fascinée par l'arrivée d'un frère que j'avais ignoré l'existence de l'autre. Je savais qu'Edward et lui étaient très proches en âge (Peter est plus jeune de quinze mois, si ma mémoire est bonne) et qu'ils étudient dans le même lycée. J'ai déjà vu des photos de mon plus jeune frère, grâce aux quelques portraits de famille que j'ai récoltés, mais je ne sais rien d'autre de lui, et jusqu'à maintenant, cela me convenait très bien. Et puis, tout à coup, un détail m'avait frappée. Edward ne parle jamais de lui : certes, il parle très peu de sa famille – surtout en présence de maman – mais je ne crois pas l'avoir entendu une fois faire référence à son frère. Bizarre, non ? La chose la plus étrange, c'est que je ne m'en suis pas aperçue plus tôt. Ce détail était sous mon nez depuis le début et on aurait dit que je l'avais consciemment éludé. C'était ça, la pièce manquante du puzzle ! Depuis, j'avais essayé par tous les moyens de mettre la main sur l'adresse e-mail de Peter. C'était lui qui allait éclaircir toutes les zones d'ombre. Enfin, ça, c'est ce que j'avais envie de croire. Mais, en réalité, je me doutais bien que ça n'allait pas être aussi simple. Je ne savais rien de Peter et je n'avais aucune idée de ce qu'il savait de moi. Je ne pouvais pas lui lancer : « Hey Peter ! C'est ta grande sœur Violet ! Dis-moi, ton frère Edward a semé une zizanie pas possible dans ma vie, tu ne pourrais pas m'expliquer pourquoi ? » Alors, après avoir formulé et reformulé mon message dans ma tête une dizaine de fois, j'ai fini par envoyer l'e-mail suivant :

E-mail de **violetfontaine@myemail.com**
à **peter-walmsley@mailme.com**
le mardi 24 juillet à 16 h 07
Sujet : Hello
Cher Peter,
Je t'écris aujourd'hui car j'aimerais te parler d'Edward. Aurais-tu un peu de temps à me consacrer ?
Merci d'avance,
Violet

Certes, mon approche était un peu froide, mais j'étais persuadée que c'était la meilleure façon de procéder. Il m'était impossible de deviner sa réaction et je ne pouvais pas prendre le risque de le faire fuir avec mes questions indiscrètes et mes soupçons fantaisistes. J'ai fixé mon écran pendant plusieurs minutes sans trop savoir ce que j'espérais. Puis, juste quand je me sentais prête à affronter Edward – que j'avais entendu rentrer un peu plus tôt – un nouveau message s'est affiché dans ma boîte e-mail.

E-mail de **peter-walmsley@mailme.com**
à **violetfontaine@myemail.com**
le mardi 24 juillet à 16 h 19
Sujet : ???
Euh… Qui es-tu et pourquoi veux-tu me parler de mon frère ?

De toutes les réponses que j'avais anticipées, celle-ci n'en faisait pas partie. Je n'avais jamais envisagé le fait que Peter puisse ne pas savoir qui j'étais. Edward m'avait avoué avoir fait des recherches sur moi dès qu'il avait appris mon existence et Peter devait avoir eu vent des découvertes de son frère. J'ai entendu maman m'appeler depuis l'entrée, et ai hésité un moment à laisser reposer tout cela pour mieux préparer ma riposte. Mais mon impatience légendaire l'a emporté.

E-mail de **violetfontaine@myemail.com**
à **peter-walmsley@mailme.com**
le mardi 24 juillet à 16 h 26
Sujet : Violet

Je suis Violet, la fille de ton père. Ta demi-sœur. Ta grande sœur, quoi. Violet Fontaine. J'ai grandi à Paris, mais je vis maintenant à Los Angeles chez ton, enfin, notre, oncle Simon. Enfin Daniel. Le frère de ton père. Et Edward est chez nous en ce moment, et… bon… j'aimerais bien te poser quelques questions à son sujet.

J'attends ta réponse,
Violet

Je n'ai même pas pris le temps de me relire avant de cliquer sur « envoyer ». Une boule est venue se nouer au fin fond de mon estomac et je me suis demandé si je n'avais pas commis une erreur colossale en contactant Peter. Délaissant mon ordinateur, j'ai descendu les marches quatre à quatre et ai trouvé maman à la cuisine avec Edward, qui s'apprêtait visiblement à partir.

– Je ne sais pas à quelle heure je vais rentrer, a-t-il précisé à notre intention à toutes les deux.

Maman m'a jeté un coup d'œil. Je savais très bien ce qu'elle avait envie de lui demander, tout comme je me doutais qu'elle n'oserait pas. Normalement, je me serais aussi tue, faisant tout mon possible pour arrondir les angles, mais ce n'était pas un jour comme les autres.

– Tu vas où ?

Edward n'a pas semblé remarquer toute l'émotion qu'il y avait dans ma voix.

– À une fête avec des... copains.

Il a baissé les yeux en prononçant ce dernier mot, et ma crainte s'est ainsi vue confirmée : l'*evil trio* faisait sans aucun doute partie de la joyeuse bande qu'il allait retrouver.

– Pourquoi ne vas-tu pas avec lui, Violet ? a suggéré maman innocemment.

Edward et moi nous sommes regardés en chiens de faïence. Maman ne pouvait bien sûr pas savoir pourquoi son idée était si malvenue.

– Si tu veux... a avancé mon demi-frère, peu sûr de lui. Si tu as envie... enfin, c'est toi qui vois...

– Non merci, ai-je répondu fermement.

Edward a tourné les talons sans plus insister et maman m'a lancé un regard interrogateur. J'ai haussé les épaules.

– Je préfère rester à la maison, c'est tout.

– Donc tu ne vois pas Noah non plus, ce soir ?

– Ça ne risque pas.

– Tu veux en parler ?

J'ai fait non de la tête.

– Bon, cela ne va pas nous empêcher de passer une bonne soirée entre filles. Qu'est-ce que tu en dis ? Tu veux regarder un film ? Tu peux choisir ce que tu veux !

Mon humeur maussade n'allait de toute évidence pas gâcher le plaisir de maman. Elle était rayonnante, ces derniers temps, et, même si elle essayait de rester discrète, elle n'arrivait pas à contenir sa joie. Je ne savais pas grand-chose, mais n'importe qui aurait pu en deviner la raison. Il était impossible de ne pas voir que maman avait été atteinte par la flèche de Cupidon.

– Si tu as autre chose de prévu, ce soir, je comprendrais…

– Pas du tout ! Qu'est-ce que je pourrais faire de mieux que passer la soirée avec ma fille chérie ? a-t-elle répondu la voix chantante.

J'ai levé un sourcil. Maman ne pouvait pas faire comme si je ne savais rien. Après tout, c'était elle qui m'avait révélé l'existence de l'objet de son affection.

– Mon ami, enfin, Jared, il a… enfin, lui aussi a une fille. Elle a deux ou trois ans de plus que toi. Il est divorcé, depuis longtemps. Sa fille est à l'université et il profite de l'été pour la voir un peu plus souvent… a-t-elle fini par expliquer, avant d'ajouter : ça t'embête que je te raconte tout ça ?

D'un côté, je me sentais terriblement curieuse vis-à-vis du nouvel homme de la vie de maman. C'était un événement majeur pour elle comme pour moi, et j'avais envie de tout savoir à son sujet. Mais de l'autre, je me sentais incapable de poser toutes les questions qui me passaient par la tête. Était-ce vraiment sérieux entre eux ? Comment avaient-ils pu nouer des liens aussi forts en si peu de temps ? Savait-il qu'elle allait repartir à la fin de l'été ? Et que signifiait leur histoire pour moi ? Alors, j'ai simplement répondu :

– Non… bien sûr que non.

Mais maman a dû lire dans mes pensées car elle a changé de sujet, me demandant des nouvelles de Zoe et de toute la clique.

– Tu devrais les inviter ici, pour une soirée entre filles. Vous vous retrouvez toujours chez l'une ou l'autre, pourquoi pas ici ?

– Parce qu'il y a Edward, ai-je répondu du tac au tac.

Aarrgh ! J'aurais mieux fait de me taire ! Je m'étais promis de ne pas embêter maman avec Edward. Quoi qu'elle en dise, je sais très bien qu'elle préfère ne pas se soucier de lui, et il faut bien admettre que cette histoire ne la concerne pas vraiment. Si je suis liée à Edward et aux Walmsley pour toujours, maman peut sans peine se détacher de cette famille farfelue. Mais maman n'a pas relevé mon commentaire, pensant sans doute que la présence d'un garçon à la maison annulait la possibilité d'une soirée 100 % filles.

– Tu n'as qu'à demander à Noah de l'emmener quelque part. De toute façon, il serait bien surprenant qu'Edward passe une soirée à la maison…

J'avais consciemment maintenu mes amies à l'écart dans le but de minimiser leurs contacts avec mon frère, mais maman avait raison ; je pouvais compter sur lui pour déguerpir et aller je ne sais où, probablement avec l'*evil trio*. J'ai bien vite chassé cette image de mon esprit pour me concentrer sur l'excellente idée de maman.

– On pourrait leur faire des crêpes avec ta super recette, elles sont tellement bonnes ! Et regarder mes films français préférés. Je parie que Claire aimerait ça. Je vais leur envoyer un message !

Sur ce, j'ai couru dans ma chambre pour joindre le geste à la parole, mais j'ai été arrêtée net dans mon élan. Peter m'avait déjà répondu.

E-mail de **peter-walmsley@mailme.com**
à **violetfontaine@myemail.com**
le mardi 24 juillet à 17 h 23
Sujet : OK
Tu peux m'appeler demain, si tu y tiens.
Peter

J'aurais pu me réjouir qu'il accepte ma requête. J'aurais pu aiguiser mes techniques de journaliste et commencer à préparer mon interrogatoire, mais je n'étais pas convaincue que ce soit vraiment nécessaire. Ce que ces dix mots exprimaient surtout, c'était que Peter ne se révélerait probablement pas être l'allié que j'avais tant espéré. Il répondrait peut-être à quelques-unes de mes questions, il m'aiderait éventuellement à comprendre un peu mieux Edward. Mais, à cet instant, j'ai été saisie d'un fort pressentiment : au lieu de me fournir la clé du mystère, Peter allait l'aggraver.

E-mail de **simonporter@emailme.com**
à **violetfontaine@myemail.com** et **isafontaine@myemail.com**
le mardi 24 juillet à 23 h 05
Sujet : *Back soon !*
Hello les filles Fontaine !
Nous avons une super nouvelle à vous annoncer : le tournage est bientôt bouclé et nous rentrerons dans une dizaine de jours. Nous avons hâte de vous retrouver !
À très bientôt,
Simon et Susan

Le retour

Jeudi 26 juillet

J'ai sauté de joie quand j'ai reçu le message de mon oncle et de ma tante préférée. Simon avait été incapable de nous donner une date de retour définitive – les tournages de film ont tendance à connaître de nombreux retards – et j'avais croisé les doigts pour qu'ils rentrent assez tôt pour que je puisse profiter de toute ma famille en même temps avant que maman reparte. Celle-ci était aussi enjouée que moi et nous avons tout de suite commencé à planifier une petite fête pour leur retour. Mais nos préparatifs ont été anéantis quelques heures plus tard quand j'ai appris, à mon grand désarroi, que leur retour à la maison allait arriver trop tard. Bien trop tard pour nous aider à affronter la tornade qui s'avançait vers nous. J'ai même sérieusement pensé à convaincre mon oncle de revenir le plus tôt possible, mais maman m'en a dissuadée. « C'est notre histoire et Simon ne mérite pas qu'on l'importune avec cela. Il en a déjà assez fait », avait-elle déclaré. J'étais d'accord avec elle, mais je n'étais pas convaincue que nous puissions nous en sortir toutes les deux.

Mais revenons un peu plus tôt, à ma conversation avec Peter. J'avais eu l'intention de le contacter par Skype, pensant qu'un face-à-face via webcam serait plus approprié mais, au dernier moment, mon autre frère a décidé qu'il ne pouvait m'accorder rien de plus qu'un tchat. Maintenant, je sais que cela m'a bien servi (il n'a pas pu lire ou entendre à quel point ses révélations m'ont bouleversée) mais, sur le moment, cela n'a fait que renforcer mon idée que Peter ne me serait pas aussi utile que je l'avais espéré. Notre conversation s'est déroulée comme suit :

Violet : Hello Peter, merci d'avoir bien voulu me parler. Il y a plusieurs choses dont j'aimerais discuter…

Peter : Salut… je préfère te prévenir tout de suite, je n'ai pas beaucoup de temps.

D'abord, il ne veut pas me voir et ensuite, il ne veut pas me parler. Super.

Violet : Oh, OK. Eh bien, tout d'abord, je tiens à m'excuser pour mon premier message. Je pensais que tu savais qui je suis, et si je t'ai pris par surprise… enfin, j'en suis désolée.

Peter : Je sais bien qui tu es, mais je n'aurais jamais pensé que tu me contacterais.

Moi non plus. Au moins, ça nous fait un point commun.

Violet : Oh. Bon, je vais aller droit au but. Est-ce que tu sais pourquoi Edward voulait absolument venir passer son été à Los Angeles ?

Peter : J'imagine qu'il ne t'a pas beaucoup parlé de moi. Je me trompe ?

Attention, cela m'a tout l'air d'une question piège.

Violet : Edward ne m'a pas beaucoup parlé de sa famille.

Peter : Et il ne t'a rien dit sur moi. On n'est pas vraiment proches.

Violet : C'est-à-dire ?

Peter : Il a sa vie, j'ai la mienne. Elles ne se mélangent pas trop.

Violet : Mais vous êtes bien dans le même lycée ?

Peter : Oui, mais c'est assez grand. On arrive à s'éviter sans problème.

Qu'est-ce que ça veut dire, ça ? Est-ce que cela va si mal entre eux qu'ils ont besoin de s'éviter ? Pourquoi ? Que s'est-il passé ? Peter va-t-il s'agacer si je lui pose toutes ces questions ? Oui, probablement. Alors passons à autre chose.

Violet : Alors tu ne sais même pas comment il a réagi quand il a, enfin, quand vous avez appris mon existence ?

Peter : Je ne sais pas comment, lui, a réagi. On ne l'a pas appris en même temps. Tu ferais mieux de lui poser la question directement.

Si c'était aussi facile, je l'aurais déjà fait.

Violet : J'ai bien essayé mais… il n'est pas facile à déchiffrer.

Peter : Si tu le dis… Bon, écoute, je ne sais pas vraiment ce que tu veux, mais je n'ai pas l'impression de pouvoir t'aider.

Violet : Je voulais juste essayer de comprendre Edward un peu plus. Lui et ses rapports avec son père, et tout ça…

Peter : Dans ce cas, tu n'as qu'à lui demander quand il sera là.

Violet : Tu veux dire, quand Edward rentre à la maison ?

Je ne voudrais pas avoir l'air de critiquer, mais ce garçon n'est pas très clair.

Peter : Non, mon père.

WHAT ???????????

Violet : Ton père…

Peter : Il arrive à Los Angeles bientôt. Lundi, je crois.

Oh. My. God. Oh my God. OH MY GOD !

Violet : Tu es sûr ?

Peter : Hmmm, oui ? Il a des rendez-vous d'affaires, je crois. Je pensais qu'Edward te l'aurait dit.

Euh non, Edward a encore plus de secrets que je le croyais. Même les plus énormes, il les garde pour lui.

Violet : Il a dû oublier.

Peter : Bon, il faut que j'y aille. Salut !

Peter s'est déconnecté.

Voilà, c'était tout. Peter est retourné à sa petite vie et m'a laissée plantée là. C'était mon premier contact avec mon autre frère, mais tout laissait à penser que ce serait aussi le dernier. Je ne vais pas mentir, si j'avais pu effacer tout cela de ma mémoire et remonter le temps à vingt minutes plus tôt, je ne me serais pas fait prier. Heureusement que j'avais finalement oublié de parler de mon idée de soirée aux filles. Comment pourrais-je en profiter – ou ne serait-ce que l'organiser – maintenant que je savais… ce que je savais ? Je n'avais même pas le temps de m'attarder sur toutes les émotions qui me traversaient, il me fallait alerter maman au plus vite. Je suis descendue à toute allure, et je m'apprêtais à lâcher « tu ne vas jamais croire ce que je viens d'apprendre ! » quand j'ai aperçu Edward en train de prendre son petit déjeuner. Il était rentré tard la veille, et je ne m'attendais pas à le croiser avant de partir en cours. Sa présence m'a stoppée net. Maman était en train de siroter une tasse de thé en surfant sur Internet, et je lui ai fait de grands signes pour qu'elle me suive, mais elle n'a pas saisi le message.

– On dirait que tu as vu un fantôme, a-t-elle remarqué.

– Moi ? Non, tout va bien, ai-je répondu en continuant à lui faire de gros yeux.

Mais cela n'a toujours pas marché. Si j'avais fait ça à Zoe, elle aurait immédiatement compris qu'il se passait quelque chose d'important et aurait inventé n'importe quel prétexte pour s'éloigner. Malheureusement, maman et moi ne parlions pas le même langage.

– Tu ne vas pas être en retard en classe ?

– Si, si, il faut que j'y aille…

J'ai lancé un regard à Edward, qui venait de lever la tête pour suivre notre conversation. « Oh et puis, tant pis ! » me suis-je dit. Je n'allais quand même pas continuer à marcher sur des œufs avec lui. Il savait que son père arrivait incessamment et il n'avait pas jugé bon de nous le dire. C'en était assez.

– Tu n'aurais pas oublié de nous dire quelque chose ? ai-je demandé à son intention.

Il a répondu par une moue innocente.

– Sur ton père ? ai-je insisté.

Edward est devenu livide.

– Comment tu le sais ?

– Tu devrais plutôt nous expliquer pourquoi tu n'as rien dit.

Le rouge est monté aux joues de maman.

– Est-ce que quelqu'un va me dire ce qui se passe ?

Mon frère s'est tourné vers moi, tout penaud, mais je n'allais pas le laisser s'en tirer aussi facilement. Finalement, il a craqué.

– Mon père arrive à Los Angeles lundi. Je ne savais pas comment vous le dire. Je suis désolé, mais ce n'est pas de ma faute ! Ce n'est pas mon problème s'il ne peut pas me laisser tranquille !

Il s'est levé brusquement, et, abandonnant son bol de céréales, est allé se réfugier dans sa chambre en courant. Maman a levé les yeux au ciel.

– Cette famille !

J'en ai profité pour m'éclipser. Parce que j'étais déjà en retard, parce que je ne savais pas quoi dire, mais aussi parce que je sentais que nous avions besoin de digérer cette nouvelle chacune de notre côté. Il était évident que l'arrivée de Paul Walmsley ne signifiait pas la même chose pour elle que pour moi, même si elle allait nous plonger toutes deux dans le plus grand désarroi.

Contact

Vendredi 27 juillet

Noah a tout de suite remarqué mon air troublé quand je suis arrivée en cours. Je m'étais préparée à ce qu'il se comporte comme il l'avait fait pendant toute la semaine : concentré sur notre scénario (que nous sommes en train de réécrire, à la suite des commentaires de notre professeur), refusant de parler de quoi que ce soit d'autre et plaisantant avec moi comme si j'étais une simple copine (ou, j'ose à peine l'écrire, comme si je n'étais rien de plus pour lui que Naya). Mais tout cela a changé hier matin. J'avais mille et une questions en tête et l'estomac complètement noué et j'avais terriblement besoin du soutien de mon petit copain. Et je dois dire que, malgré tous nos différends, il n'a pas hésité à répondre présent.

Il m'a questionnée toute la journée pour savoir ce qui n'allait pas, est allé m'acheter mon sandwich préféré, m'a évité de devoir trop participer en cours, et a insisté pour que je lui raconte tout une fois la journée terminée. Et je ne me suis pas fait prier. J'ai tout déballé, tout sauf ma conversation avec Peter et les raisons qui m'ont amenée à le contacter. Il était bien possible que Noah prenne le parti d'Edward et je ne me sentais pas capable d'affronter une éventuelle dispute à son sujet. Quand Noah m'a proposé d'aller parler de tout ça chez Cookie, j'ai su que j'avais bien fait de lui parler. Cookie – notre café préféré lors de nos années lycée – n'était pas vraiment sur notre chemin, mais nous y avions passé tellement de bons moments que Noah savait d'instinct que son atmosphère me remonterait le moral.

– Et ta mère, elle a réagi comment ? m'a-t-il demandé une fois attablés devant nos milk-shakes (à la banane pour lui et au caramel pour moi).

– Honnêtement, je crois qu'elle est sous le choc. Je me demande même si elle ne va pas trouver un moyen de l'éviter. Je ne sais pas combien de temps il reste, mais, si elle y tient vraiment, elle devrait pouvoir se débrouiller.

– Et toi ? Si tu veux te planquer chez moi, je peux demander à mes parents…

Sa proposition m'a encouragée à regarder les choses en face.

– Non. Je crois que ça ne servirait à rien de fuir. Officiellement, il vient pour son travail, mais j'ai l'impression que ce n'est pas tout.

– Tu crois que ça a un rapport avec Edward ?

C'est à ce moment-là que je me suis rendu compte que mon frère n'avait rien dit à Noah. Je savais qu'ils s'étaient vus la veille, mais quand j'avais annoncé à Noah ce matin que notre père arrivait à Los Angeles, sa surprise avait été sincère. Il n'y avait donc pas qu'à moi que mon frère faisait des cachotteries.

– Vu sa réaction… ce n'est pas impossible. Et c'est ce que Simon avait l'air de penser aussi.

Maman m'avait suppliée de ne pas impliquer Simon dans cette histoire et, de toute façon, il ne pourrait rien faire à distance. Et puis, une nouvelle confrontation avec son frère[1] ne lui ferait aucun bien. Mais elle n'a tout de même pas pu lui cacher la venue de Paul. Simon ne lui aurait pas pardonné. Je ne sais pas très bien ce qu'il a dit à maman (elle s'est montrée très vague à ce sujet, pour changer), mais dans le message qu'il m'avait adressé séparément, il s'excusait de ne pas pouvoir être présent et m'encourageait à prendre sur moi. « Ne pars pas du principe que cela va forcément mal se passer, Violet. Ton père est comme il est. Plus tu l'acceptes et mieux ce sera pour tout le monde. Et puis, il n'est pas là pour toi… » Simon n'avait pas besoin de m'en dire plus. Paul avait prétexté un voyage d'affaires, mais avec une famille comme la sienne, les problèmes personnels prennent souvent le pas.

Noah a pris ma main dans la sienne.

– Je suis là pour toi, tu sais ?

– Non, je ne sais pas, Noah, ai-je répondu, le cœur fendu en mille morceaux. Je ne sais plus où on en est. Tu as changé…

– Tu n'es plus vraiment toi-même non plus. J'ai toujours l'impression de ne pas tout savoir sur toi…

Je ne pouvais pas rappeler à Noah que lui non plus n'était pas toujours honnête envers moi. Le secret que je gardais pour Naya (enfin, surtout pour moi) m'en empêchait. Y aurait-il un moment dans notre relation où nous pourrions être totalement ouverts l'un envers l'autre ?

– Je ne comprends pas ce qui nous arrive…

– Moi non plus, a-t-il répondu tendrement.

---

1. Si vous vous souvenez de *Secrets et Trahisons* (le tome 3), vous voyez sans doute de quoi je veux parler. Les retrouvailles entre les deux frères avaient été électriques !

Qu'est-ce que je croyais ? Qu'il détenait le remède à tous nos maux ? Que quelques mots de sa part allaient tout résoudre ? J'avais besoin d'entendre cela. Noah était tout aussi perdu que moi. Les problèmes n'étaient pas seulement les miens. Et si je ne savais pas comment les régler, je ne pouvais pas espérer qu'il trouve la solution tout seul.

– Et honnêtement, je ne comprends pas non plus toutes tes histoires. Avec ta famille et… tout le reste.

J'ai hoché la tête péniblement. Les mots de Naya me sont revenus en mémoire. Le seul aspect un peu fouillis de la vie de Noah, c'était moi.

– Mais je peux quand même être là pour toi, si tu le veux.

Je me suis blottie dans ses bras. Avec l'arrivée imminente de mon père, c'était tout ce dont j'avais besoin.

Un conte de fées

Mercredi 1er août

Finalement, ce sont mes amies qui m'ont aidée à y voir plus clair. J'avais passé des heures à me préparer mentalement à ma deuxième rencontre avec mon père, j'en avais même perdu le sommeil, mais je n'arrivais toujours pas à mettre des mots sur ce que je ressentais.

– Ton opinion sur lui ne peut pas vraiment tomber plus bas, a remarqué Claire, qui connaissait – comme les deux autres – tous les détails de la première visite de mon père à Los Angeles. Tu n'as aucun souci à te faire. Quoi qu'il arrive, cela ne peut qu'aller en s'améliorant. Et puis, c'est probablement ta seule et unique occasion de voir tes deux parents ensemble. C'est déjà quelque chose, non ?

Je n'avais même pas essayé de retenir mes larmes devant elles. Je savais que je pouvais être moi-même face à mes amies.

– Je sais que je ne devrais pas mais, je crois que, d'une certaine façon, j'ai presque envie de le voir, ai-je annoncé, me surprenant par la même occasion.

– Ça me semble plutôt normal, a remarqué Maggie.

– Après la manière dont il s'est comporté avec moi ? Après tout ce qu'il a fait à ma mère ?

– Il reste quand même ton père, a-t-elle répondu.

Zoe m'a adressé un sourire peiné.

– J'ai peur que tu ne sois encore déçue par lui… Promets-moi que tu ne te feras pas trop d'illusions à son sujet…

Oh des illusions, je n'en avais plus aucune. Mais quand mon père a passé la porte de chez nous hier soir, j'ai dû user de toutes mes forces pour contenir mon émotion. Il était là, le regard toujours aussi perçant, le visage sévère, à peine marqué par le long voyage de la veille, vêtu d'un élégant costume gris et d'une cravate assortie. La veille, à son arrivée, il avait appelé maman pour la prévenir qu'il viendrait chercher Edward pour dîner. Malgré mon insistance, elle ne m'avait rien dit d'autre sur leur conversation. Elle ne m'avait même pas indiqué si elle serait présente, ou si elle attendait de moi que je le sois. Mais je savais que je ne pouvais pas faire autrement. J'ai presque honte de l'admettre, mais je me suis changée trois fois avant son arrivée, souhaitant paraître sous mon meilleur jour sans lui donner l'impression que j'avais fait un effort pour lui. C'est idiot, non ? Je sais qu'il ne le méritait pas, mais je crois que j'avais besoin de le faire pour moi. Je ne vaux pas moins que ses deux fils, et je n'avais pas envie de perdre une occasion de le lui montrer.

Depuis qu'il avait quitté la table du petit déjeuner en courant, Edward s'était fait particulièrement discret. Il était resté cloîtré dans sa chambre la plupart du temps et n'avait pas décroché un mot lors des repas. Chaque fois, maman me lançait des regards inquiets à travers la table, mais ni elle ni moi ne savions quoi faire. Il ne restait plus qu'à attendre l'arrivée de mon père, en espérant qu'il puisse résoudre cela, même si je n'avais toujours aucune idée de ce que « cela » pouvait bien être.

Sans que nous ayons échangé un mot à ce sujet, maman et moi avions eu la même idée. Je me suis gardée de lui faire la remarque, mais elle aussi s'était changée avant l'arrivée de Paul. Ses cheveux étaient lissés, elle portait une robe cache-cœur émeraude, achetée récemment lors d'une de ses virées shopping dans Santa Monica, et portait des sandales plates en cuir naturel. De mon côté, j'avais choisi une jupe rayée blanc et bleu marine avec un débardeur blanc et des nu-pieds eux aussi bleu marine, mon collier fin en or, et mes cheveux relevés en chignon. J'avais aussi appliqué le gloss que Claire m'avait offert, mais je m'étais arrêtée là, déterminée à arborer un look naturel. Et puis, nous avons attendu dans le salon, le cœur battant. Maman feignait de lire un magazine, mais, elle ne pouvait pas me leurrer : elle a dû passer cinq minutes sur la même page, et c'était une publicité. C'est elle qui s'est précipitée à la porte pour ouvrir au fameux Paul Walmsley. Et tout à coup, pour la première fois de ma vie, je me suis retrouvée au côté de mes deux parents. Il en aurait fallu beaucoup plus pour me donner l'impression de faire partie d'une famille normale, mais ce petit détail a failli me faire monter les larmes aux yeux. Si je n'avais pas été aussi concentrée sur l'idée de faire bonne figure, je crois bien que celles-ci n'auraient pas tardé à couler.

Nous nous sommes assis tous les trois autour d'un apéritif et Paul et maman arrivaient tant bien que mal à faire la conversation. Il lui a demandé comment se passait son été, elle s'est intéressée aux raisons qui l'amenaient à Los Angeles. Il lui a parlé de son travail, elle lui a conseillé quelques bonnes adresses pour dîner dans notre ville d'adoption. À les entendre parler, je me suis soudain demandé pourquoi j'avais tant redouté ce moment. Plus les minutes passaient et plus je me réjouissais qu'Edward ne soit pas encore sorti de sa tanière. Paul scrutait maman dès qu'elle détournait le regard, et, elle… je ne l'avais jamais vue ainsi. Si forte et délicate à la fois. Je n'étais pas sûre de comprendre ce qui se passait entre eux, se pouvait-il qu'ils soient contents de se voir ? Ils ont discuté encore un moment, me laissant témoin de leur étrange réunion, jusqu'à ce qu'Edward daigne enfin faire une apparition. Malgré tout le ressentiment que j'avais eu à son égard ces derniers temps, je n'ai pas pu m'empêcher d'avoir de la peine pour lui. Il portait une veste noire sur un pantalon en toile et une chemise blanche et, habillé ainsi, paraissait bien plus âgé que ses 16 ans. Mais, surtout, c'est son air désemparé qui m'a attendrie. Je ne savais pas pourquoi, mais il était clair qu'il allait assister à ce dîner comme on se rend au bagne. Je me suis alors rappelé ma première entrevue avec mon père, le restaurant guindé où je me sentais particulièrement déplacée, l'attitude distancée de celui-ci qui me questionnait sur mes projets d'avenir et mes études, me donnant l'impression que je passais un entretien d'embauche. Je n'enviais pas Edward.

– Tu n'es pas obligée de rester, tu sais, ai-je dit à maman une fois Edward et Paul partis.

– Je n'ai nulle part où aller, a-t-elle répondu innocemment.

– Maman, je t'ai entendu parler à Jared au téléphone plus tôt. Tu peux aller le retrouver, ça ne me dérange pas.

Maman s'apprêtait à me contredire, mais j'ai insisté.

– Je préfère être seule, de toute façon.

– Je l'ai aimé, tu sais. Beaucoup aimé.

Je suis restée un moment silencieuse. Toute ma vie, maman avait esquivé mes questions au sujet de mon père et menti à propos de mes origines. J'avais fini par découvrir la vérité moi-même, mais cela faisait longtemps que je n'attendais plus qu'elle me révèle quoi que ce soit sur son idylle avec Paul Walmsley.

– Ça s'est peut-être mal terminé, mais ce qu'on avait, c'était réel.

– On n'est pas obligées de parler de ça, ai-je remarqué, tout en sentant mon pouls s'accélérer.

– Tu n'as pas envie de savoir ?

– Tu sais bien que j'ai toujours voulu savoir.

Maman s'est mise à fixer le mur en face d'elle, se perdant dans ses pensées et remontant à une époque qui devait lui paraître bien lointaine.

– J'étais assise au comptoir d'un pub, où je devais retrouver une copine. C'était une connaissance de fac, en France, qui passait aussi son été à Londres, cette année-là. C'était avant l'époque des téléphones portables et elle avait du retard. Elle n'avait aucun moyen de me joindre, moi non plus, alors j'attendais, toute seule devant mon verre. Je la maudissais intérieurement. Une fille seule dans un bar, ça attire vite l'attention et les Anglais peuvent être un peu crasses, parfois. Quand Paul est venu m'aborder, j'étais prête à le rembarrer vite fait bien fait. Mais dès que j'ai levé les yeux vers lui, je me suis sentie toute chose. Déjà à l'époque, il était tiré à quatre épingles. Moi, j'avais les cheveux en pagaille (il avait plu tout l'après-midi) et ma robe était froissée, mais lui… il respirait la confiance. C'était un homme qui savait ce qu'il voulait et où il allait, ça se voyait tout de suite. Et, pour une petite étudiante qui découvrait à peine le monde, c'était terriblement séduisant. Il s'est approché de moi et a remarqué que cela faisait une demi-heure que je sirotais le même verre – j'étais complètement fauchée, forcément – et a fait signe au barman de m'en apporter un autre. C'était osé et arrogant de sa part, mais j'étais honteusement flattée. Simon était avec lui, ce soir-là, mais je n'avais d'yeux que pour Paul. Je l'aurais suivi au bout de la terre sans conditions. Oh, Violet, tu auras peut-être du mal à me croire vu comment cela s'est terminé, mais je ne regretterai jamais les moments que nous avons vécus ensemble.

Maman s'est tue un moment.

– Ne t'arrête pas !

J'étais restée complètement immobile pendant son monologue, craignant qu'un geste ou une expression de ma part ne la coupe dans son élan. Mais c'était impossible ! Je buvais ses paroles comme une petite fille à laquelle on lit *Cendrillon* pour qu'elle s'endorme. J'avais beau savoir que cette histoire-là n'avait pas de *happy ending*, j'aurais donné n'importe quoi pour entendre la suite.

– Il m'a emmenée dans les plus grands restaurants de Londres, des endroits tellement chics que je n'avais pas une seule tenue convenable, mais je m'en fichais. On allait danser jusqu'au bout de la nuit, rentrant chez nous avec le jour qui se levait. J'avais perdu la tête, je ne pensais plus qu'à lui, rien d'autre ne comptait. Je voyais qu'il n'était pas comme les autres, qu'il n'était pas de mon monde, mais je n'avais aucune envie de me poser des questions. Je vivais dans l'instant, j'étais folle de joie ! Paul me donnait l'impression que j'étais la plus belle femme du monde, qu'est-ce que je pouvais demander de plus ?

– Tu crois qu'il t'aimait, lui aussi ? me suis-je entendue demander, emportée par l'histoire.

Maman n'a pas hésité à répondre.

– Bien sûr, par la suite j'ai appris que je n'étais pas la seule femme dans sa vie, qu'il y avait Joanna et je me suis sentie tellement trahie ! J'ai cru que je ne m'en remettrais jamais. Mais oui, Violet, je crois profondément que oui. On ne peut pas feindre ses sentiments à ce point. Quand je rêvais déjà à notre avenir, lui me voyait peut-être comme une histoire sans lendemain, mais je sais que nous avons partagé quelque chose de très fort. Il faut que tu me croies.

– Je te crois, maman. Et puis… tu ne me dois pas d'explications.

– Si, je te dois bien ça. Je ne veux pas que tu croies que tu es le fruit du hasard, un simple accident…

– Je *suis* un accident. Je sais bien que tu ne voulais pas de moi.

Ma voix a déraillé, j'essayais tant bien que mal d'étouffer un sanglot. C'était peine perdue ; deux grosses larmes ont commencé leur descente le long de mes joues. La soirée avait été trop forte en émotions pour que j'arrive encore à prétendre être au-dessus de tout cela.

– J'étais jeune et on se connaissait à peine, Paul et moi… C'est sûr que je n'aurais pas souhaité être enceinte aussi rapidement. Mais ce n'est pas vrai que je ne voulais pas de toi. C'est juste que j'aurais tant voulu t'attendre avec lui à mes côtés…

J'ai bien cru que maman allait aussi se mettre à pleurer, mais elle a dû choisir de se concentrer sur les souvenirs les plus heureux, car elle a fini par esquisser un petit sourire.

– Les choses ne se sont pas vraiment déroulées comme je l'avais espéré. J'étais jeune et naïve. J'étais amoureuse et j'avais complètement perdu la tête. Le retour sur terre a été dur, très dur, mais je ne regrette rien.

– Rien ?

– Rien du tout. C'est peut-être difficile à croire, mais, si c'était à refaire, eh bien… je ne referais peut-être pas les choses de la même façon, mais je ne choisirais pas de ne pas rencontrer ton père. Je ne refuserais pas le verre qu'il m'a offert, ni tout le reste. Et, bien évidemment, je ne choisirais pas de ne pas t'avoir. La vie ne fonctionne pas toujours comme on l'entend, mais savoir accepter ce qu'elle met sur notre chemin, c'est ça qui la rend fascinante.

– Mais… si tu pouvais changer le cours des choses, tu le ferais ? Si tu pouvais revenir en arrière et vivre ta vie avec Paul, c'est ce que tu choisirais ?

Maman n'a pas hésité un instant avant de répondre.

– Non, Violet. La vie n'avance que dans un sens. Qui a le temps de s'attarder sur le passé quand le futur nous tend les bras ?

Face à face

Jeudi 2 août

Ding dong ! La dernière fois que j'ai reçu un tel choc en ouvrant la porte de chez nous, c'est quand Lou était venue me rendre une visite complètement inattendue, organisée derrière mon dos avec l'aide de Simon et Susan. Cette fois-ci, la surprise était aussi de taille mais dans un registre totalement différent. Maman s'était enfin décidée à me présenter Jared, qui devait venir la chercher pour dîner hier soir. Quand la sonnette a retenti, je me suis donc précipitée pour lui ouvrir pendant que maman finissait de se préparer. Je savais que je n'avais que quelques minutes pour me faire une impression – ils partiraient peu après son arrivée – et je ne voulais pas en manquer une miette. Alors imaginez la tête que j'ai faite quand j'ai trouvé non pas un, mais deux hommes, sur notre perron ! Je connaissais bien entendu l'un d'entre eux, mon père, qui, apparemment, n'avait pas deviné que se pointer chez nous à l'improviste était la pire des idées.

– Je… je viens voir Edward… a-t-il expliqué en balbutiant.

– Il ne nous a rien dit.

J'ai fait signe aux deux hommes d'entrer, imaginant déjà la réaction de maman quand elle allait sortir de sa chambre.

Jared n'avait pas l'air de percevoir l'atmosphère tendue qui s'était installée entre eux.

– Tu dois être Violet. C'est un vrai plaisir de te rencontrer. J'ai beaucoup entendu parler de toi, m'a-t-il dit en me tendant sa main.

Sa poignée de main était à la fois ferme et chaleureuse. Jared est assez grand – au moins cinq centimètres de plus que Paul – et a une stature imposante, surtout comparée à celle, plutôt frêle, de mon père. Sa voix rauque ne manque pourtant pas de douceur et ses tempes grisonnantes – il a une dizaine d'années de plus que maman – lui donnent un certain charme. En tout cas, pour une première rencontre, il passait l'examen sans effort, et ce n'est sans doute pas étranger au fait qu'à son côté, mon père m'apparaissait déstabilisé. Il n'arrêtait pas de lui lancer des regards en coin, se demandant sans doute qui était cet homme cordial et distingué.

Je n'ai pas tardé à aller chercher Edward. Plus vite ils quitteraient tous les deux les lieux, mieux ce serait pour tout le monde. J'ai frappé à la porte, mais n'entendant pas de réponse de sa part, je suis entrée dans sa chambre. Il était allongé dans le noir – les rideaux fermés – ses écouteurs sur les oreilles, et n'a pas fait un geste quand il m'a vue.

– Edward… Edward… Edward !

Finalement, il a daigné mettre sa musique sur pause.

– J'ai envie d'être seul.

– Sauf que ton père est là.

– Quoi ?

Il s'est frotté les yeux et j'ai ressenti un petit pincement au cœur. Était-il en train de pleurer quand je suis entrée ? Je n'arrivais pas à le voir clairement, mais j'en aurais mis ma main à couper.

– Il n'est pas censé être là, a-t-il repris, d'un ton un peu affolé.

– Il est dans le salon. Il t'attend.

Je m'apprêtais à sortir de la pièce quand il s'est insurgé.

– Non ! Tu n'as qu'à lui dire que je ne veux pas le voir !

– Tu n'as qu'à le lui dire toi-même. Il est juste là.

– Violet, s'il te plaît, m'a-t-il implorée.

– *Come on* Edward ! Je ne vais pas me mettre entre vous deux. Il est venu te voir et il t'attend. Si tu as quelque chose à lui dire, fais-le toi-même !

Je crois bien que, plus que mon amertume envers mon demi-frère, c'était l'idée de devoir annoncer à mon père que quelqu'un lui tenait tête qui me posait problème. Je savais très bien que ce n'est pas le genre d'homme auquel on dit non, et je n'avais pas envie d'en faire les frais.

– Jamais de la vie ! s'est-il écrié, avant de se jeter sur son lit, de plaquer de nouveau ses écouteurs sur ses oreilles et de se tourner vers le mur.

Quand je suis revenue vers le salon, j'ai d'abord entendu le rire exagéré et un peu trop aigu de maman, signe qu'elle y avait trouvé Paul et Jared et qu'elle se demandait bien comment elle allait se sortir de ce mauvais pas. Je ne savais pas ce qu'elle avait dit à Jared de son passé, mais je doutais qu'elle ait envie de déballer notre linge sale à un homme qu'elle connaissait depuis si peu. Une ombre est passée sur le visage de mon père quand il m'a vue réapparaître seule. Contrairement à ce que l'on pourrait croire, je ne prenais pas vraiment plaisir à lui faire de la peine, surtout devant une telle audience, mais je ne voyais pas très bien comment je pouvais lui cacher la vérité.

– Il ne veut pas venir.

– Mais j'ai réservé une table pour deux dans un excellent restaurant italien ! Il paraît qu'ils font la meilleure pizza de la ville, a-t-il ajouté, comme si la qualité du repas était la raison pour laquelle Edward ne voulait pas dîner avec son père.

– Tu peux essayer de le convaincre…

Paul a jeté un œil vers maman et Jared qui ont bien vite détourné le regard. Si j'avais été eux, j'aurais déguerpi le plus vite possible.

– Non, non, a-t-il répondu, penaud. C'est de ma faute, j'aurais dû le prévenir. Je pensais lui faire la surprise…

Je ne sais pas qui il pensait duper, mais je doutais qu'il soit vraiment étonné de la réaction d'Edward. J'ignorais la façon dont s'était déroulée leur entrevue de la veille – Edward n'en avait pas dit un mot – mais il était évident que, s'il n'avait pas l'intention de (littéralement) remettre le couvert, cela n'avait pas dû être un moment d'heureuses retrouvailles. Puis, juste quand je pensais que plus rien ne pouvait m'étonner de la part de mon géniteur, il a proposé :

– Tu veux venir à sa place ?

Je n'en croyais pas mes oreilles. Certes nous avions déjà dîné en tête à tête – une seule et unique fois, le jour où nous nous sommes rencontrés – mais cela n'avait pas exactement marqué le début d'une relation père-fille entre nous. Il avait voulu me rencontrer une fois, me voir en chair et en os, mais il n'avait pas hésité à me dire qu'il ne pourrait pas – enfin, plutôt ne voulait pas – faire partie de ma vie. Maman a volé à mon secours.

– Violet a une soirée de prévu avec ses copines.

– Oh, a simplement répondu Paul.

Elle a dû avoir pitié de lui, car elle a cru bon de préciser :

– On ne savait pas que l'on te reverrait. Entre tes affaires et ton fils, je pensais que tu serais très occupé.

Paul a esquissé un faible sourire.

– Tu as raison. Je suis désolé de vous avoir dérangés. Je vais y aller.

Il s'est dirigé vers la porte alors que maman attrapait son sac et ses clés, prête à partir avec Jared elle aussi. Honnêtement, je ne sais pas ce qui m'a pris. Était-ce de la compassion ? De la curiosité ? L'envie de saisir une occasion qui ne se reproduirait vraisemblablement jamais ? Parce que, avant même que mon père ait posé une main sur la poignée, je me suis écriée :

– Attends ! J'aime la pizza, moi aussi…

Maman a ouvert de gros yeux ronds.

– Et tes copines ?

– Je vais leur envoyer un message. Elles comprendront. Je vais me changer, ai-je ajouté à l'intention de mon père.

Maman s'est précipitée derrière moi.

– Violet, tu n'es pas obligée, tu sais. Tu ne lui dois rien, a-t-elle murmuré à mon oreille.

– Ne te fais pas de souci pour moi, je suis une grande fille. Va, vous allez être en retard.

Elle m'a lancé un dernier regard confus, avant de rebrousser chemin, d'attraper le bras de Jared et de me laisser seule avec mon père, le visage moins crispé, la tête plus haute. Elle ne comprenait peut-être pas que c'était elle qui avait tout chamboulé : le Paul que je voyais désormais n'était pas l'homme d'affaires redoutable qui avait choisi de rentrer dans le rang et d'abandonner ma mère mais le garçon au charme ravageur dont ma mère avait été folle amoureuse, celui qu'elle m'avait décrit la veille.

Nous avons à peine échangé un mot pendant le trajet en voiture. Je dois avouer qu'une petite partie de moi regrettait ma décision. Quelle fille saine d'esprit choisirait de passer la soirée avec un père qui n'a jamais voulu d'elle plutôt qu'avec ses trois meilleures amies ? J'ai pensé aux filles, aux anecdotes dont Claire nous aurait régalées, aux douceurs que Zoe n'auraient pas manqué de cuisiner, aux récentes péripéties amoureuses de Maggie… Et puis, j'ai pensé à tous les moments de mon enfance où j'avais tant rêvé, tant prié pour pouvoir un jour rencontrer mon père, et j'ai su que, même si cette soirée se révélait être un vrai désastre, au moins, j'aurais été fidèle à la petite fille que j'avais été. Et puis, les mots de Peter me sont revenus en mémoire : « Tu n'as qu'à demander à mon père quand il arrive ». Et pourquoi pas ?

Il m'a fallu attendre que nos pizzas nous soient servies pour trouver le courage d'aborder le sujet. Jusque-là, mon père avait meublé la conversation avec des banalités sur ma future vie d'étudiante. Maintenant, c'était à moi de prendre notre conversation en main.

– Edward avait l'air très contrarié. Je ne l'ai jamais vu comme ça.

– Tu ne le connais que depuis quelques semaines, a remarqué mon père froidement.

– Peut-être… mais, il doit bien avoir une raison.

– Il a tendance à en faire un peu trop. Ça va passer.

– Ça fait un moment que cela ne passe pas… ai-je insisté.

Rien ne m'empêchait de tenter le coup, mais je ne pouvais pas compter sur Paul Walmsley pour mordre à l'hameçon. Au contraire, j'imaginais que, d'un instant à l'autre, il allait changer de sujet et me signaler sans aucun ménagement qu'il n'avait pas l'intention de débattre de son fils avec moi.

– Je lui avais bien dit que fuir ne résoudrait pas tous ses problèmes, a-t-il lancé, me redonnant par la même occasion un brin d'espoir.

– Ses problèmes ?

Paul m'a scrutée un moment avant de poursuivre.

– Vous vous ressemblez, d'une certaine façon.

– Edward et moi ? On n'a rien en commun !

– Tu sais très bien que ce n'est pas vrai. Mais, ce n'est pas ce que je voulais dire. Je sais que tu as une image disons, assez hostile de notre famille, mais, tu ne vois pas tout, Violet. Edward et Peter n'ont pas grandi dans une cage dorée, à l'abri de tout tracas.

– Tu essaies de me dire qu'ils ont eu une enfance aussi douloureuse que la mienne ? ai-je rétorqué.

– Seulement qu'elle a été différente. Je ne voudrais pas que tu lui en veuilles... D'une certaine façon, je crois que s'il avait pu changer de place avec toi, il l'aurait peut-être fait.

– Edward aurait préféré ma vie à la sienne ? ai-je raillé.

– Je suis probablement mal placé pour répondre à cette question.

Je crois que si ça n'avait tenu qu'à lui, la conversation se serait arrêtée là. C'était déjà beaucoup pour lui d'admettre cela, mais ça ne me suffisait pas. Pendant près de dix-huit ans, j'avais tout ignoré de ma famille, et j'avais beaucoup de retard à rattraper.

– Qu'est-ce qu'Edward pourrait avoir à m'envier ?

Mon père a poussé un soupir.

– Tu dois savoir que Daniel, enfin Simon, comme tu l'appelles, a toujours eu du mal à trouver sa place au sein de notre famille. Il t'a peut-être dit que c'était plus facile pour moi, et ce n'est pas faux, mais, il y avait beaucoup de responsabilités sur mes épaules. Nos parents attendaient de nous que nous ayons un comportement exemplaire. Que l'on soit doué en sport, que l'on joue d'un instrument de musique à la perfection, que l'on rapporte des bulletins scolaires parfaits. Pendant ce temps-là ils passaient en coup de vent dans notre vie. Notre père travaillait tout le temps, notre mère avait mille occupations. Notre éducation, on la doit à nos nourrices, que l'on voyait bien plus souvent qu'eux. Et il fallait toujours faire bonne figure devant les autres. Sourire, être poli, bien élevé, dire les bonnes choses au bon moment et ne jamais créer de problème. Mon père comptait sur nous pour rejoindre l'entreprise, pour prendre sa suite, et je ne l'ai jamais contredit. J'ai fait ce qu'il voulait parce que je craignais bien trop de le décevoir.

– Personne ne t'a forcé.

– Non, Violet, tu as raison, personne ne m'a forcé. J'ai fait mes propres choix. Je n'aime pas l'admettre, mais il m'est arrivé d'envier la force de Daniel d'avoir suivi sa passion sans se soucier du regard des autres.

– Je ne vois pas ce que cela a à voir avec Edward.

– Pour moi, il n'y avait pas d'autre issue possible. Je devais suivre les traces de mon père, c'était mon destin et cela valait bien quelques sacrifices. Je ne suis pas sûr qu'Edward le voie de cette façon. Il a cet avenir si prometteur au bout des doigts et il est prêt à jeter tout ça par la fenêtre.

Paul n'a plus reparlé de son fils ou de sa famille de toute la soirée. J'avais tellement envie de creuser un peu plus, mais je me suis retenue. C'était peut-être l'ambiance intime du restaurant où nous étions, le délicieux repas dont je venais de me délecter, ou le fait que cette soirée était plus normale que toutes celles que j'aurais imaginé passer avec mon père, mais j'ai choisi d'en rester là. Pendant quelques heures, je pouvais prétendre être une fille comme les autres qui dîne avec son père et lui relate ses aventures estivales. Je ne dis pas qu'il était intéressé, mais il ne m'a pas interrompue quand je lui ai raconté nos cours de scénarisation par le menu, quand je lui ai rendu compte de toutes les critiques élogieuses que nous avions reçues sur notre premier court-métrage, et décrit l'université prestigieuse dans laquelle j'allais bientôt faire mes premiers pas. Qu'il ait envie de l'entendre ou pas, ce n'était pas la question : moi, j'avais envie – besoin, même – de lui dire tout ça.

Plus tard, il m'a raccompagnée à la maison, et au lieu de me déposer et de repartir sur-le-champ, il a coupé le moteur et nous sommes restés assis là, dans le noir, pendant quelques instants, avant qu'il reprenne la parole.

– Ta mère a l'air heureuse.

– Elle l'est, ai-je répondu, avec une fierté non dissimulée.

Je l'ai surpris à parcourir la maison du regard. Toutes les lumières étaient éteintes, et je doutais que maman soit déjà rentrée. Espérait-il la voir de nouveau ?

– Tu veux bien dire à Edward que je passerai le voir demain ?

J'ai fait oui de la tête.

– Merci pour le dîner.

Et puis je suis rentrée chez moi sans me soucier un instant de la réaction d'Edward quand il apprendrait ce qui venait de se passer. Nous n'avions pas eu la même enfance, ni la même vie, et d'une certaine façon, nous n'avions pas le même père. Et s'il était vrai qu'il aurait bien volontiers échangé sa place avec la mienne, je pouvais affirmer avec certitude que ce n'était pas mon cas. Ma vie s'était jouée ainsi pour une bonne raison. Cela n'avait pas toujours été facile et cela n'avait jamais été simple, mais c'était ma vie à moi, c'était mon propre chemin que je traçais. Et maintenant, je comprenais à quel point cela était précieux.

Une disparition

Samedi 4 août

– Sors de ma chambre ! Tu es sourde, ou quoi ? J'ai dit que je ne voulais pas le voir, ni toi d'ailleurs !

– J'essaie juste de… mais enfin, tu vas bien devoir lui reparler un jour !

– Qu'est-ce que ça peut te faire à toi ? Pourquoi est-ce que tu mêles de ce qui ne te regarde pas ?

La coupe était pleine. Je suis sortie de la chambre d'Edward en claquant la porte, bien déterminée à ne plus jamais essayer de m'immiscer entre lui et son père. J'avais essayé de rester en dehors de leur histoire depuis le départ, mais les choses avaient empiré de jour en jour. Le lendemain de notre dîner, jeudi, Paul était arrivé chez nous comme prévu en fin d'après-midi, mais Edward était parti en vadrouille sans nous dire où il allait. Je l'avais appelé plusieurs fois, lui avais envoyé trois messages, mais il m'avait copieusement ignorée. Paul avait fini par se lasser et était rentré à son hôtel, et Edward n'avait pas dit un mot en rentrant. Le lendemain, Edward était bien à la maison quand Paul était arrivé, mais il refusait de sortir de sa chambre. Maman a proposé à Paul de rester autant qu'il le souhaitait, car il était évident qu'il n'allait pas quitter la ville sans avoir vu son fils. De mon côté, j'ai pris sur moi pour aller convaincre mon frère de bien vouloir lui parler, mais j'ai subi un échec cuisant. Edward m'a accusée de me ranger du côté de son père, de ne rien comprendre à sa vie, de le trahir… et j'en passe. Il m'avait entendue partir dîner avec son père à sa place mercredi soir et ne s'est pas gêné pour me le reprocher. Finalement, Paul est allé trouver Edward dans sa chambre. Je ne sais pas pourquoi il ne l'avait pas fait avant, mais mon petit doigt me disait qu'il redoutait leur conversation autant que son fils, et espérait pouvoir la tenir dans un endroit neutre. La tentation a été très forte de plaquer mon oreille contre la porte mais maman a dû lire dans mes pensées car elle m'a tout de suite rappelé que mes amies m'attendaient et que je ferais mieux de partir sur-le-champ si je ne voulais pas être en retard. Si j'ai cédé, c'est uniquement parce que j'ai compris qu'elle veillerait à ce que je ne vienne pas envenimer la situation avec ma curiosité maladive.

Alors je suis partie retrouver mes amies pour une séance de cinéma en plein air, après laquelle nous sommes allées acheter des glaces avant d'aller refaire le monde sur un banc dans le parc voisin. Claire m'a décrit la nouvelle blouse – blanche brodée et avec des petits volants – qu'elle venait de dégoter en solde, Zoe m'a raconté l'histoire du dernier roman qu'elle venait de lire, et Maggie m'a décrit en détail un garçon qu'elle avait rencontré à une soirée le week-end dernier. Elle était persuadée qu'il ne l'avait même pas remarquée, ce que je trouvais très difficile à croire. De mon côté, je leur ai raconté ma rencontre avec Jared et ma soirée inattendue avec mon père, mais j'ai omis tout le passage sur le comportement d'Edward. J'ai pensé qu'il valait mieux ne rien dire avant de savoir ce qui se passait réellement. Et puis, je dois bien l'admettre, les derniers jours avaient été particulièrement intenses et je n'avais aucune envie de les revivre. Nous avons discuté encore pendant des heures et je n'avais aucune envie que la soirée se termine. Quand je suis rentrée à la maison – très tard – je me suis jetée illico dans mon lit avec le plaisir de savoir que j'allais pouvoir faire la plus grasse des grasses matinées le lendemain. Après la semaine que je venais de vivre, j'en avais bien besoin.

Il était près de midi quand j'ai émergé. La lumière éclatante du soleil filtrait à travers les rideaux, mais je ne pouvais discerner aucun bruit. « Partie faire une balade. À plus tard ! Bisous, maman » disait un mot trouvé sur la table de la cuisine. Il semblait que j'avais la maison pour moi toute seule, et j'ai décidé d'en profiter : j'ai pris mon petit déjeuner sur la terrasse avec un magazine *girly*, puis je me suis fait couler un bon bain chaud avant de m'installer à mon bureau pour écrire pendant deux heures d'affilée. Enfin, alors que je m'apprêtais à me poser devant la télévision pour regarder le dernier épisode de ma série préférée, maman est rentrée avec ses emplettes du marché et un joli bouquet de fleurs.

– J'imagine qu'Edward est enfermé dans sa chambre, a soupiré maman.

– Je ne l'ai pas vu de la journée.

– Hmmm, je ne l'ai pas vu non plus ce matin… a-t-elle remarqué en fronçant les sourcils.

Bien sûr, sur le moment, je ne pouvais pas savoir à quel point j'allais regretter ma réponse par la suite.

– Ne t'en fais pas. Ce ne serait pas la première fois qu'il joue à l'homme invisible.

Et puis, nous sommes passées à autre chose. Notre vie avait été assez remuée par les sautes d'humeur de mon frère ces derniers temps, et nous n'avions ni l'une ni l'autre envie de nous attarder sur lui. Je m'apprêtais à appeler Zoe pour savoir ce que nous allions faire le soir même quand la sonnerie de mon téléphone a retenti. C'était mon père qui m'a annoncé, la voix nouée, qu'il avait essayé de joindre Edward toute la journée sans succès. Il devait repartir le lendemain (aujourd'hui, donc) et voulait à tout prix le revoir avant de prendre l'avion. « C'est reparti pour un tour ! » me suis-je dit, exaspérée par cette histoire sans fin, mais, cette fois-ci, il n'était pas question que j'aille prévenir mon frère. Je n'allais pas lui donner l'occasion de m'envoyer balader de nouveau. Maman et moi avons donc attendu Paul patiemment, sans nous douter de rien.

Personne ne s'est étonné que mon père ne reçoive aucune réponse quand il a frappé à la porte d'Edward. Mais, quand il est entré dans la chambre de son fils, il a laissé échapper un grognement qui nous a fait accourir dans l'instant. Le lit était fait et les quelques effets personnels d'Edward avaient disparu. Je me suis glissée à l'intérieur pour inspecter son placard, et nous avons découvert que sa valise aussi était partie, de même que tous ses vêtements. Sans un mot, j'ai attrapé mon téléphone pour essayer de joindre Edward. Il avait peut-être filtré les appels de son père toute la journée, mais cela ne voulait pas forcément dire qu'il allait me rejeter moi aussi. Pendant que la sonnerie retentissait, maman et Paul se sont lancés dans une conversation fiévreuse.

– Quand est-ce que tu l'as vu pour la dernière fois ? l'a-t-il interrogée.

– Je ne sais pas, a répondu maman, affolée. Quand je suis rentrée hier soir, je n'ai vu personne. Je savais que Violet était avec ses copines, et je pensais qu'Edward était sorti lui aussi.

– Tu veux dire que tu ne l'as pas vu depuis hier ? Et tu n'as pas cru bon de me prévenir ?

– Enfin, Paul ! Ton fils est toujours par monts et par vaux. Je l'ai à peine vu de tout l'été, et crois-moi, cela m'allait très bien ! Tu crois que je suis venue ici pour m'occuper de ta famille ? Tu es vraiment gonflé !

– C'est un ado, Isabelle. Tu devrais savoir comment ils sont !

J'ai laissé un message sur le répondeur d'Edward avant de retourner faire l'arbitre entre mes parents.

– On ferait mieux d'essayer de le trouver !

Ensemble, nous avons retracé notre journée précédente. Ni maman ni moi ne l'avions vu en rentrant la veille au soir, et, même si Paul refusait encore de nous livrer les détails de leur conversation de la veille, il ne faisait nul doute qu'elle avait été haute en couleur. Maman n'avait pas non plus croisé Edward ce matin, pensant qu'il devait faire la grasse matinée, comme moi. Paul était donc le dernier à l'avoir vu avant qu'Edward lui ordonne de le laisser tranquille pour toujours.

J'ai passé l'heure qui a suivi à parcourir ma liste de contacts. Bien sûr, mon premier appel est allé à Noah, à qui j'ai laissé un bref message – je ne voulais pas l'inquiéter pour rien – lui demandant simplement s'il avait des nouvelles d'Edward. J'ai réessayé une fois, deux fois, sans succès, mais cela ne m'a pas alertée. Noah était sans doute à un match de basket, et, dans ce cas, je ne pourrais pas le joindre avant quelques heures. Mais je ne pouvais pas m'accorder le luxe d'attendre. Devant moi, mon père faisait les cent pas, et maman était prostrée dans un coin, n'osant pas lever les yeux vers lui. Puis, j'ai contacté chacune de mes copines. Je ne leur avais toujours rien dit de mes questionnements concernant Edward, et je savais bien qu'elles n'avaient rien remarqué d'elles-mêmes. Elles continuaient encore et toujours à glousser derrière son dos, à battre des cils dès qu'il leur adressait la parole, et à raconter tout un tas d'anecdotes sur lui. Et bien sûr, même si elle ne m'en avait pas reparlé, il me semblait évident que les sentiments de Zoe envers lui étaient toujours d'actualité. Si aucune d'entre elles n'avait eu de ses nouvelles, seule Zoe s'est montrée suspicieuse sur les véritables raisons pour lesquelles je cherchais tant à le joindre. Mais je n'allais pas me faire avoir de la sorte. Je lui ai répondu qu'il avait oublié son rendez-vous avec son père et que celui-ci était furieux. Zoe n'a eu aucun mal à me croire, elle savait à quel point mon père pouvait être intransigeant. J'ai essayé Naya et trois autres copains, mais personne n'avait vu Edward. L'angoisse ambiante est montée d'un cran, mon père tournant en rond comme un lion en cage.

– Est-ce que tu connais les endroits qu'il fréquente ? a-t-il demandé.

– J'ai une petite idée…

C'était bien moi qui lui avais fait découvrir la ville. Edward n'avait pas fait que mener sa vie dans son coin, nous avions aussi passé de nombreuses journées – seuls ou avec Noah – à explorer Los Angeles et, même si je ne savais pas tout de ses allées et venues, j'avais quand même quelques pistes.

– On n'a pas une minute à perdre, a fait mon père en se dirigeant vers la porte.

Maman est restée à la maison au cas où Edward rentrerait, et Paul et moi avons fait tout le tour de la ville. Le terrain de basket où Noah et ses copains jouent souvent, le parc de skateboard de Venice Beach, Tusk (notre café préféré dans le quartier), tous les *burger joints* du coin (en tout cas ceux qu'Edward avait déjà visités, à ma connaissance), la rue commerçante, l'arcade de jeux vidéo dont il m'avait parlé une fois, et bien sûr la fameuse jetée de Santa Monica, ce qui ne fut pas une mince affaire : par une belle journée comme celle-ci, la foule était épaisse et les allées difficiles d'accès. Pendant ce temps-là, nous avons chacun à notre tour tenté d'appeler Edward, encore et toujours sans succès. Nous étions sur le point de remonter en voiture pour rentrer chez nous quand j'ai réalisé que je n'avais pas eu de nouvelles de Noah.

SMS de « **Violet Portable** »
à « **Noah Portable** »
envoyé le samedi 4 août à 19 h 01
« Hello Noah, ça va ? Fais-moi signe stp… Je commence à me faire du souci… Violet XOXO. »

SMS de « **Noah Portable** »
à « **Violet Portable** »
envoyé le samedi 4 août à 19 h 04
« Désolé, je ne peux pas vraiment te parler là. Tout va bien. Je t'appelle demain. Bisous, Noah. »

C'est de ma faute, ai-je pensé en lisant sa réponse. Je n'ai pas été assez claire plus tôt. Il fallait que je lui explique de vive voix, sans l'alerter, qu'il était impératif qu'il me donne des nouvelles d'Edward, s'il en avait. J'ai composé son numéro, mais il n'a pas décroché. Un instant plus tard, je recevais un nouveau message.

SMS de « **Noah Portable** »
à « **Violet Portable** »
envoyé le samedi 4 août à 19 h 10
« Ne t'inquiète pas, Violet. On se parle demain sans faute, mais là, ce n'est vraiment pas le bon moment. Bisous. »

Mon père m'a lancé un regard plein d'espoir.

– Désolée, ai-je avancé pour toute réponse.

– Il n'y a personne d'autre que tu puisses appeler ? Réfléchis bien, Violet, s'il te plaît. J'ai peur qu'il ne fasse une bêtise. Il doit bien y avoir quelqu'un qui sait où il est !

J'ai dégluti. Cela m'avait bien traversé l'esprit un peu plus tôt, mais je ne pouvais pas m'y résoudre. Il y avait bien quelqu'un d'autre qui connaissait Edward à Los Angeles. Quelqu'un qui savait peut-être où il se trouvait en ce moment même. Quelqu'un qui comprenait sans doute mieux mon frère que moi. Enfin, par « quelqu'un », je voulais bien évidemment dire trois personnes.

Les trois personnes au monde que je redoute le plus. J'aurais tout fait pour ne plus jamais les revoir, pour ne plus jamais leur reparler mais, en observant mon père et sa mine abattue, j'ai su que mon vœu n'allait encore pas être exaucé. Et même si j'arrivais à rassembler tout mon courage pour appeler Olivia Steiner, il était peu probable qu'elle daigne me répondre. Mais je ne pouvais pas expliquer à mon père qu'Edward avait trouvé moyen de s'enticher des trois filles qui me méprisent le plus. Une seule chose comptait désormais : le retrouver à tout prix.

– Donne-moi une heure, ai-je finalement répondu, le cœur alourdi par la dure épreuve qui m'attendait.

Dénouement

Dimanche 5 août

J'avais, sans le vouloir, menti à mon père. Je ne pouvais pas décemment me préparer à affronter Olivia et sa bande en une petite heure, sans parler du fait que je n'avais aucun moyen de les contacter. À Albany High, il était bien connu que les coordonnées d'Olivia Steiner étaient réservées à une élite triée sur le volet. On ne maintient pas une réputation de star du lycée en acceptant de se mêler à n'importe qui. « Tu peux le faire, Violet me suis-je répété. Tu vas appeler Olivia et la mettre devant le fait accompli. Si elle sait où est Edward, elle n'aura pas d'autre choix que de te le dire. Sinon, elle passerait pour un véritable monstre ! » Sauf qu'Olivia n'a jamais eu peur de passer pour un monstre. Combien de fois l'avais-je entendu se moquer odieusement de ses camarades de classe ? Combien de fois l'avais-je vue se réjouir du malheur des autres ? Je savais de quoi elle était capable : elle était responsable de bien des malheurs qui m'étaient arrivés à Albany High et je ne pourrais jamais oublier qu'elle avait causé son premier vrai chagrin d'amour à Zoe.

Mais la nuit commençait à tomber et nous n'avions toujours aucune nouvelle d'Edward. À défaut de pouvoir bien agir, il fallait agir vite. Et même si j'aurais nettement préféré ne pas l'impliquer dans ce capharnaüm, je savais exactement qui pourrait faire la connexion avec Olivia.

– Je ne peux pas t'expliquer pourquoi, mais j'ai besoin de ton aide, ai-je annoncé à Naya dès qu'elle a décroché.

– OK…

– Il faut que je contacte Olivia et je sais que tu as son numéro. Tu peux me le donner ? C'est assez urgent.

– Qu'est-ce qui se passe, Violet ?

– Je ne peux vraiment pas te le dire. Est-ce que tu vas m'aider, oui ou non ?

– Toi, parler à Olivia ? Tu dois te douter que cette idée ne me plaît pas du tout.

– Ce n'est pas ce que tu crois. J'ai juste besoin de lui demander un truc. Ce sera rapide, je te le promets. S'il te plaît Naya, le temps presse.

– Pourquoi est-ce que tu ne me fais pas confiance ?

J'ai poussé un grand soupir. Naya n'était clairement pas prête à lâcher le morceau si facilement. Franchement, au point où on en était arrivées, je n'aurais pas su dire si elle se faisait du souci pour moi ou pour Olivia.

– Je cherche Edward. Il a disparu. On pense qu'il a fait une fugue, ai-je poursuivi, la gorge serrée, et personne ne sait où il est.

– Edward ? Il est chez Noah.

– Hein ? Ce n'est pas possible.

– Je te le jure. J'ai appelé Noah tout à l'heure et Edward était avec lui.

– Tu as appelé Noah ? Pourquoi ?

Naya a marqué une pause. Je n'avais, de toute façon, pas le temps d'attendre sa réponse.

– Tu lui as dit ! s'est insurgé Edward. Tu avais promis !

Il était hors de lui. Paul et moi avions accouru chez Noah au plus vite, sans prévenir quiconque de notre arrivée. À quoi bon ? J'avais appelé Noah toute la journée, lui avais envoyé une tonne de messages et il ne m'avait rien dit ! Ce mufle m'avait laissée mariner dans mon coin, sans se préoccuper du fait que nous étions tous pétrifiés à l'idée de savoir Edward perdu dans une ville aussi grande que Los Angeles.

– Et j'ai tenu ma promesse ! lui a répondu Noah, tout aussi stupéfait que lui par notre présence.

– Prends tes affaires, nous rentrons sur-le-champ, a ordonné Paul.

Disparue sa mine peinée, il était, en un instant, redevenu le redoutable Paul Walmsley. Si Edward voulait lui tenir tête, c'était à ses risques et périls. Les laissant de côté, j'ai pris Noah à part pour lui dire le fond de ma pensée.

– Edward était chez toi pendant tout ce temps, et tu ne m'as rien dit ? Si c'était une blague, laisse-moi te dire qu'elle était vraiment mauvaise !

– Mais tu savais qu'il était chez moi !

– Ne lui en veux pas ! s'est écrié Edward, qui préférait de toute évidence s'immiscer entre nous plutôt que d'affronter son père en tête à tête.

Mon frère a éclairci cet énorme malentendu. Il avait demandé à Noah s'il pouvait venir passer quelques jours chez lui, et, quand il avait débarqué avec sa valise, il lui avait juré que, non seulement j'étais au courant, mais que c'était moi qui avais suggéré à Edward de prendre ses distances pendant quelques jours ! Noah n'avait pas trouvé à y redire : il savait qu'avec la présence de mon père et de ma mère, l'ambiance chez nous devait être survoltée et comprenait sans peine le besoin de son copain de s'éloigner.

– Tout est de ma faute, Violet. C'est moi qui l'ai supplié de ne pas prendre tes appels. Je lui ai dit que je t'en voulais et que j'avais vraiment besoin d'un break.

– Edward avait l'air si contrarié que j'ai accepté de faire ce qu'il voulait, a poursuivi Noah. Quand je t'ai envoyé un message pour te dire que tout allait bien, je pensais vraiment te rassurer.

– On continuera cette conversation à la maison, a intimé Paul.

Une demi-heure plus tard, nous étions de retour chez Simon et Paul a explosé de nouveau.

– Ton comportement est absolument inadmissible ! Je vais appeler la compagnie aérienne tout de suite pour changer ton billet d'avion. Tu rentres à Londres avec moi dès demain !

– Je t'en supplie, papa, laisse-moi rester jusqu'à la fin. Tu avais promis !

– Ce n'est pas négociable. Si tu crois que je vais tirer un trait sur tout ça… Tu es un invité ici, et tu n'as aucune excuse de t'être comporté de la sorte !

– Je demanderai pardon à Violet… et à Isabelle, et à Simon. Je te promets qu'il ne se passera rien d'autre avant mon départ !

– Je ne céderai pas, Edward ! Ta valise est faite, c'est donc que tu es prêt à rentrer à la maison.

Le ton est monté si fort que maman et moi avons fini par laisser père et fils au salon pour nous réfugier à la cuisine. Toutes ces pérégrinations m'avaient donné faim, mais les plaintes de mon frère qui me parvenaient jusqu'ici me coupaient quelque peu l'appétit. J'ai lancé un regard à maman qui a tout de suite deviné le fond de ma pensée.

– Laisse-les tranquilles, Violet.

Au même moment, une porte a claqué si fort que nous avons sursauté. Paul est apparu un instant plus tard.

– Je suis vraiment désolé, Isabelle. J'ai honte que tu sois témoin de cela. Je vais régler ce problème au plus vite. Edward viendra dormir avec moi à l'hôtel ce soir et vous n'entendrez plus parler de nous.

– Ne te fais pas de souci pour moi. Occupe-toi plutôt de lui, a répondu maman, visiblement inquiète pour Edward.

Paul a fait la moue.

– Je crois que ça va être plus compliqué que je ne l'imaginais. Mais je le traînerai de force à l'aéroport s'il le faut !

– Je vais aller lui parler, ai-je annoncé, tout en étant persuadée que l'un ou l'autre de mes parents essaierait de me convaincre que c'était une mauvaise idée.

Mais ils ont dû penser, comme moi, qu'il allait falloir user de toute notre diplomatie pour résoudre cette discorde. Puisque Paul avait échoué, je devais tenter le coup.

J'ai trouvé Edward la tête enfouie dans son oreiller, essayant sans succès d'étouffer ses sanglots. J'ai eu un choc quand il s'est tourné vers moi. Son visage était rougi, défiguré. J'étais venue pour le raisonner, mais je me sentais soudainement incapable de prononcer un mot. Heureusement, il a pris les devants.

– Violet, aide-moi ! Je ferai n'importe quoi, mais je ne peux pas rentrer chez moi. Pas tout de suite, en tout cas. S'il te plaît !

– Désolée, Edward, mais je suis venue te convaincre de repartir avec ton père. Je ne crois pas que tu arriveras à le faire changer d'avis.

Il a grossièrement essuyé ses larmes avant de se redresser.

– Je suis ton frère, Violet. Je t'en supplie, fais ça pour moi !

Je n'avais pas l'intention d'aggraver la situation, mais l'argument qu'il avançait m'a fait tiquer.

– Tu as du culot d'essayer de m'avoir par les sentiments. Tu es mon frère ? Alors pourquoi est-ce que tu me caches plein de choses depuis que tu es arrivé ? Tu veux que je t'aide, Edward ? Il faudrait d'abord que tu commences par être honnête envers moi !

– Tu ne comprendrais pas, a-t-il répondu, stoïque.

J'ai fait un pas vers la porte.

– Très bien, fais comme tu veux. Mais dans ce cas, ne compte pas sur moi.

J'ai fait un pas de plus et Edward s'est relevé d'un bond.

– Non ! Non, attends. Si… si je te dis tout, tu promets de convaincre mon père de me laisser rester ?

– Je ne peux pas te promettre ça. Il a l'air vraiment déterminé et…

Je doutais franchement de pouvoir faire changer Paul d'avis. Il avait l'air tellement fâché ! Et puis, je n'avais aucun pouvoir sur lui, je ne le savais que trop bien. Mais je tenais là ma seule et unique opportunité d'enfin démêler cette affaire. Je n'allais pas la laisser passer aussi facilement.

– Mais, si tu me racontes ce qui se passe, je veux bien lui parler.

– Tu es ma dernière chance, Violet.

– La balle est dans ton camp. Dis-moi tout.

Je me suis installée sur le lit, à côté de lui, et mon frère s'est mis à parler. Il a commencé par m'expliquer que, toute sa vie, il avait senti que quelque chose clochait dans sa famille. Ses parents ne paraissaient pas malheureux mais, plus les années passaient, plus il avait la conviction qu'ils avaient un secret. Un jour, il a surpris une conversation entre Paul et le père de celui-ci, Conrad. Il ne s'en est rendu compte que bien plus tard, mais, ce jour-là, les deux hommes étaient en train de parler de maman et de moi.

– Mais je n'arrivais pas à décoder ce dont ils parlaient. Je m'étais mis dans la tête que mon père n'était pas vraiment mon père, alors le fait qu'il puisse avoir une autre famille ne m'a jamais traversé l'esprit.

– Tu pensais que Paul n'était pas ton père ?

– Je me sentais si loin de lui, parfois. Je ne voulais pas ce qu'il voulait. Je n'avais pas les mêmes envies, les mêmes ambitions. Même quand on n'était que tous les deux, j'avais l'impression qu'il y avait tellement de distance entre lui et moi. Au départ, c'était juste un pressentiment, rien de plus, mais j'ai commencé à écouter aux portes plus souvent, surtout quand mes grands-parents étaient là. C'est comme ça que j'ai appris que ma mère était déjà enceinte de moi quand mes parents se sont mariés.

J'ai fait la moue. J'avais lu tous les articles que j'avais pu trouver sur les Walmsley, j'avais passé de nombreuses heures à éplucher les faits entourant leur mariage, mais je ne m'étais jamais arrêtée là-dessus. Quelle piètre détective ! Edward a repris.

– C'est idiot, hein ? Quand tu es ado, tu ne penses jamais au mariage de tes parents. Tu ne réfléchis même pas à ce qui s'est passé avant ta naissance. Tu grandis au sein de ta famille et tout te paraît naturel, comme si tes parents avaient toujours été ensemble, qu'ils avaient toujours été heureux. Bref, quand j'ai appris ça, j'ai fait les calculs, et effectivement, ma mère était déjà enceinte de quatre mois.

Pour moi, c'était la confirmation que Paul n'était pas mon père. Je sais maintenant que ça n'a pas de sens, mais à l'époque, j'en étais convaincu.

Je retenais mon souffle malgré moi. J'avais voulu qu'Edward me raconte la vérité et toute la vérité, mais je ne m'étais pas préparée à des révélations aussi profondes. Mon frère a remarqué mon air troublé et a cru bon de me rassurer sur-le-champ.

– J'avais tort, Violet. Mon père est bien mon père. Mais mes soupçons ne m'ont pas lâché et je n'avais pas l'intention de m'arrêter.

C'est à la même période que ma mère a repris contact avec Paul au sujet de mon héritage. Edward a pris note des coups de fil incessants, des réunions tard le soir, des explications vagues de son père, et, craignant le pire, a tout déballé à sa mère.

– J'avais peur de la blesser, mais je ne voyais plus d'autre solution. Il fallait qu'elle sache que mon père manigançait quelque chose derrière son dos. Je pensais qu'elle méritait mieux que ça… Qu'est-ce que j'avais tort !

Sa mère, Joanna, n'a pas semblé très surprise. Elle a conseillé à son fils de s'occuper de ses affaires, et d'arrêter de poser des questions. Bien sûr, Edward a fait tout le contraire.

– Elle savait, Violet. Elle savait tout !

J'ai ouvert de grands yeux. Ce qu'Edward essayait de me dire était évident, mais je ne pouvais pas le croire.

– Elle savait que mon père était tombé amoureux de ta mère alors qu'ils étaient déjà ensemble. Elle savait aussi qu'Isabelle s'était retrouvée enceinte.

– Et elle est restée avec lui, malgré tout ?

J'étais estomaquée par cette nouvelle. Je m'étais toujours demandé si Joanna était au courant du passé de son mari, mais qu'elle sache tout ? Cela me paraissait un peu fou.

– Non, Violet, tu ne comprends pas. J'ai fini par rassembler toutes les pièces du puzzle. Ma mère savait tout ça *avant* son mariage. Elle a épousé mon père en connaissance de cause. C'est pour ça que je voulais m'éloigner d'elle. J'avais toujours cru que mon père était le coupable, j'avais toujours été en colère contre lui. Mais c'est de sa faute à elle ! Tu ne peux pas savoir ce que je l'ai détestée, quand j'ai su !

Edward a pris sa tête entre ses mains. J'ai pensé que ses révélations s'arrêteraient peut-être là, mais, en ce qui me concernait, cette histoire était encore très opaque.

– Tu ne m'as pas tout dit, Edward, ai-je insisté.

– J'ai peur de te faire du mal, Violet. Je sais que je ne l'ai pas assez montré depuis que je suis ici, mais je tiens beaucoup à toi et je ne veux pas te blesser.

– Je suis plus forte que j'en ai l'air.

Edward a pris une grande inspiration.

– Mes parents se sont fiancés peu de temps après que ta mère est repartie de Londres, mais ils ne se sont pas mariés tout de suite. Tu veux savoir pourquoi ?

– Parce que ta mère a appris la vérité et qu'elle ne voulait plus de Paul ?

– C'est ce que je pensais aussi. Ce serait logique, non ? Mais en fait, c'était tout l'inverse. La vérité, c'est que mon père avait changé d'avis. Il voulait retrouver Isabelle et quitter ma mère.

– C'est impossible ! me suis-je exclamée. Je le saurais ! Maman me l'aurait dit !

– Elle ne l'a jamais su. Ma mère a tout fait pour garder mon père. Elle est allée voir ses parents et ils s'en sont mêlés. Mon père avait réservé un billet pour aller voir ta mère quand… quand tu es née. Ma mère l'a suivi à l'aéroport et l'a supplié de ne pas monter dans l'avion. Mes grands-parents étaient là et l'ont menacé de le renier définitivement. Après ça, mes parents ont commencé à planifier leur mariage, mais mon père a fait traîner les choses jusqu'au bout.

Mon cœur commençait à s'affoler. Je ne savais pas ce qui me perturbait le plus : que mon père avait finalement eu l'intention de me rencontrer, ou qu'il s'en était fallu de si peu pour que ma vie vire de bord totalement.

– Je n'aurais jamais dû naître ! s'est écrié Edward.

– Bien sûr que si ! Qu'est-ce que tu racontes ?

– Mon père aimait ta mère, c'est avec elle qu'il voulait être.

– C'est faux, Edward et tu le sais bien. S'il avait voulu être avec elle, il serait monté dans l'avion.

Edward a poursuivi son récit. Quand la vérité sur ma naissance avait été révélée dans la presse britannique, Paul et Joanna s'étaient, bien sûr, lancés dans une horrible dispute. Jusque-là, Edward avait été persuadé que tout avait été la faute de son père. Il avait trompé sa mère, l'avait fait souffrir, et avait caché mon existence à tout le monde. Mais la première dispute a fait place à une autre, puis à une autre et… Edward était le plus souvent de l'autre côté de la porte, découvrant ainsi toutes les facettes du passé de ses parents. Puis un jour, il en avait trop entendu. Sa mère venait de révéler que sa première grossesse avait été une façon de garder son fiancé. Joanna craignait que Paul ne finisse par annuler leur mariage et être enceinte avait été la garantie dont elle avait besoin. Paul avait toujours cru qu'Edward était un heureux accident, intervenu un peu trop tôt, mais il ne s'était pas douté qu'il s'agissait en fait d'une manigance de sa fiancée, qui était prête à tout pour lui faire oublier ma mère et moi.

– Je n'ai plus voulu écouter leurs conversations après ça. J'ai senti la détresse de mon père à travers la porte. J'imaginais ce qu'il était en train de penser. Si ma mère n'avait pas fait cela, il aurait fini par la quitter pour la tienne. Et moi, je ne serais jamais né.

Le désarroi que j'ai perçu dans sa voix m'a toute retournée. Je ne pouvais pas le laisser dire une chose pareille.

– Ne dis pas ça Edward ! Ne répète plus jamais ça ! Tu ne peux pas réécrire l'histoire. Personne ne peut le faire !

Nous avons continué à parler encore un long moment. Il y avait tant à dire que j'en avais oublié comment cette conversation avait démarré. Si Paul faisait les cent pas à quelques mètres de nous, attendant qu'Edward accepte enfin de repartir avec lui, cela nous était bien égal. Après cette découverte, celui-ci n'avait eu qu'une envie : ne pas passer une minute de plus sous le même toit que sa mère. Son père a essayé de le raisonner, de lui faire voir qu'il n'était pas une victime. Il aimait Joanna et avait fait ses propres choix. Mais Edward n'a pas cédé, et c'est ainsi qu'il s'était retrouvé chez nous.

– Il y a un truc que je ne comprends toujours pas. Toutes les choses que tu m'as dites sur ton père… ça ne colle pas.

– Il y a une bonne raison à cela. Quand je suis arrivé ici, j'étais fâché contre mes deux parents. Je ne savais plus à qui j'en voulais le plus. Mais en t'écoutant parler, j'ai vite compris que tu ne savais pas tout sur notre père. J'ai cru que tu le détestais, et ça m'a mis hors de moi. Moi, j'avais le droit de le détester ! Moi, je savais tout ! J'ai essayé de faire semblant, de faire comme si je trouvais ça tout à fait normal que tu écrives un scénario à son sujet. Je ne pouvais pas te dire tout ce que je savais. Et plus j'avais l'impression que tu lui en voulais, et plus j'avais envie de le défendre. Tu dois me trouver très bête.

– Pas du tout, me suis-je défendue. C'est ton père et tu l'aimes.

– Mais en même temps, plus j'apprenais à te connaître, plus j'en voulais à ma mère. C'est à cause d'elle que tu n'as jamais connu ton père. Comment a-t-elle pu faire ça, à toi et à Isabelle !

Je reconnaissais en mon frère toute l'indignation que j'avais éprouvée en découvrant la vérité sur ma naissance. Comment mon père avait-il pu m'abandonner de la sorte ! Comment avait-il pu se montrer si odieux envers maman ! Pourquoi les choses n'avaient-elles pas tourné autrement ? Pourquoi ? Pourquoi ? Pourquoi ? Je savais maintenant que ce n'était pas aussi simple. Que la vie est *tout* sauf simple. Et que montrer du doigt les défaillances des autres est sans doute la pire façon d'essayer de lui donner du sens.

– Ne sois pas si dur envers elle. Elle était amoureuse et elle aurait fait n'importe quoi pour lui. Je ne comprends pas encore tout de l'histoire de ma famille, mais, ça, je peux l'accepter.

– Tu lui pardonnerais, alors, si tu étais moi ?

– Je ne sais pas si je serais aussi forte. Mais, je sais que je n'aurais plus envie de revenir sur le passé. C'est ce que j'ai fait pendant longtemps, et ça ne m'a rien apporté de bon. Nos parents ont fait des erreurs. Des grosses erreurs, peut-être. Avec des intentions bonnes et… moins bonnes. Mais tu sais ce qui m'effraie le plus dans tout ça ? C'est que, nous aussi, on va faire des erreurs. On a notre vie devant nous, et on ne pourra pas toujours tout mettre sur le compte de nos parents.

Edward a poussé un gros soupir.

– Mon père veut que je rentre pour que je me réconcilie avec ma mère. Que l'on efface tout, que l'on reparte de zéro.

– Tu crois vraiment que c'est la pire idée au monde ? J'ai passé la plus grande partie de ma vie en conflit avec ma mère, et crois-moi, ce n'est pas aussi drôle que ça en a l'air !

Je me suis esclaffée mais le regard d'Edward était toujours aussi sévère.

– Mais je ne veux pas partir tout de suite, Violet ! Pas tout de suite. Je ne peux pas, je ne peux pas. *Please, help me !*

– Je vais faire de mon mieux, Edward. Je te le promets. Après tout, ça sert à ça les grandes sœurs, non ?

Quand je suis enfin ressortie de la chambre d'Edward, j'ai retrouvé mes deux parents face à face, dans un silence total. Maman était pâle, immobile et fixait sombrement ses pieds. En un instant, j'ai su. J'ai su que Paul lui avait révélé tout ce que je venais de découvrir, les derniers éléments de notre histoire. Désormais, tout était clair, il n'y avait plus de secret, plus de poids à traîner. Je ne l'ai compris que plus tard, mais c'était exactement ce dont elle avait besoin pour prendre une décision qui allait changer sa vie.

Providence

Dimanche 12 août

La disparition d'Edward avait au moins eu un gros avantage, elle avait détourné l'attention d'une autre partie de ma vie que j'avais envie d'occulter : les derniers jours de NVN Productions. Cela n'a rien d'officiel et à première vue, rien ne laisse présager cette triste fin. Naya, Noah et moi avons terminé notre scénario et avons reçu des critiques élogieuses à la fois de notre professeur et de toute notre classe. Mais je savais que cela ne suffirait pas à maintenir nos liens, désormais bien trop fragiles. *Stronger than Words* n'aura pas de petit frère, j'en mettrais ma main à couper. D'ailleurs, aucun d'entre nous n'a soulevé la question d'une éventuelle production. Nous avons fait notre possible, mais notre possible n'est pas assez. La fin de l'été approche, et, avec elle, la fin de notre collaboration. La preuve, aucun de nous trois n'a abordé le sujet depuis que nos cours ont pris fin, il y a plus d'une semaine.

Moi-même, je n'ai pas le temps de m'attarder là-dessus. Il me reste si peu de temps avant le début de l'université ! Quelques semaines à peine, qui promettent déjà d'être bien chargées. Parce que oui, ça y est, enfin ! Simon et Susan sont rentrés ! J'ai dû me retenir de ne pas me lancer dans une petite danse de la joie quand nous les avons retrouvés à l'aéroport jeudi soir.

Plus tard, nous nous sommes attablés autour du dîner gargantuesque préparé par maman pour l'occasion – avec l'aide, tout de même, de ses deux assistants – et ils ont commencé le récit de leur périple. Je voulais tout savoir, sur les personnes qu'ils avaient rencontrées, les plus beaux endroits qu'ils avaient visités, mais aussi sur le tournage du film, bien sûr. Quelles scènes avaient été les plus difficiles ? Simon avait-il dû réécrire certains passages ? Quels acteurs étaient les plus faciles à vivre ? Et quels autres avaient créé des histoires ? Je me doutais bien que mon oncle ne répondrait pas à toutes mes interrogations, et pour cause, elles étaient sans fin, mais rien que de lui parler de vive voix me comblait de bonheur.

Le lendemain matin, quand il m'a proposé d'aller faire une balade rien que tous les deux, j'ai sauté dans mes sandales à la vitesse de la lumière. Qu'est-ce que nos conversations m'avaient manqué !

– J'ai cru comprendre que l'été a été haut en couleur ! m'a-t-il taquinée alors que nous avancions, les pieds dans l'océan Pacifique, vers Venice Beach.

– Tu me connais, je ne sais pas faire autrement.

Il a éclaté de rire, puis a repris plus sérieusement.

– Ta mère m'a dit ce que tu as fait pour Edward. Je suis très fier de toi, Violet.

J'ai baissé la tête pour qu'il ne remarque pas mes joues rosies par ce délicieux compliment.

– C'était la moindre des choses.

– Non, je sais que ça a dû te demander beaucoup d'effort. Tu n'es plus l'adolescente qui est arrivée ici il y a deux ans. Tu es une vraie jeune fille, maintenant. Intelligente, réfléchie, passionnée. Tu as toujours la tête dans les étoiles mais les pieds décidément sur terre. La meilleure nièce que l'on puisse avoir.

Simon faisait bien entendu allusion aux trésors de persuasion que j'avais déployés pour convaincre mon père de laisser Edward rester chez nous jusqu'à la fin du mois, comme prévu. J'avais promis, juré, craché que je veillerais personnellement sur mon petit frère, et que je ne le laisserais faire aucune bêtise. Mon argumentaire avait été approfondi et interminable, et, finalement, il s'agissait autant d'aider Edward que de recevoir l'aval de mon père. J'ai bien envie de croire que s'il a fini par accepter mes conditions, c'est avant tout parce qu'il croyait en moi.

Le lendemain de ma balade avec Simon, hier, donc, nous étions tous invités chez Jared pour un barbecue. C'était la première rencontre entre Simon, Susan et l'amoureux de maman, mais c'était une occasion importante pour moi aussi. Au fil des semaines, maman n'arrivait plus à cacher son bonheur. Elle ne pouvait plus prétendre qu'il ne s'agissait là que d'une simple amourette d'été. En tout cas, moi, je ne la croyais plus. Mais je n'allais pas me mêler de cela. Pas pour le moment en tout cas.

Edward et moi avons laissé les adultes à leur conversation, et avons passé l'après-midi au bord de – ou dans – la piscine à jouer à *Would you rather ?*[1]

Moi : Est-ce que tu préférerais… savoir où tu seras exactement dans dix ans, ou avoir la surprise ?

Lui : Hmmm, avoir la surprise.

---

1. *Would you rather ?* : Est-ce que tu préférerais ?

Lui : Est-ce que tu préférerais… avoir le don de téléportation ou le don d'invisibilité ?

Moi : De téléportation.

Moi : Est-ce que tu préférerais… ne plus jamais manger de pizza ou ne plus jamais manger de chocolat ?

Lui : Alors, là, c'est une question très difficile. Le chocolat, je crois. Je ne pourrais pas me passer de pizza.

Moi : Rhooo, moi je ne pourrais jamais abandonner le chocolat.

Lui : Est-ce que tu préférerais… pouvoir changer l'avenir ou pouvoir changer le passé ?

Moi : L'avenir, sans hésitation.

Moi : Est-ce que tu préférerais… avoir cinq sœurs ou être fils unique ?

Lui : Avoir cinq sœurs.

Lui : Est-ce que tu préférerais obtenir dès maintenant le boulot de tes rêves ou profiter de tes années d'étudiante ?

Moi : Je ne sais pas du tout ce qu'est le « boulot de mes rêves ». Donc je vais dire : profiter de mes années d'étudiante. En espérant qu'elles soient moins mouvementées que mes années lycée.

Moi : Est-ce que tu préférerais avoir grandi à Londres ou à Los Angeles ?

Lui : À Londres.

On a continué longtemps comme ça. Tous les sujets y sont passés. J'ai appris qu'Edward préférait les chats aux chiens, les vacances détente aux aventures tout-terrain, être enfermé toute une nuit dans une usine de bonbons plutôt que dans un grand magasin, assister à cinq concerts de suite de son groupe préféré plutôt que de découvrir un nouveau talent, avoir une relation sérieuse plutôt que trois flirts sans lendemain, et tout un tas d'autres choses, certaines primordiales, d'autres complètement futiles. « Mon petit frère n'a plus de secret pour moi » me suis-je dit en rentrant chez nous ce soir-là. Je ne savais pas encore à quel point j'avais tort.

SMS de « **Zoe portable** »
à « **Violet portable** »
envoyé le mercredi 15 août à 23 h 03
« Violet ! Où es-tu ? Rappelle-moi dès que possible. C'est urgent. Il faut que je te dise un truc… c'est à propos d'Edward. J'attends ton appel. XOXO. »

Déclarations

Jeudi 16 août

« Violet, yoohoo ! Tu te souviens de nous, tes copines ? » disait un message de Claire reçu mardi après-midi. Je m'étais faite plutôt discrète ces derniers temps, entre le retour de Simon et Susan et le départ imminent de maman et d'Edward, j'avais de quoi m'occuper à la maison. Mais je ne pouvais pas continuer à délaisser mes amies plus longtemps. L'été touche à sa fin et nous ne pouvons pas ignorer que la rentrée va nous séparer encore plus. Cependant, Claire n'avait pas l'intention de voir le verre à moitié vide et avait convié toute la bande hier soir, pour la première d'une longue série de soirées que nous avions prévues pour la fin de l'été. Elle devait bien savoir que je ne manquerais cela pour rien au monde, mais, pour le lui prouver, je suis arrivée en avance, chargée d'une salade à base de pastèque et de feta et d'une tarte aux fraises que j'avais passé l'après-midi à concocter avec Simon et Edward. J'avais aussi emporté avec moi trois tenues potentielles pour la soirée : il n'y avait pas de meilleur moyen de lui montrer que je prenais l'événement au sérieux. De son côté, elle avait choisi une petite robe de plage blanche brodée, très légère, à cause de la chaleur plombante des derniers jours, assortie à un long collier fin et à quelques bracelets dorés. Parmi mes vêtements, elle a choisi un débardeur gris, une longue jupe rose pâle et mes compensées camel avec un gros nœud. Après l'étape coiffure et maquillage, nous pensions avoir le temps de tout préparer avant l'arrivée de Zoe et Maggie quand on a frappé à la porte. À notre surprise, il s'agissait en fait de Noah.

– Je ne vais pas pouvoir rester très longtemps, m'a-t-il tout de suite prévenue. J'ai un match de basket demain matin et il faut que je sois frais.

– Oh, tu n'es pas drôle ! est intervenue Claire. Tu es venu pour faire la fête, oui ou non ? Déjà que Naya m'a appelée tout à l'heure en me disant qu'elle avait trop mal au crâne pour venir et maintenant toi qui veux partir tôt… Pff.

Claire avait invité Naya en pensant sincèrement me faire plaisir, et je n'avais pas le cœur de lui dire que c'était mieux comme ça. J'étais d'ailleurs tellement soulagée que je n'ai pas remarqué le changement d'attitude de mon amoureux quand il a répondu :

– Tu as raison, Claire. Je suis venu pour faire la fête, et l'été ne va pas durer toujours !

Claire a souri.

– *That's the spirit !*[1]

Noah et moi nous étions vus quelques fois depuis la fameuse disparition d'Edward, et nous avions eu l'occasion de mettre les choses au clair. J'avais accepté sa version des faits – il n'avait vraiment pas eu l'intention de m'inquiéter, et Edward était le seul responsable de cette entourloupe – et nous étions repartis sur des bases plus saines, en apparence

1. *That's the spirit !* : C'est l'idée !, C'est la bonne attitude !

en tout cas. Tout allait bien tant que nous évitions d'aborder nos cours de scénaristes, l'avenir de NVN Productions et notre avenir à nous. Mais cela fonctionnait, car il y avait d'autres choses pour nous occuper. Le départ proche de mon frère, qui peinait autant Noah que moi et le retour de Simon, en faisaient partie. Mon amoureux ne s'était pas fait prier quand Simon l'avait invité à la maison pour lui raconter tous les détails du tournage. Mon oncle restait encore et toujours une source d'inspiration et un véritable mentor pour Noah qui n'espérait rien d'autre que de suivre ses traces. Quoi qu'il arrive, Noah et moi sommes liés de mille et une façons, et rien ne pourrait jamais changer cela.

La soirée s'est déroulée à la perfection, comme toutes les fêtes organisées par Claire. Elle a le chic pour mettre tout le monde à l'aise, pour choisir la bonne musique et faire monter l'ambiance. Maggie était accompagnée d'un certain Julian, un beau brun d'origine mexicaine, qu'elle avait rencontré deux semaines plus tôt, et que Claire, Zoe et moi approuvions à 100 %. Non pas que Maggie nous ait demandé notre avis, mais il nous suffisait de la voir, resplendissante, souriante, détendue, pour décréter que Julian était le bienvenu dans notre bande. Tous ensemble, nous avons dansé, ri, chanté et parlé de tout et de rien. Edward, quant à lui, semblait curieusement serein. Depuis que son père était parti, il était retombé dans la même routine – il sortait régulièrement et s'enfermait dans sa chambre pendant de longues heures – mais, quand il était avec moi – et même avec maman – il se montrait tout à fait agréable. J'essayais de ne pas trop y penser, mais je redoutais déjà le moment où il allait partir. La veille, j'avais partagé mes craintes avec Simon, alors qu'il me questionnait sur la visite de mon père.

– Je n'arrive toujours pas à me faire à l'idée que je fais partie de cette famille, avais-je commencé.

Mon oncle avait ri. Lui non plus n'avait jamais eu l'impression d'entrer dans le moule Walmsley.

– Mais, quelque part, ce n'était pas si mal de voir mon p… de voir Paul. Ça m'a permis de comprendre quelques trucs et… c'était assez intéressant, finalement.

– Tu as le droit de dire que tu as été contente de le voir.

J'ai fait mine d'être outrée, mais Simon n'était pas dupe.

– Je ne voulais pas te contrarier, ai-je expliqué.

– Tu ne devrais pas te soucier de moi, de ce que je pense. C'est ton histoire avant tout.

– Mais je sais que toi et lui n'êtes pas exactement de grands copains. Et je ne dis pas que je ne lui en veux plus du tout mais…

– Tu n'as pas à te justifier, Violet. Et surtout, tu n'as pas à choisir entre lui et moi. Si son séjour a fait avancer votre relation d'une façon ou d'une autre, j'en suis très heureux. Pour lui comme pour toi.

Et puis, sans transition, j'avais maugréé.

– Je ne veux pas qu'Edward parte. J'apprends seulement à le connaître et tu sais ce que j'ai découvert de plus fascinant à son sujet ? Lui et moi, on a eu des vies finalement assez semblables.

Plus j'y réfléchissais et plus il m'apparaissait qu'Edward avait vécu les mêmes choses que moi. Grandir à l'ombre d'un secret, ne pas comprendre l'histoire de ses parents, vouloir démêler le vrai du faux, et essayer de vivre une vie plus franche, plus saine, moins dissolue. Comme moi, Edward avait toujours senti que quelque chose n'allait pas dans sa famille, et comme moi, il avait pensé que la solution se trouvait dans la vérité. J'avais tellement de choses à lui dire que j'avais commencé à les écrire quelques jours plus tôt. Je ne savais pas encore si je me sentirais capable de faire un grand discours lors de son départ, mais, au pire, si l'émotion me prenait, j'aurais toujours la possibilité de lui tendre une lettre.

Mais il était encore trop tôt pour fermer la porte derrière lui. Pour l'instant, il profitait de sa soirée avec ma bande, qui était devenue la sienne au fil de l'été, et moi je m'efforçais de rester dans l'ambiance quand Zoe m'a attirée dans un coin plus tranquille.

– Ça va, ma belle ? m'a-t-elle demandé avec une pointe d'inquiétude dans la voix.

J'ai fait signe que oui.

– Tout va bien entre Noah et toi ?

Zoe a toujours eu le don de percevoir ce qui ne va pas. Sa sensibilité lui permet de sentir les fluctuations d'humeur dans son entourage et elle est souvent la première à s'inquiéter du bien-être de ses copines. C'est un trait que j'admire beaucoup chez elle, mais elle abordait le mauvais sujet au mauvais moment. Non seulement je n'avais pas envie d'en parler, mais j'aurais été bien incapable de lui apporter une réponse sincère. Cependant, Zoe, pensant offrir une oreille compatissante, a insisté.

– J'ai remarqué que vous ne vous êtes pas beaucoup parlé, ce soir. D'ailleurs, ce n'est pas la première fois…

– On ne peut pas toujours être collés l'un à l'autre.

Zoe a froncé les sourcils.

– Pourquoi tu dis ça ? Je sais très bien que vous n'êtes pas ce genre de couple. Mais s'il y a quelque chose, si tu as envie de parler, je suis là.

– Tu sais que je t'adore, mais j'aimerais vraiment qu'on change de sujet.

Zoe a semblé encore plus inquiète, mais elle n'a pas osé me contredire. De toute façon, pour moi, il était trop tard, le mal était fait. Je n'avais plus la tête à ça, ni envie d'être là. Ni une, ni deux, je me suis réfugiée dans le jardin pour être à l'abri des oreilles indiscrètes et j'ai appelé Simon pour lui demander de venir me chercher. Puis, je suis allée trouver Claire pour lui expliquer que Simon et Susan assistaient à un dîner entre amis non loin de là et qu'ils avaient proposé de me raccompagner. Edward pouvait rester aussi longtemps qu'il voulait, bien entendu, mais, ai-je menti, j'avais senti que cela ferait tellement plaisir à mon oncle que je n'avais pas osé refuser. Je ne sais pas si mes amies m'ont crue, mais je doutais qu'elles m'en tiennent rigueur bien longtemps. Un autre soir à une autre fête, je serais sans doute l'amie dont elles avaient envie mais, pour le moment, j'avais un besoin irrépressible de solitude.

J'ai donc découvert le message de Zoe en me levant ce matin. Et, avant même que je saute de mon lit, Edward frappait à ma porte.

– Il faut qu'on parle, a-t-il annoncé solennellement en entrant. Je n'ai pas été complètement honnête avec toi.

Mon sang n'a fait qu'un tour. Je ne savais pas encore ce qu'il allait m'avouer mais je me doutais que j'aurais préféré l'entendre de la bouche de Zoe. Malheureusement, Edward l'avait coiffée au poteau. Il a dû remarquer mon air effrayé, car il s'est lancé dans le vif du sujet sans plus attendre.

– Tout ce que je t'ai dit sur mes parents est vrai, ne t'inquiète pas là-dessus. Je n'aurais jamais pu te mentir sur un truc pareil. J'étais tellement furieux contre eux trois. Ma mère, mon père et Peter… Mon frère ne voyait pas le problème, et plus il se fichait de tout ça, plus ça m'énervait. Il fallait que je parte de chez moi. J'avais besoin d'air.

– Tu m'as déjà dit tout ça, Edward.

– Mais je t'ai menti sur un point. Tu connais la raison pour laquelle je voulais quitter Londres pour l'été, mais pas la raison pour laquelle je voulais venir à Los Angeles.

– Hein ?

– Oh, Violet ! Je n'ai pas envie de te décevoir, mais voilà, si je suis venu à Los Angeles, ce n'est pas pour te rencontrer. Enfin, si, il y avait aussi cela. Je voulais te connaître, bien sûr. Un jour, peut-être. Mais ce n'était pas la raison principale. Ce n'était pas si urgent. Même si j'étais plutôt content de pouvoir faire d'une pierre deux coups.

– Euh, tu ne veux pas respirer un bon coup et reprendre depuis le début ? Car je suis perdue, là.

– Il y a une fille. Enfin, il y avait une fille. Une Californienne, en échange dans ma classe l'année dernière. Ses parents étaient venus travailler à Londres pour un an, et ils l'avaient inscrite dans mon lycée.

– Une fille ?

– Une fille… magnifique, Violet. La fille de mes rêves. Et je l'ai suivie ici.

– Tu es venu à Los Angeles parce que tu es amoureux ? Tu as fait tout ce trajet pour une fille ? ai-je insisté, incrédule.

– Tu dois vraiment me trouver stupide.

– Tu plaisantes ! C'est la chose la plus romantique que j'aie jamais entendue.

Et voilà le reste de l'histoire : pendant toute l'année scolaire, Edward a fait les yeux doux à Amelia, une belle rousse aux yeux pétillants, sans jamais oser lui dévoiler ses sentiments, ni même lui adresser la parole. Edward m'a toujours donné l'image d'un garçon sûr de lui qui plaît aux filles et je n'aurais jamais pensé qu'il puisse être si timide ! Il savait qu'elle était américaine et qu'elle se trouvait seulement dans son lycée pour l'année scolaire et, alors que la fin des cours approchait, il a enfin pris son courage à deux mains pour lui parler. Il a appris qu'elle vivait à Los Angeles et y retournerait pour l'été, mais il n'a jamais osé lui dire ce qu'il ressentait pour elle. Au même moment, il avait réussi à obtenir de ses parents de partir en Écosse chez un ami de la famille. Les détails de son séjour étaient réglés quand il a appris qu'Amelia manquerait les dernières semaines de cours. Ses parents devaient soudainement rentrer plus tôt pour des raisons professionnelles et Edward en a eu le cœur brisé. Il avait toujours espéré pouvoir se déclarer avant qu'elle reparte mais il savait désormais qu'il avait raté sa chance.

– C'est là que j'ai eu l'idée de venir à Los Angeles, mais je ne pouvais pas expliquer pourquoi à mes parents, ils auraient refusé tout net. L'ambiance était déjà tellement tendue à la maison... c'était un miracle qu'ils me laissent partir tout court.

– Tu as eu de la chance que ton oncle vive justement à Los Angeles.

– Je le sais bien ! Sinon, cela n'aurait jamais marché.

Mais Edward n'avait pas bien préparé son coup. Il se sentait incapable d'appeler la belle Amelia pour lui annoncer qu'il l'avait suivie au bout du monde ! S'il n'avait pas trouvé le courage de l'aborder pendant toute l'année, qu'est-ce qui allait changer maintenant ? Alors il s'est mis en quête d'informations sur sa belle, notamment sur les réseaux sociaux. Peut-être pourrait-il la croiser quelque part dans son quartier, ou son café préféré ?

– Je ne pouvais pas non plus la suivre à la trace, elle m'aurait pris pour un taré ! Alors, j'ai fini par lui envoyer un message. Hypercool, le message, du genre « Oh, mais moi aussi, je suis à LA cet été, quelle coïncidence ! On pourrait peut-être aller prendre un verre ? ».

– Et elle t'a répondu ? ai-je demandé, pendue à ses lèvres.

– Pas tout de suite. Je l'ai su après, mais Amelia est une fille assez populaire. Elle a plein de copines, sort souvent et… Enfin, laisse-moi te raconter dans l'ordre. Avant, je voulais aussi te dire que tu avais raison à propos de ces trois nanas…

– Pardon ?

– Olivia, Rebecca et Alyssa. Pouah ! Je n'arrive pas à croire que j'ai dû leur lécher les baskets pendant tout ce temps.

– Qu'est-ce que l'*evi*… qu'est-ce qu'elles viennent faire là-dedans ?

Mon cœur a fait un saut dans ma poitrine. Si l'*evil trio* pouvait arrêter de venir s'immiscer dans ma vie et dans celle de mes proches, ça m'arrangerait bien.

– C'est grâce à elles que j'ai retrouvé Amelia ! Quand je les ai rencontrées la première fois, j'ai vite compris qu'elles connaissaient beaucoup de monde dans cette ville. Alors, j'ai essayé de devenir ami avec elles, on ne savait jamais si elles connaissaient quelqu'un qui connaissait Amelia ? C'était chercher loin, je sais, mais, franchement, j'étais un peu désespéré.

C'était justement ce désespoir qui l'avait conduit dans les bras de Naya juste avant sa rencontre avec l'*evil trio*. Il croyait de moins en moins pouvoir retrouver son Amelia, et cherchait à tout prix à se la sortir de la tête. Mais c'était sans compter les connexions illimitées de miss Steiner. En fouillant un peu, Edward a vite appris qu'Olivia avait une amie en commun avec sa bien-aimée.

– Quand Olivia a parlé d'une soirée où Amelia se trouverait sans doute, j'ai tout fait pour qu'elle m'invite.

– Tu lui as dit que tu étais amoureux d'elle ?

Cette pensée – que mon frère puisse se confier à ma pire ennemie mais pas à moi – m'a donné la nausée. Mais j'ai été vite rassurée.

– Bien sûr que non ! Je n'en ai parlé à personne. Je leur ai juste expliqué comment on s'était rencontrés et j'ai prétendu qu'il serait « sympa » de la revoir.

– Et alors, cette soirée ?

– Oh, Violet ! C'était la pire soirée de ma vie ! Et je n'exagère pas ! Amelia était bien là, encore plus belle que dans mon souvenir. Je n'aurais pas cru que ce soit possible. Mais elle n'était pas seule... Son petit copain était là.

– Oh non ! me suis-je écriée, consciente de la douleur qu'Edward avait dû éprouver.

– Je lui ai parlé pendant deux minutes en tout. J'avais l'impression d'avoir reçu un coup de pied dans le ventre. Et le pire, c'est qu'Alyssa a passé le restant de la soirée à me parler de Rebecca. Je crois qu'elle voulait me caser avec elle. Mais, moi, je n'en avais rien à faire d'elle !

Je ne pouvais pas me permettre de sourire face à un si triste récit, mais l'idée d'une Rebecca – la belle métisse aux jambes interminables devant laquelle tous les garçons se pâment – rejetée par mon petit frère était vraiment tordante. Mais, pour Edward, l'histoire n'est allée qu'en s'aggravant. Incapable de se remettre de son amour, il avait continué sa quête d'Amelia, se trouvant sur son chemin de temps à autre, sans jamais qu'elle se doute de quoi que ce soit. Il n'avait pas l'intention d'abandonner si facilement et, finalement, ses efforts avaient payé. Il avait fini par apprendre que le petit copain en question n'était qu'une passade et que la belle rousse était de nouveau libre. Malheureusement pour lui, c'était exactement au moment où il avait fugué chez Noah.

– Je comprends maintenant pourquoi tu ne voulais pas repartir, ai-je remarqué.

– Je ne pouvais pas, tant que je ne le lui avais pas dit. Je n'avais pas fait tout ça pour rien !

Puis, mon frère a levé des yeux implorants vers moi.

– Tu m'en veux ? Tu ne vas peut-être pas me croire, mais je voulais aussi vraiment rester avec toi. Ça me donne le cafard, l'idée de ne plus te voir.

– J'aurais préféré que tu me dises tout cela dès le départ.

– Je ne me suis jamais confié à personne, et je ne te connaissais pas du tout. Et si tu t'étais moquée de moi ?

– Parce que tu es un grand romantique et que tu voulais déclarer ta flamme à la fille de tes rêves ? Tu ne me connais *vraiment* pas ! me suis-je écriée, offusquée par son insinuation.

Nous nous sommes esclaffés.

– Au moins, maintenant, on ne peut plus dire que nous sommes des étrangers l'un pour l'autre.

– Tu sais ce que Paul m'a dit ? Que toi et moi, on avait beaucoup de choses en commun. Sur le moment, je ne l'ai pas cru, mais je vois maintenant qu'il a raison. C'était impulsif et peut-être un peu excessif, mais tu as suivi ton cœur. Et rien que pour ça, je t'admire beaucoup. Mais, *please*, dis-moi que tu as fini par parler à Amelia.

Edward a hoché la tête péniblement.

– Je l'ai appelée, j'ai eu le courage de le faire, enfin ! On est allés boire un café. Et je lui ai tout dit. Que je l'aimais depuis le premier jour où elle était arrivée dans ma classe. Que j'avais tout manigancé pour venir à Los Angeles. Je lui ai parlé de toi aussi.

– Et, et, et ?

– Il n'y a pas de *happy ending*, Violet. Je lui ai tout déballé, ça a été dur pour moi. Elle m'a dit qu'elle était touchée, mais qu'elle ne ressentait pas la même chose. Elle ne m'a même pas proposé que l'on reste amis. Pff, quel gâchis !

J'ai pris sa main dans la mienne.

– Eh ! Ne sois pas si dur envers toi-même. Tu as fait ce que tu étais venu faire. C'est très courageux de ta part. Et maintenant, tu n'auras aucun regret. C'est ça qui compte vraiment. Tu devrais être fier de toi.

– Si j'avais su comment tu réagirais, je t'aurais tout dit plus tôt. Tu as dû me trouver un peu bizarre, parfois…

– Un peu, ai-je concédé.

Je n'allais tout de même pas lui avouer toutes les théories que j'avais élaborées à son sujet. Et je ne lui en voulais pas de m'avoir caché ses peines de cœur. On a tous besoin de notre jardin secret.

– Tu as vraiment des amies géniales, en tout cas. Si je suis venu te raconter tout ça, c'est à cause, ou plutôt grâce à Zoe.

– Zoe ?

Je me suis soudainement rappelé le message de mon amie.

– Elle est venue me trouver hier, pour me dire… enfin, tu sais, ce qu'elle pense de moi.

– Tu lui as vraiment tapé dans l'œil.

– C'est ce que j'ai cru comprendre. Elle est super chouette. Et drôle. Je voulais être sincère avec elle, alors je lui ai dit que, si je n'avais pas été amoureux d'une autre, j'aurais certainement réagi différemment. Et, sans m'en rendre compte, j'ai commencé à me confier à elle.

– C'est tout Zoe, ça ! Elle a l'art et la manière de faire parler les gens.

– Et je me suis dit qu'il serait bien que je t'avoue tout aussi.

J'ai souri intérieurement. Plus tard, quand j'ai rappelé Zoe, j'ai découvert que c'était bien la raison de son message. Elle savait que je brûlerais d'envie de connaître tous les secrets de mon frère, et avait l'intention de tout me rapporter.

– Je suis contente que tu l'aies fait.

Edward a pris une grande inspiration.

– Il y a autre chose…

– Vraiment ? ai-je demandé, de nouveau sur le qui-vive.

– C'est à propos de Noah. Il m'a fait promettre de ne pas te le dire, mais je pense que tu mérites de le savoir. Il a reçu une lettre. Une lettre anonyme, mais il se doute bien de qui elle vient. C'était une lettre… une lettre d'amour.

Je me suis contentée de hocher la tête.

– Dis-moi que j'ai bien fait de te le dire !

– Tu as bien fait.

– Tu es sûre ? Tu n'as pas l'air surprise ? Tu ne veux pas savoir de qui elle vient ?

J'ai soupiré.

– Non, Edward. Ça fait longtemps que j'attends ce moment.

E-mail de **loulou@emailme.com**
à **violetfontaine@myemail.com**
le mardi 21 août à 19 h 25
Sujet : ta décision
Hello ma belle,
On en a déjà beaucoup discuté, alors je ne sais pas si j'ai quelque chose de plus à ajouter… Je suis sûre que tu as mûrement réfléchi ta décision, alors, suis ton instinct. Il ne te trompera pas.
Je penserai bien à toi demain.
Bises,
Ta Lou

La dernière fois

Mercredi 22 août

Ranger ma chambre, mettre ma vie en ordre, m'apprêter à dire au revoir, fermer une porte et me préparer à en ouvrir une autre. J'avais rendez-vous avec Noah en fin d'après-midi, mais je ne pouvais pas me résoudre à attendre notre entrevue sans rien faire. Simon, qui voyait bien que je ne tournais pas rond – mais qui ne pouvait pas imaginer à quel point – a insisté pour m'aider à faire mes cartons. Alors qu'il empilait mes livres et prétendait ne pas être affolé par la hauteur de ma montagne de chaussures, il n'arrêtait pas de me le rappeler : ce n'est pas un vrai départ. Non, c'est vrai, je ne serai pas loin. Si j'ai choisi d'étudier à L.A.U., c'est justement pour cette raison, ne pas trop m'éloigner. Mais tout de même, dans une semaine, je ne vivrai plus chez Susan et Simon. Je reviendrai les voir certains week-ends et pendant les vacances scolaires, mais la vie de campus m'attend. La vraie vie d'étudiante ! Je suis à la fois excitée et effrayée. Une page se tourne, c'est sûr, et dans tous les sens du terme. Simon et Susan vont avoir un bébé. Ils nous l'ont annoncé hier. Maman n'a pas eu l'air très surprise, je crois qu'elle avait déjà repéré les signes chez Susan. Mais, moi ? J'ai sauté de joie ! Je serai la grande cousine Violet, celle qui donne des conseils, celle à qui se confier. Susan a ri quand j'ai proposé mes services de baby-sitter. « Tu auras bien d'autres choses à faire. C'est une nouvelle vie qui commence pour toi » m'a-t-elle dit. Et pour eux aussi. Mon oncle et ma tante ont bien essayé de me rassurer, cette chambre sera toujours la mienne, quand j'aurai envie de leur rendre visite. C'est la chambre d'amis, adjacente à la leur, qui sera transformée pour l'arrivée du bébé. Mais pour moi qui ai toujours considéré Simon comme un père et Susan un peu comme une belle-mère, il est temps de céder la place.

Quand Edward est parti hier, je n'ai pas essayé de cacher ma tristesse. Je voulais qu'il sache, qu'il voie ce que son départ représentait pour moi. On s'est fait beaucoup de promesses, mais je ne me fais pas trop d'illusions. À Londres, il vit dans un autre univers, et pas seulement parce que c'est si loin d'ici. Il m'a confié, à voix basse, juste avant de partir, qu'il allait essayer de pardonner à ses parents. Prise par l'émotion du moment, j'ai répondu « moi aussi » sans réfléchir, mais je crois que cette promesse-là mérite que je m'y tienne. Un jour, peut-être j'irai lui rendre visite. Découvrir Londres. Explorer la planète Walmsley de plus près. Et peut-être revoir mon père.

Quant à maman, son histoire n'est pas encore écrite. Elle est censée repartir juste après mon entrée à l'université – elle tenait à être présente pour mes premiers pas dans la vie d'adulte, comme elle dit – mais je crois bien qu'il s'agira d'un aller-retour. La vie réserve à certains d'entre nous des surprises si énormes que l'on ne se sent pas forcément capable de les apprécier telles qu'elles sont. Elle ne me l'a pas encore avoué, mais je sens bien qu'elle a déjà pris sa décision, dans son cœur en tout cas. Et quand elle me l'annoncera, je me contenterai de hurler mon bonheur et de faire comme si je ne savais pas déjà que sa vie est désormais ici. Avec nous, et avec lui.

Noah m'a avoué de lui-même qu'il avait reçu une lettre de Naya. Je crois bien que, s'il avait pensé que je ne le découvrirais jamais par ailleurs, il l'aurait gardé pour lui. Quand je lui ai dit que je le savais déjà, il n'a pas levé un sourcil. Pourtant, il m'a juré qu'il n'avait rien remarqué, qu'il avait toujours considéré Naya comme une copine, et qu'il pensait sincèrement qu'il en était de même pour elle. Cela ne m'a pas surprise, Noah est un garçon droit. Il vient d'une famille aimante, complète. Il a des passions bien définies, des amitiés solides. Il sait ne pas s'encombrer du superflu. Pour tout cela, je l'admire, mais, je le comprends désormais, je ne l'envie pas. Nous avons eu des parcours si différents jusqu'à maintenant. N'est-il pas évident que nos routes doivent se séparer ? Naya avait raison, elle et lui sont mieux assortis. Mais Noah a tout de même repoussé ses avances. Le cœur s'embarrasse rarement des bonnes théories.

Je n'étais pas triste en allant le retrouver cet après-midi. Il n'y avait pas d'amertume, pas de regrets. C'était pur, simple… tout le contraire de notre relation.

Noah a même souri quand je lui ai dit :

– Tu as été mon premier amour.

Il savait. Je savais qu'il savait. Je n'avais pas besoin de continuer, et pourtant :

– Et je t'ai aimé, oh, qu'est-ce que je t'ai aimé ! Je crois, qu'au fond, je t'aimerai toujours un peu.

– Un véritable amour ne se perd jamais complètement, a-t-il répondu tendrement, avant d'attraper ma main.

– Tu es une fille géniale, Violet. Je sais que je n'ai jamais pu t'apprécier à ta juste valeur, mais je le pense vraiment.

– Et toi tu es un garçon formidable. Un jour, tu la rencontreras cette fille qui saura t'aimer aussi facilement que tu l'aimeras.

– En tout cas, si c'était à refaire, je ne changerais rien.

Moi non plus, je ne changerais pas un seul instant de ces deux dernières années. De mes premiers pas à Los Angeles, au dernier souffle de mon premier amour, tout cela valait la peine d'être vécu. Les pleurs, les crises de fous rires, les amies sincères, les ennemies jurées, les erreurs, les joies, les peines. Je les emporte tous avec moi dans ma prochaine aventure.

Violet Fontaine

À toutes mes lectrices et lecteurs qui ont suivi mes aventures depuis le début ou qui les ont découvertes en cours de route, je tiens à vous dire un grand merci ! Partager mon histoire avec vous a été une véritable joie qui n'est pas prête de me quitter. Mais voilà, à l'aube d'une nouvelle étape de ma vie, je pense qu'il est temps pour moi de mettre un point final au *Journal de Los Angeles*. On dit que même les plus belles choses ont une fin, et en ce qui me concerne, rien ne pourrait être plus vrai.

Fin

REJOIGNEZ LE
CLUB des filles
AVEC SON SITE,
SON APPLI,
SA PAGE FACEBOOK
ET SON TWITTER
Le Dico des filles
VOUS EMMÈNE
TOUJOURS PLUS LOIN !
19,95 €
BONS PLANS,
ACTUS, TESTS,
FORUM, L'ÉQUIPE
DU DICO DES FILLES
VOUS ACCOMPAGNE
TOUTE L'ANNÉE !
LE SITE DU DICO DES FILLES
www.ledicodesfilles.com
se refait une beauté et s'enrichit de nouvelles rubriques !
POUR NE RIEN MANQUER DU DICO,
téléchargez la super appli
du Dico des filles sur votre smartphone !
Comme des milliers d'autres filles, devenez fan
de la page Facebook et du Twitter du Dico des filles !
FLEURUS

Composition et mise en pages : Facompo, Lisieux

N° d'édition : 14184

Achevé d'imprimer en septembre 2014 en Italie par L.E.G.O. S.p.A.

Dépôt légal : septembre 2014